名家小写文集

不能说出的秘密

李新勇 著

北京联合出版公司
Beijing United Publishing Co.,Ltd.

图书在版编目（CIP）数据

不能说出的秘密 / 李新勇著 . -- 北京 : 北京联合出版公司 , 2024. 8. -- (名家小写文集). -- ISBN 978-7-5596-7898-0

Ⅰ . I247.7

中国国家版本馆 CIP 数据核字第 2024N0S261 号

不能说出的秘密

作　　者：李新勇
主　　编：张海君
出 品 人：赵红仕
出版监制：张晓冬
责任编辑：李　伟
特约编辑：和庚方　张　颖
封面设计：立丰天

北京联合出版公司出版
（北京市西城区德外大街 83 号楼 9 层　100088）
三河市同力彩印有限公司印刷　新华书店经销
字数 260 千字　710 毫米 ×1000 毫米　1/16　13 印张
2024 年 8 月第 1 版　2024 年 8 月第 1 次印刷
ISBN 978-7-5596-7898-0
定价：65.00 元

目　录

青 涩

一

汽车翻过最后一道老坎，从远处就能看见沐浴着晨光的格瓦拉镇房顶的时候，我心想，有必要装出点样子来。于是我下了车，甩开两脚丫，向格瓦拉中学狂奔。斜挎的大书包装了三本书，一本《药性歌括四百味》，一本《汤头歌诀》，还有本荆川纸的古代药书，封皮全无，开头缺了好多页，看不出印制年代。估计少说也有两百年。前两本是师父在我入师的时候送给我的教材，后一本是我从师父的书橱角落里找出来的，师父压根不知道，算捡的行，算偷的咱也不介意。我的书包跟不上我飞奔的躯壳，被远远甩在后面，有时我稍微慢下几步，它就从后面飞上来，很不友好地落到我屁股上，我的屁股不仅结实，还大度，对这明显的欺压行为也不当回事，在只顾朝前的同时，公事公办地把它弹回去，让它重新回到空中。新买的运动鞋跟我一身洗得泛白的衣服严重不协调，我狂奔的目的，除了要在格瓦拉中学校长面前制造出一副风尘仆仆、艰苦朴素、吃苦耐劳、坚忍不拔、靠两条腿跑到学校的农村有志青年形象外，还想在鞋子上扑一层泥灰，倘若能踩上几坨稀泥巴或者一丁点狗屎，那再好不过了。

身上起一层毛毛汗的时候，我冲进了格瓦拉镇。在刚好能看见格瓦拉镇房顶的时候，我认为我能够把格瓦拉镇踩在脚下，等跑进镇子，才发现这是跑进镇子的肠子里去了。街上的行人和车辆对我的奔跑不产生丝毫干扰，不仅如此，我还给它制造了一点小小的混乱。我躲闪敏捷，穿梭在车辆之间。汽车驾驶员在我贴着车头飞窜过去的瞬间猛踩刹车。在刹车此起彼伏的刺耳声音中，按部就班的街道被我搞得兵荒马乱。对此我只有一点点抱歉，是的，就一点点。我一路奔跑，一路歪起嘴巴坏笑。我在心里骚起毛地吼：格瓦拉，我来了！

“这孙子要迟到了！”

在离格瓦拉中学一公里不到的拉面馆前面，四个跟我差不多年纪的小伙子冲我打口哨。其中一个吼了一嗓子。四个人一色黑西装白衬衫运动鞋，一色头发盖了半张脸，时不时朝右边甩一下。要是我摇身一变就能变成警察，凭他们这副模样，至少关三天。朝我吼那家伙，额头宽得可以当飞机场。他的吼声把我祖宗十八代的面子都丢干净了。他们前面十来米有三个女生一字排开，走在通往格瓦拉中学的路上，听到他的吼声，都扭过头来，嗖嗖嗖，目光集中到我身上，继而爆发出欢快的笑声。一个女孩冲我喊：“明天才开学呢！”

声音甜美圆润，甜而不腻，圆而不滑，清纯通透得像歌星李玲玉，过耳不忘。可她这句话的每个字都像杀伤力强大的炮弹，打得我几乎迈不开腿。我是个要面子的人，尤其在跟我年龄相仿的女孩子前面。

我是来格瓦拉中学赴一场考试的。格瓦拉中学是省重点高中，升学率在全省领先。这所学校的校长跟我同名同姓——李苏启。李苏启保证升学率的秘密武器，据我多年后概括，一是狠抓教学质量，从高一抓起，方法之一是学生考试任课教师也考，学生写答案，老师写解题思路、所涉知识点、讲解切入口；方法之二是李苏启事前不打招呼、不定期深入课堂听课；还有就是学生成绩与教师奖金挂钩，干得好的可买房买车，干得不好的只能卧薪尝胆喝稀饭。二是每年招一个补习班。别的学校是能招多少招多少，神经病才跟钞票有仇；而他只招一个，进这个班的每个补习生都得参加入学考试，时间是8月31日，试卷若干套，都是数学，在电脑上随机抽取。李苏启亲自命题，亲自组织高三教师批改，上午考试结束即开始阅卷，下午公布成绩，按照分数高低，确定补习费的金额，只收前60名。为奖励优秀的学生，谁要愿意同时选择三套试卷，每套所扣分数在 10 分以内，那么学校免收补习费，另外再奖励 2000 块。之前践行过这一条并拿到奖金的只有两个人，一个后来考上中国人民大学，另一个上了清华大学。我安心要成为第三个拿到这笔奖金的人。

我喘着气跑进李苏启的办公室。李苏启正在跟监考老师谈话，监考老师一共十位。见我进来，他看了我一眼继续对监考老师说："到考场里准备一下，过半个小时开考。"十位老师中，有五位老师手中有试卷袋，由此推断有五个考场，至少有 250 人来应考，说不定是 500 人。格瓦拉中学名不虚传，连这种考试，试卷袋上都加了密封条。

李苏启在我的身份证上扫了一眼说："李苏启，跟我同名同姓呢！你准备'一拖三'?"在这所学校，"一拖三"的意思大家都明白。

我说："是。"我故意轻抬右脚后跟在左脚后跟上磕了一下，那上面真的有一坨烂泥。两只鞋跟碰了一下，声音很小，可李苏启已经注意到了，他打量我的衣着，问："你是从哪里跑来的?"

"从家里。"

"哦!"李校长说，"家在哪里?"

"黑水河镇白沙村。"

"离这里四五十公里呢。"

我在心里坏笑：李苏启先生，你中招了!

我见李苏启扯开嘴角笑了笑。我不晓得他是看透了我的"装"，还是对我"农村有志青年"的形象感到满意。他问我："有没有剩点力气写答卷?"

"那当然。"

二

李苏启请我上他家吃午饭。在钻进厨房之前，他拿了两个苹果出来，一个给门边坐着的"小姑娘"，另外一个给了我。他问我："李苏启同学，你书包里装的是啥复习资料?"

我拿出《药性歌括四百味》和《汤头歌诀》。我没把那本线装的古书拿出来，它模样太古旧，不体面，再说这古董要是李校长感兴趣，洒家能说不给？眼下，我已经用不着这几本书了。在拿书的时候，我还触到一个小瓶子，那里面是我按照古书上的方法配制的一味药，我检验过它的药效，神奇绝顶，轻易不敢使用。这是我毕生配制的唯一的成药，不到万不得已不会拿出来。我回答他："在准备上补习班之前，我在学中医，还差两个月满两年。前一阵子，一个到我师父诊所看病的人对我说，您的学校对优秀补习生不但不收补习费，另外还有奖励，我就决定来试试。"

"你没复习过?"

"没有。"说完故意跟他对视几秒，以示我没作假。我读过《福尔摩斯探案集》，华生的经验是作假的人是不敢跟人对视的。这细节若写进侦破人员的办案秘籍，绝不示人，那也许还有点价值。一旦被大众了解，这就成了雕虫小技，看，像我这样智商的人，随便练习一两次，就能运用自如，滴水不漏了。

"不简单哪！三套试卷都是去年的高考题，你能做得那么好，我真的想不到!""我，"我如果能跳到一边来看我的表情，一定能看到此时这个叫李苏启的小伙子，表情很诚恳、很谦逊地对他的校长说，"也没想到!"

对一个小时前那场考试，先前我猜对了一半，参加考试的学生不是250人，而是差13个500人。在明白我"一拖三"的想法后，李校长亲自为我抽取了三套题，并让我在他办公室答题。校长室宽大，空气新鲜，心情舒畅。我一口气做完了三套，用了20分钟从头到尾复看了一遍，只比在考场上考试的学生多用半个小时。李校长用了半个多小时替我批卷，第一套144分，第二套140分，第三套148分。这个跟我同名同姓的校长兴奋得跟捡到宝一样，当即拍板招我，且邀请我上他家吃午饭。

后来我才想明白，他请我吃饭除了一时高兴，还想进一步核实一些事情。补习费最低起缴线加奖金一共5880块呢。作为当家人，很有必要搞一趟私款吃喝，以了解我更多的情况，看看替我免掉那么多钱值不值得。

而我，原本就是冲那2000块钱奖金来的。

我弟兄四个，都在念书，原本两个高中，一个初中，一个小学。两年前我高中毕业后，剩下两个高中，一个初中。老父老母都是农民，穷尽家中所有，也无法缴清我们四弟兄的学费。别人都劝我父亲抓一个儿子回来分担他的重担，他说手心手背都是肉，喊谁回来都不好，毕竟我们弟兄四个成绩都很优秀。中途我曾打过退堂鼓，我的英语成绩太差，初中我是在乡下一所非常糟糕的中学读的，英语老师教完26个字母就谁都不管地生孩子去了，此后三年再也没有在那所学校出现过，我的英语先天不足。我爹打死不允许我退学，他的观点是，英语实在搞不上去你把其他科搞好点，争取拉一拉，搞到高中毕业，回农村就属于半个文化人了，干什么都有基础，有底气。两年前高中毕业，我离最低录取线差11分，英语考试我只花了25分钟就完成了整套试卷——只做选择题，全蒙，考了34分。毕业后，我就“弃文从医”。之后两年时间，我在师父的诊所里做徒弟加帮手，师父供吃住，不发工资。今年8月底开学在即，父母再次为弟弟们的学费焦头烂额，我听到格瓦拉中学奖励优秀补习生的消息，萌生前往格瓦拉中学参加补习班入学考试的念头。只要把那2000块钱搞到手，我那几个弟弟的学费就解决了。做了这个决定，我利用师父叫我背《药性歌括四百味》和《汤头歌诀》的时间，做了全国各地近两年的高考数学真题。我琢磨过，考不过，拍拍屁股转身就走，谁也不知道我是谁；考过了，拿到2000块钱不说，还能在赫赫有名的格瓦拉中学的校史上留下一个惊喜，回头继续跟师父好好学医。我甚至考虑是否有必要每年8月31号都到格瓦拉中学搞一票。

可就是那个苹果让我改变了主意，我决定中医等以后有工夫再学，大学必须现在就考。

李苏启跟他爱人在厨房忙碌的时候，我瞅了一眼手里的苹果，粉嘟嘟的，清香宜人，饥饿和馋虫如同铺天盖地的蝗虫向我飞过来，让我坐立不安，令我窒息。上一次见到苹果是在我7岁的时候，我舅舅为庆贺我入小学，不晓得从哪里搞到一个苹果送给我。至今一说到苹果，都还是7岁时的味道。我决定把它消灭掉，否则我会被饥饿吞噬干净。像在乡下吃刚拔出泥土的红萝卜那样，我右手拿苹果在左衣袖上擦了两下，直接把苹果送进嘴巴。就在我的上下门牙刚刚咬到苹果的那一瞬间，门边传出一串好听的声音："李苏启同学，苹果不是这样吃的！"紧随其后的又是一串更加好听的笑声。

是门边那小姑娘的声音。这声音我好像在什么地方听到过，一时想不起来了。她要是不说话，我都忘了她的存在。我站在屋子里，她坐在门边，逆光，看不清楚她。她静静地坐着。刚才李校长发苹果的时候，我向她急匆匆扫了一眼，感觉她很小。我以为她是李校长的女儿或者侄女。我正奇怪她不喊"哥哥"而是"李苏启同学"的时候，她站起来。这下我看清楚了，她不是小，是苗条，又苗条又高。从相貌上看，已经不是什么小姑娘了，模样漂亮得令人震惊，是类似于杨幂那种高贵、华丽、细致的美，脸上是善解人意的清纯的微笑。左眼眉头下方有一颗小痦子，算是草里藏珠，使她的微笑越发生动。若非要我挑出点遗憾，把她颧骨上两朵红晕拿掉，那就真是完美无缺了。我想她恐怕是一名高一或者高二的学生。她右手从桌上拿起一把水果刀，左手伸到我面前，鼻子里带着笑意"嗯"了一声。我懂她的意思。我把苹果从上下门牙间取下来递给她。苹果离开以后，香味依旧不依不饶地在唇齿之间缠绕。她接过苹果，替我削皮，从果蒂开始，一圈、一圈、一圈，薄薄的果皮拖得越来越长，刚才留下四个门牙印儿的地方没有影响果皮的延长，直到整个苹果露出象牙白的肌肤，果皮"啪"一声掉进垃圾桶，中间没有一点断裂。

这动作多么娴熟啊，没有经年累月练习，断然不可能达到这水平！

她的话、笑声、漂亮的面容、娴熟的刀法，一瞬间敲开我的心门：凭什么在一次高考失败之后，我就把自己定性为乡村中医，为什么就不能让自己拥有一份天天都有苹果削的生活呢？我能！我不是已经为自己争取到免交补习费另加 2000 元奖金的“最惠国待遇”了吗？会削苹果算什么？生活不是削苹果：要天天削苹果，就必须把书读下去。

我以为吃过饭，校长李苏启会把 2000 块钱交给同样叫李苏启的学生我。事实上，学生李苏启想得太简单了。李校长把我送出门说：“明天早上 8 点半举行开学典礼，你得上台领奖。”

回到师父那里，师父说：“我知道你迟早还会返回学校的！”我突然替这位年近 70 岁的老人悲伤。黄世伟师父有一身盖世奇学，从医半个世纪治好若干疑难杂症。年轻的时候，多少后生想跟他学医，他却声称不满 60 岁不收徒弟。到了 60 岁，西医日盛，中医旁落，再也没有后生到他门口哭着闹着要做他徒弟，本以为他这一门会绝徒，没想到竟等来我这样一个拥有高中文凭的农村青年。他在对我进行了一番考察后，择吉日，隆重邀请几个健在的师兄弟，用最传统的收徒大礼纳我为徒。我既是开门师兄，可能也是关门弟子。入师那天，他一位从好几百公里外赶来的师兄在我头上摸了一阵对师父说：“世伟弟，此后生济世无须悬壶，凭仓颉之字耳。”师父叹了一口气说：“如果真是如此，其奈何哉！”那师叔对师父说：“好歹你也算是有徒弟的人了。”师父无奈地把被风吹乱的头发撸了撸说：“长短都是缘！”

师父替我收拾好行装，打了个包背在我背上，特地买了一网篮水果，又拿了 40 元钱给我做路费。送出门的时候，我把《药性歌括四百味》和《汤头歌诀》摸出来，准备还给师父。师父说：“权当师父留给你的纪念吧！”我心头一热，眼泪包不住，跪下来给他磕了个头。我在心里对自己说：我是只吃过入师酒没吃过出师酒的人，永远不会出师的！

走出好远转过头去，师父还在门口站着。我摸摸斜挎的大书包，师父送我的书哪是两本呢，是三本，眼角忍不住再次湿润起来。

三

班上的同学来自全县各地，县城里的居多。在我们这块地方，县城无论从哪方面都比乡下优越。就拿学校来说，农村学生聪明的多了去了，刻苦用功的多了去了，可农村学校的师资、教学设备跟县城的相差不是一点点，有人估计最起码一百年，98%的农村孩子从农村来，又回到农村去。像我这样的农村孩子进了格瓦拉中学，就跟进了县城的闹市一样，从穿着、行为习惯，到考虑问题的思路，都跟县城里孩子存在明显差距。这就是我当初跨上格瓦拉这块土地，决定把原来的自己包藏起来的原因。装吧，能装到哪天算哪天，能装到哪步算哪步。

刚刚开学的补习班不再像初一或者高一刚入校那阵，利用下课时间相互介绍，彼此了解，而是，以前认识的聚在一起，多的十来个，少的三四个，两个一簇的也有；像我这样没有老同学的不要紧，只要在头三天主动往某个人堆里靠，有人接纳你，你就能成为其中的一员。用不了多长时间，班级的帮派就出来了，各有各的地盘，为以后必要的时候展开军阀混战作好组织上和战略上的准备。

我窝在座位上背单词，我英语差到丢人现眼的地步。第一节英语课，有幸被老师叫起来回答问题，我一个单词都没听懂，只好在她老人家说完最后一个单词的时候，果断地回了一句："骚瑞，艾同替娄！"没想到，问题的答案就是这个，老师高兴地请我坐下："Ok，good，sit down！"魂不附体间，歪打正着，樯橹灰飞烟灭。我明白，这不是我的本事，我甚至担心，第一节课就表现得那么优秀，以后点我回答问题的次数估计手脚并用都要数不过来了。我决定从现在开始就猛攻这一门，利用一切时间学习英语。"烂水桶"理论谁都懂，两年前我就败在这块短板儿上。李苏启校长要是知道我英语差到这地步，当初我哪怕选做五套数学卷，每套卷子都满分，他也不会免我学费、外加2000块钱奖金。

与背单词同步，我装作不经意摸了一下裤兜里那2000块钱，这是我这辈子掘的第一桶金，足够我三个弟弟一个学年的学费。李苏启在开学典礼上的每一句话都具有煽动性，有两句话我尤其记得清楚，一句“提高一分，干掉千人”，另一句“没有高考，你拼得过富二代吗”。对我而言，我更想说：“英语考得好，大学有前途。”

“买糖！”

从吵吵嚷嚷的人群中发出一声喊，听上去好耳熟。

“买糖！买糖！买糖！”

跟体育馆里喊“加油”的一样，“买糖”的呼喊既有节奏又响亮，其热烈程度赶得上刘翔出场。

早上进教室，匆匆地扫了大家一眼，在这里没有我昔日的同学，一个都没有。昔日大多数同窗此时正在故乡某个村落忙着嫁娶迎送。我以为他们的呼喊与本人无关。

我好奇地扭过头去，十多个男同学正冲着我喊“买糖”。见我转头，站在远一点的女同学也加入他们起哄的洪流。

昨天在拉面馆前遇到的那几个男生在里面，穿的已经不是昨天的黑衣黑裤，而是花格子衬衫。见我在看他们，他们喊得越发起劲。那脑门宽得可以停飞机的家伙笑得最灿烂，后来我知道他叫余弦。他那嘴巴大得没法形容，与他硕大的腮帮子组成了一个大喇叭，刚才听起来耳熟的那声喊叫必定是他制造出来的，昨天他喊“这孙子要迟到了”，我就领教过了。

我皱了一下眉头：怎么会跟这帮讨厌鬼一个班?

入学考试以来的兴奋感、幸福感，还有其他乱七八糟的这感那感，迅速被清零。跟个美美洗了热水澡的人，出门就被人泼了盆又凉又臭的洗脚水一样。

我明白他们的意思，可我装作啥都不懂。他们不知道那2000块钱中的每一分对我和我的家人来说都是那么重要。当然我还没吝啬到几颗糖都舍不得买的地步，我是不满意他们昨天让我那么丢脸，而今天又那么不给面子瞎起哄。不仅不买，我现在恨不得从下水道捡个泡涨的馒头，把余弦那张大嘴巴堵住。

我还发现，起哄的女生中有一个昨天在拉面馆前面遇到过。昨天在李苏启校长家遇到的那女生，也在起哄的人群中。

“不是冤家不聚头”，这话是真的。

上课铃声恰在这时响起来。那群人“噢”地叫了一声，声音前高后低，类似于叹息，听上去像拿臭鸡蛋砸我。被人指使得骑虎难下不得不照别人的意思去办的事情，类似于被绑票，非常让人不爽。我决定一颗糖也不买。

这是节班主任的课。从他的点名中我知道，在李校长家里遇到的那个身材苗条、声音好听的女孩叫何娅。班里还有一个女孩声音跟何娅一样好听，她是何娅的好朋友章鹰。我把何娅的声音跟章鹰的声音作过比较，在拉面馆前说“明天才开学呢”的人不是何娅就是章鹰，但我更倾向是章鹰。

再下课的时候，余弦携带着他的大嘴巴跑到我面前说：“哥，请兄弟姐妹们吃颗阿尔卑斯糖如何?”

“为啥呢?”我喜欢他的爽直，在我们农村，弯弯肠子是最难搞的，谁都讨厌弯弯肠子。不过，既然上一个课间十分钟才决定不买，一个小时不到就变卦，这么不要脸的事我还从来没做过。因此，我故意反问。

真像人家说的那样，嘴巴大的人不会说就会唱。余弦果然说：“理由好多条。拣几条顶顶主要的。第一，你跟校长同名同姓，前面一个李苏启既然做了校长，后面一个李苏启肯定不止做校长，要不然就违反了‘青出于蓝而胜于蓝’这放之四海而皆准的真理……”

起哄的人群，瞬间变成了观众，免费听他说单口相声，一个个笑得东倒西歪。

“第二，你是我们这帮人中间唯一选择‘一拖三’的兄弟，而且一举把李苏启的2000大洋搞到手，说明你才智超群、英雄虎胆，是块做大事的料。兄弟姐妹们提前祝你青云直上，黄袍加身……”

前面说得还算靠谱，中听。后边要我“黄袍加身”，是抬举我做赵匡胤吗？我听不下去了：“别介，慢着，哥们儿，我知道了，你口才好……”

他根本不给我插话的机会：“这第三，这大小也是桩喜事啊！喜事就要照喜事的规矩办。今儿个花轿也不备了，堂也不拜了，总得发颗喜糖吧？发发糖才算那么回事！”他接着扭头问大伙儿，“兄弟姐妹们，你们说是不是啊？”

我算是领教到县城孩子的嘴贫了。

“是啊！是！”一个个再次回到东倒西歪的状态。何娅、章鹰等好几个女生笑得捂起肚子蹲下去，再刹不住，恐有性命之虞。

“还有第四……”

我心想：你还有啊！好在万恶了好多年的上课铃声这一次突然变成救苦救难的菩萨，“丁零零——”没让余弦把单口相声说下去。

余弦在回座位的路上，还冲着我做鬼脸，低声念叨：“阿尔卑斯，阿尔卑斯，阿尔卑斯……”

上课后，我开了一会儿小差，刚刚开始的这一年，不晓得要发生多少故事；我一个乡下孩子钻进县城孩子中间，多像一只羊混入狼群啊——好在余弦的贫，总体上还算是善意。

四

第二天到教室，全班同学都在吃糖。见我走进教室，都对我报以友好的微笑。大嘴巴余弦顶着个飞机场脑门儿给光头郭庆使了个眼色，郭庆跑过来对我说：“够哥们儿，”他指着余弦对我说，“如果不介意，咱们一伙儿？”我瞟一眼余弦跟郭庆一模一样的衣着，我估计，以我现在的家底，若跟他们混在一起，不被他们视为乞丐，也会逼我父母去乞讨。我避重就轻地说：“又咋啦，被你表扬成这样？”郭庆天生就具有外交才能，他举着手里的阿尔卑斯糖，指了指何娅说：“何娅说是你让她替你拿来分发的！”

何娅大红一张脸，使劲给我递眼色，免得当众穿帮。

我的脸“腾”地一下热辣到屁股沟里去。这世道，英雄救美女那是天经地义，要是美女救英雄，英雄多半太㞞，说句话都直不起腰板。

我后悔昨天在李校长家吃饭的时候，在李校长夫妇关切的问询下，几乎把自己的家世、家境和盘托出。当时李校长非常感慨，他说他以为读书的艰难只发生在他们那一代。一同吃饭的何娅把什么都听去了。我说到动情处，她眼角泛起泪花。我不晓得何娅跟李校长是什么关系，但我对她的壮举大为不满——我本来准备中午买的，这下倒好，让她给越俎代庖了。

吃完中午饭，在食堂通往女生宿舍的路上，我截住何娅。我不卑不亢地问：

“多少钱？我得还你！”

“你什么时候欠我钱了？”

何娅回这句话的时候，有些不自然。

我说：“糖。”等我说出这关键的字，再张嘴说话，何娅就自然了：

“你别介意，也别多心，钱肯定是要还的，但不是现在……”

我打断她的话：

“我没有多心，但我介意了！你在显摆你家有钱！”说出这话，我长舒一口气，一身轻松，不再是㞞子了。

何娅笑盈盈的脸僵住了，沉默一瞬间的她说：“李苏启，你小人之心度君子之腹。谁一生没个艰难的时候啊？别以为这世界只有你遭受的磨难最多，你最坚强，坚强就意味要自我封闭，孤军奋战吗？”

说完，她一扭身子，向女生宿舍走了。得承认，她不仅正面好看，连背影都美得让人陶醉。我抬头看一眼被教学楼挤压得有些变形的天空，无法言说的感动和悲怆一瞬间把我内心撑得要爆棚。那一刻我原谅了何娅，她毕竟是好意。要知道我是那么要面子，估计她不会这么冒失。当然，原谅她的另一个原因，我绝对不会告诉任何人，那就是，我汪洋恣肆的青春荷尔蒙占了上风。

五

格瓦拉真是个不错的地方。

小镇在一片田野的尽头。到了十月，乡村公路上奔驰着各种各样的车辆，车上满载着粮食和水果，不管是哪一样，都散发着迷人的芬芳。

再远是一条清澈的小河，河水一年四季变化不大，挽起裤脚就能走到河对岸。人们一般不会挽起裤脚涉水，河床上连珠一样摆放着一串串大石头，不管什么季节，这些石头都能当桥用。在河的下游是一座12孔相连的公路桥。再朝下游走上一公里，是个湖泊。那是个不规则的湖，最窄的地方划船要20多分钟，宽的地方没有渡船，人们宁愿沿着湖岸坐车绕过去。

格瓦拉镇有一条鱼市街，365天都有鱼卖。无论顾客买多少，卖鱼人在你看好秤花后，都要在你篮子里放上几苗葱，不花钱，白送的。据说这风俗已经延续了好几百年。

街上的房子独栋相连，又高又细，铺面宽窄适宜，也有好几百年的样子。香樟树居多，有好几棵香樟树两个人牵手还围不住。许是因有河流和湖泊的缘故，格瓦拉镇连带格瓦拉中学一年四季都不太热，也不太冷。

尤其让人感动的是，就这么一个小镇竟有四家书店，家家生意兴隆。格瓦拉中学的学生有事没事都往这些书店跑。缺什么书，把书名告诉老板，不出一个星期就能如愿以偿地买到。另外还有两家茶馆，街头一家，街尾一家。两家都有说书艺人。街头那个说唐朝以前的故事，比如《封神演义》《瓦岗英雄传》；街尾那个说明清戏剧，《桃花扇》《牡丹亭》。有细心的人作过比较，两家书场从未说过《水浒传》《西游记》等名著。因风格不同，结果获得错位发展，街头那家男同学扎堆，街尾那家女同学占主力。在这文艺的小镇上，老百姓教育孩子，随口就能说出“谦受益，满招损”“狡兔死，走狗烹”之类的话。

我还注意到，小镇上除了一家公立医院，还有一家民营诊所，爷爷中医坐堂，孙媳妇西医问诊，真正意义上的爷孙同台、中西医结合。老先生写处方用毛笔，随手写一张都是书法精品。我留了一张老先生开的方子，大学时缺钱花，请人裱褙了卖给一个福建人，换得大洋一千八。

在这样的小镇读书，感觉每一天都在一架看不见的梯子上攀登，每一天都在朝心头的目标迈进。格瓦拉中学有着无形的气场，这气场催人奋进。

时间是弥合创伤的良药。不久，我就彻底忘却了余弦、何娅带给我的那点尴尬，算是不打不相识，我们成为朋友了。

跟他们成为朋友后，我发现，我那农村人特有的面子观，在县城孩子那里简直像出闹剧。面对县城孩子的强大，我们的本能就是“装”：装强大、装底气、装体面。而县城里的孩子跟晴天东山头的太阳那样直率、直接。我们的“装”，在遮蔽我们与生俱来的拘谨的同时，让我们像仙人掌那样，即使开出令人艳羡的花，也没几个人敢靠近。

意识到这一点，我慢慢开始改变。我发现，不管是余弦还是何娅，都很好相处。余弦的本事都集中在那张嘴巴上。格瓦拉中学的补习班向来不设班干部，他正好补了这个缺。班里的大小事务、一切纠纷，都由他总揽。他能把盛怒的人说笑，能把得意的人说哭。郭庆是余弦的跟班，余弦脚指头翘一下，他就知道余弦要他做什么。主意多，鬼点子不少，常被余弦当“余办主任”和外交官用。何娅跟章鹰好得像姐妹。郭庆说她们好得像“同志”，结果给章鹰知道了，罚他一次吃了八个肥肉大包子。章鹰的声音甜美，非常具有迷惑性，接触了才知道，这丫头性子糙得跟鲁提辖像是一个爹娘教出来的。何娅呢……何娅留到后面说，后面的事情大致跟她有密切关系。有必要说说我，有一天经过格瓦拉镇唯一的十字街头，我看到一个坐在“大绵羊”摩托后座的长裙美女伸长脖子，越过驾驶摩托那小伙的肩头，直抵小伙子右脸，小伙子准确会意，扭头给那女子一个热吻，我向天老爷保证，四片嘴唇准确无误叠在一起时，我站在路边看得都惊出一身冷汗，那摩托时速至少40公里。回学校讲给大家听，谁都不信，说我荷尔蒙超标，闷骚得不可救药，编个段子来泻火。我写了一篇稿子投给报社，报社信了，发表在显眼位置，文章的标题为“路口飞车热吻，激情惊煞路人”。语文老师在课堂上没表扬我，只字不提，背后满校园神吹：“我发现了一棵文学苗子。”他说那篇文章文字简洁、情节生动、风趣幽默、耐人寻味。我人生的伏笔埋在了这里，高考结束后，买来十本稿纸，立志成为作家。

我爹对我拿回去的2000块钱表示惊讶，对我终于回到学校表现出难得的高兴，当初“弃文从医”，他就相当不支持。“你好像安心跟鲁迅先生对着干！”他说。我爹只拿走了800块，剩下的1200块给我在格瓦拉做生活费。

格瓦拉中学的补习班有个不成文的传统：向课堂要质量，该学的时候拼命学，“只要学不死，就往死里学”，班主任这样对我们说。该休息的时候换着花样玩耍。“不会玩的人绝对不会学，还绝对学不好。”这话也是班主任说的。也只有在格瓦拉中学才有老师鼓励学生拼命玩的，当然前提是学习的时候必须“拼命学”。

校园里的刻苦学习每每都是一样的，而课余的玩耍则各有各的不同。周末，余弦和何娅他们总是相约到处玩耍；如果我不回家帮父母干活，他们就约我一起去野炊，或者顺着格瓦拉镇边的小河源头逆流而上，去探寻河的源头。他们在一起的时间总是比我跟他们在一起的时间多，我能感受到，他们之间除了同学关系还有比同学关系更密切的关系。格瓦拉的大街小巷，包括田野上，到处都曾留下过他们的身影。他们骑着单车在路上飞奔，两个人一辆，男同学骑车，女同学坐车，一边飞奔一边唱歌。所经之处，田野里弯腰干活的农民都会直起腰来，抹一把额头上的汗水说：“格瓦拉中学的疯子又来了！”格瓦拉中学补习班每年都会出这么一帮学生，他们见怪不怪，说完又埋头继续干活。

在格瓦拉中学第45届校运会上，从这里毕业的两个国家级体操教练亲临运动会现场，跟李苏启校长一道为校运会开幕剪彩，其中一个还作了个简短的发言，让全校同学真切地感受了一回格瓦拉中学“文武兼备”的优良传统。

我报名参加5000米、1500米、800米和接力赛。同学都用异样的眼光看我。大家都认为我是在哗众取宠。“一拖三”他们相信，参加四个项目比赛他们也相信，但他们对我能取得好的名次不相信。我身体单薄，走路几乎听不到脚步声，不仅相貌不像个长跑运动员，而且也从来没听说我擅长跑步。余弦连单口相声都懒得费力气说了，直接对我报以怀疑的目光。只有何娅说：“李苏启，你一定是个硬汉！”为此，余弦跟何娅打赌，筹码是谁输了，都得不定期替我买红烧肉，总共十份。我在心里笑得嘴巴都歪了。要知道，我肠胃里的锈，生得不是一天两天了。

参赛那天，我出尽风头，1500米我拿了全校第一，800米预赛第一，决赛也是第一。然后是5000米，起跑时有31个同学，跑到2000米的时候还剩17个。起初，跑道两边的啦啦队各自为各自班上的参赛选手呐喊助威，到后来，我无论跑到哪个啦啦队的前面，他们都喊：“李苏启，加油！”我跑得太快了，第一个400米，我就把队友甩到后面，我的优势在于大步流星、匀速向前。400米一圈的标准跑道，我跑完8圈的时候，后面跑得最快的都才刚刚跑完5圈。李苏启校长在办公室里听见全校同学都在喊“李苏启”，以为发生了什么大事，跑到操场上来，见另一个李苏启在跑马拉松，破天荒地站在跑道边当啦啦队。当我经过他身边的时候，他热情地连喊了三声：“李苏启，加油！”哈，李苏启给李苏启鼓劲，成了这场运动会上最大的看点，远远超过两个国家级体操教练来为这场运动会剪彩——将来写进校史，一定要在两个名字后面将各自的身份标注清楚，否则可能会被后人当病句删掉。同学们平时对他这三个字讳莫如深，是不敢随便喊的，今天好歹逮了个合理合法狂喊的机会，于是“李苏启”三个字被喊得惊天动地、响遏行云。我两只耳朵像冬天里裸身的树枝，把风掣得呜呜作响。奔跑真是爽快啊，我想象自己像匹草原上的骏马，正跑向一望无垠的天边……

就在我想象跑到终点全场沸腾的景象会不会把操场掀翻的时候，我感到胸口发紧，像被谁一下子绑了绳子，最开始是一根两根，很快就是十根八根，后来越来越多，数都数不过来。绳子在我离终点还有一圈半的时候开始收紧，而且越来越紧。刚才均匀的呼吸像给谁中途钻了个洞，肺里面亟待补充，鼻腔里却跑冒滴漏，我的脚步就乱了，踉跄起来，几乎要摔倒。何娅最先发现我不对劲，她拽了一下还在热烈喊着加油的章鹰，跟她说了几句什么，两个人冲到跑道边上来，在我身边跑起来。何娅问："李苏启，你怎么啦?" 我已经没有力气回答她，冲她摆了一下手，继续往前跑。行百里者半九十，我不能输在这最后的几百米上，否则，依我自己都感觉有些变态的自尊心估计，我终生都不会原谅自己。咱是来格瓦拉中学实现梦想的，不是来丢脸的。

何娅愣了一下，突然转身拉起章鹰的手向医务室跑去。

我至今已不记得跑向终点的情景，我甚至不敢肯定我有没有跑到终点，模糊记得我前面出现了红色的带子，不是一根，是好多根，乱糟糟地挡在前面，我胸腔的塞子就在这时闭合了，"腾"地在胸口上爆出一团火，想要爆燃出来，却被塞子堵得严严实实的，顿时，大脑一片空白，全身没有哪一处还听我指挥……

六

苏醒过来已经是第五天，我躺在病床上，有两根管子插在左胸侧下。神志恢复后，我爹告诉我，我患了化脓性肺炎。这毛病在我身上已经潜伏好长时间，五天前找到个合适的机会突然爆发出来。两根管子连着两台机器，负责从我肺上抽取脓液。

我爹憔悴得拍一巴掌就可以贴到墙上，这么多天几乎没合过眼。我爹告诉我，好在我的几个同学轮流替他照顾我，尤其是两个女同学，那些沾满血污的衣服，都是她俩洗出来的。李苏启校长借给我爹一口电锅，她俩就用那电锅给我熬粥。我的住院费学校垫付了一部分，剩下的部分我不晓得我爹是向谁借来的。那两个女同学回学校上课之前，还手把手教会我那只会使用农具的老爹操作电锅。

不用说，“那两个女同学”一个叫何娅，一个叫章鹰。

护士每天上午来挂水，大大小小一共五瓶，叫得出名叫不出名的消炎药、抗生素一大堆。每天上午十点左右查房，医生都要重复一个问了一万遍的问题：“昨天多少毫升?”

“200 左右。”我爹说。医生是指一天一夜抽出的脓液量。

“少，太少了!”医生说，“要是今天还达不到 500，就得考虑把胸腔打开。”

我父亲已经历过五十多年的世事，还是被吓得脸唰一下变得比医院的墙壁还白，他声音哆嗦地问：“不开行吗?”

“不行，他肺上的脓液越积越多，机器抽都抽不出来，这样拖下去，只有一个结果，那就是……”医生没把话说完，三岁孩子都听得懂。

“是不是打开来，”我父亲没有力气和勇气把问题一口气提出来，“就能解决问题呢?”

“手术上的事情，都是有一定风险的，谁敢打包票?”

医生说完，实习医生把我床头上的床牌换成“备皮手术”的牌子。

“放在什么时候?”我爹叹了口气，声音不再哆嗦，尘埃落定，他反倒定心了，我从他声音里听出了绝望。

“明天下午。”医生说，“最迟不能超过明天下午。”

我是清醒的，他们的对话我听得清清楚楚。拖下去只有死路一条，打开胸腔也可能会死，嗨，我才刚满 20 岁，好多事情还从来没有经历过呢，如今多半也来不及了。大家都说我不该参加那么多项跑步竞赛。事实上，他们不知道，即使不跑步，这病迟早也会光顾我的。半年前，我还在跟师父学医的时候发了一场高热，师父诊断为肺炎。师父只用了三味草药，煎水给我喝下，然后用药捻子烧炙穴位。像揭了一层纸一样，半个小时之后体温就恢复正常。师父嘱咐我两天之内不能沾凉水。建议我脸和脚都不要洗，哪怕用热水。这些我都做到了。谁承想到，第二天在跟师父出诊的路上，我们遭遇了一场突如其来的大雨。我俩都没带避雨工具，从路上跑到最近一家人家屋檐下，都没挽回衣服被淋湿的命运。病根就是在那时候落下的。最近两个月，我总感觉气急、胸闷，前几天还发现血痰。我知道我的身体一定出现状况了，什么状况我说不清楚，也没跟半年前那场高热联系起来，要是有师父的本事就好了，可惜才学了点皮毛。

我让爹给师父打电话，请他来救我。接到电话后，师父当天下午就来了。师父见我已成这样，就说："苏启，你这个病已经超出师父的本事范围了。"

我一听，心里顿时凉透了。师父在我心里是神医，他都说无力回天了，这世界谁还有本事？我叹了一口气对师父说："师父，徒儿不孝，半路改行，还望您老人家原谅！"我口气平静，语调平缓，在场的人都听出来，这是我对师父说的临终遗言。

师父很难受，他伸手在我头上摸了一阵说："若得贵人相助，徒儿定能跨过这道坎。"

"贵人？是师父您吗？"我的口气依然平静。身边机器毫无表情地响着，我肺上的秽物正有一滴没一滴地被抽到容器里。肺泡里的脓液越积越多，像塞了些石头，每天都在往里面塞，胸腔被一天天撑大，可供我呼吸的地方越来越狭小。呼吸那么简单的事情，现在变得越来越困难。

师父摇头："不会是我。"

"是医生吗？"

师父没有做出肯定的回答，也没有正面回答。他说："平心静气，顺其自然。"

我想，师父这是在宽慰我。行到水穷处，有这份宽慰总比没有好。我感念师父对我的好。跟他学医近两年，从来没有骂过我。总是鼓励我说，他只有高小文凭，我这高中生一定能超过他。冬天降温的夜晚，我窝在被窝里不吱声，他半夜走进我的房间来替我加被子。我有胃寒的毛病，他指导我比照《药性歌括四百味》，从《汤头歌诀》中找到相应的药方，再根据我自身的身体状况加减配伍，确定每样药的剂量，煎服一剂，效果非常明显，两剂就根除。这让我充分体会到中医的神奇。也算我治好的第一例疾病。为此，我很有成就感。他的教学充满实践和探索，化枯燥为有趣。话说回来，这跟学校学习比起来，那就太枯燥了。师父曾经告诉我，要练就把脉知病的本领，大概需要 20 年。20 年啊，我觉得太遥远，那时我都 40 多岁了，20 年的探索和研究，有多少人能坚持下来呢？这期间有多少人的疾病，我根本没本事凭借他脉象提供的内在信息，而是靠自己的主观判断来诊治？在我大彻大悟脉象之前，这些人都是我的实验对象。这太荒唐，甚至算得上残酷。

如果要找出我最终重返校园的原因，这算一条。我担心在没有练就把脉知病本事前，稍不留神就把人杀了，比杀鸡还简单。对方咽气之前，还会冲着你一身白大褂千恩万谢。

这一天剩下的时间我一句话没说。在我们乡下有一句话叫“该死则毬朝天”。意思大致跟师父说的差不多，一切顺其自然，是福不是祸，是祸躲不过。我甚至什么都没想，连我父亲有没有替我筹备好手术费我都不问：要是能活过来，父亲借再多的债，都不是债；要是活不过来，这些问题我了解得再详细，都没机会替他分担一分。

我永远记得，这是 12 月份的最后一个星期五。

第二天，也就是星期六，天刚亮，我听见何娅和章鹰的声音从医院廊道的另一头传来。她们在门外遇到我爹。隔着门，我看不见他们，但听得见他们说话。她们一定给了我父亲什么东西。我父亲推辞说：“孩子，不要这样，你们来看看我儿子我就很感动了！够多了，你们不能再这样做了！”我父亲声音哽咽。何娅说：“叔叔，这是公共场合，推来推去不好看。这是我和章鹰的一点心意，请您务必收下！”说着打开病房的门。我爹躲在门后抹眼泪，他没进来。

两人在我床前这这那那问了一阵。何娅问我：“想不想吃点东西？我替你熬点粥去。”

我点点头。医生昨天的医嘱说今天一早开始限量喝水，不能进食任何流质和半流质的东西，要等术后放了屁才能进食。可是，谁知道我还有没有机会下了手术台放屁呢？我想：管他的，饱鬼总比饿鬼强！我总不能瘪着个肚皮跑到阎王爷那里讨烧饼。

两人走出病房的时候，何娅又回头问我：“要不要放盐？”

我吃不进任何蔬菜，只能放盐在稀粥里调味。

我摇头说：“不要。”嘴巴里又咸又潮，只想喝点淡粥，淡到只剩下米香最好。

大概过了一个半小时，章鹰端着李校长家的电锅，何娅拿了碗和勺子进来。她俩已替我把粥凉好，稀稠适中。我心里很感激。我后悔开学第二天就跟何娅生气。人到这时候，犹如落到井底，别说从井口探下一根麻绳，就是飘了一根南瓜藤下来，都会觉得是温暖，是恩赐。

“现在吃？”何娅问。我点点头。我爹大概上护士站做什么准备去了。章鹰把床摇起来，让我坐直身子。章鹰声音好听，可病床不会因为她声音好听就主动降低摇起来的难度，等她埋头把床头摇直后，我看见她的额头和鬓角上渗出一片细密的汗珠。

我要自己舀来吃，何娅偏要用勺子喂我，我犟不过她。她舀了一勺喂进我嘴里，温热的粥果真散发出大米的清香，自己煮的就是不一样。这些天我跟我爹吃医院食堂，两素一荤，咸得吃不下不说，那素菜我敢肯定从来没认真洗过。前天我从炒青菜里挑出一片纸，上面赫然有六个字外加一个括号：护舒宝（夜用型）。分两排，上排大，下排小。荤菜则是红烧鸡头、鸡脖子，天天如此。米饭稍好，稍好的意思是看不见异物，可每一粒饭都坚硬得巴不得在牙床上装台粉碎机。

舌头刚接触到粥，味蕾立即表示强烈不满，喉咙马上反抗：米粥是放了盐的。我“噗”一下喷出来，接着剧烈咳嗽起来，才咳了四五下，我就感觉到不对，紧急示意何娅把床底的脚盆拽出来。何娅慌了，把手里的碗和勺子丢到床头的小柜子上，拽出脚盆，我喉咙底下憋足的咸腥的东西冲口而出，喷到盆里，是脓和血，赤橙黄绿青蓝紫，各色俱全，腥臭异常。我已顾不得斯文，面子暂时塞到裤裆里去，跟醉酒的人强烈呕吐那样，我止不住呕吐。脓血，脓，血，脓脓，血血，血脓脓，脓脓血……吐到半盆的时候，感觉胸腔里的石头少多了，到这会儿我晓得，不用上手术台我都知道有两种结果：死亡，或者有救——有救的可能性大于死亡。章鹰站在床脚发抖，连尖叫都不会了。我爹不晓得什么时候站在门口，也吓得动弹不得，张起无助的嘴巴，木然望着我呕吐。我爹真有先见之明，医院发住院用品的时候，我爹嫌面盆小了，再说也怕是别的病人用过的。他正处在一分钱恨不得掰成两份来用的艰难岁月，竟耗资10元替我买了一个大面盆，看，真派上用场了。何娅吓得把那盆赤橙黄绿青蓝紫盯得死死的，我吐一下，她向后面退一下。邻床的病友大声提醒他们：“快去喊医生！”何娅最先醒过神来，冲出病房。看见何娅的背影消失在房门里，我眼前一黑，再次失去知觉。

再次醒来的时候，首先进入眼帘的是我爹兴奋的表情。他的胡子已好久没刮了，他兴奋的表情在他长满胡子的脸上波涛汹涌，最后涌到眼角，变成两行热泪奔腾而出。我妈和我的三个弟弟也在。

“大哥醒了！”最小一个弟弟喊了起来，气势跟站在天安门城楼上向世界宣告一样令人振奋，“我大哥醒了！”

我在一家人中间找何娅和章鹰的身影，我爹告诉我，她俩回学校上课去了。我爹还告诉我，周末两天她俩不离我左右地陪护我。

“今天星期几？”我问。

“星期三。”三个弟弟异口同声地回答我。

我摸摸胸口，胸口好好的。我爹说，我被推进抢救室后，仪器检查，胸部的阴影消失，医生把我推出抢救室，对我爹说，已经没有必要进行手术了。然后继续给我抗生素和消炎药。昏迷中又吐了几次，跟第一次比较，都是象征性的，且一次比一次少。过了一天，生命体征平稳，医生对我爹说：“你家孩子活过来了。”后来科室主任来查房的时候说：“真是奇迹，机器都抽不出来的，这小子竟自己吐出来了！”

一切都因那口盐粥。我不晓得，是何娅把我的话忘了，还是阴差阳错地听岔了。

“贵人！”我想起师父说的那两个字。

七

再返回格瓦拉中学的时候，格瓦拉中学迎来期末考试。我身体依然虚弱，可我战斗的信心一丝一毫不减。学校发给我好大三本证书。还有好几百块钱的奖金。这一次没人喊我买糖，我买了喔喔奶糖，从同学到老师，每人一份。当然，我那同名同姓的校长大人也不例外。李校长对我说：“李苏启同学，要是不出这状况，我们可以向武汉体育大学推荐你。”我告诉他，出院医嘱的第一条是康复之后三年内不得从事剧烈运动。医生在向我宣读这一条的时候，特别叮嘱，绝对不能从事跑步竞赛，长跑、短跑都不允许。“否则，会要你的老命！”他说。

考完英语，情况非常糟糕，真应了一句话：理想很丰满，现实太骨感。这学期，我除了生了一场大病外，业余生活太过丰富啦，野炊、骑自行车环游格瓦拉湖、合唱比赛、运动会等。如果不是这场考试，我早就忘记我还有个死穴，也忘记了我需要提高英语成绩，否则，我将成为砸格瓦拉中学补习班牌子的人。人家会怎么说？“看，这就是当初获得2000元大洋奖金的超级种子选手！”老天爷，这无异于掀掉了我家的祖宗牌位。

全部学科考完那天，我独自坐在座位上发呆。我为我的外语焦虑：非动真格不可了！英语作文来不及搞了，我至少要在选择题、完形填空和阅读理解上搞到点分数。可我实在无从下手，我是该背单词还是读语法呢？有没有什么捷径？有没有人愿意做我的小先生替我补课？找英语老师是不可能的，她正跟一个男人热恋，每天“折磨”她男朋友都忙不过来。

何娅哭哭啼啼地进来，陪她一起进来的还有章鹰、余弦、郭庆等人。

何娅最近牙龈肿痛，一颗蛀牙在下岗前夕铆足劲儿发炎，折腾得她撞墙的心思都有。考试结束后，一帮人陪她去拔牙。出门的时候还没想好是上格瓦拉镇的卫生院，还是民营诊所，还是别的什么地方。在格瓦拉镇镇口，他们看到许多人里三层外三层围观一白大褂给人补牙换牙，也围了上去。那白大褂身材魁梧，身后有一大红色横幅扯在两棵香樟树之间，横幅上红底白字：祖传秘方，无痛拔牙。见几个被他医治的人带着满意的表情离开，何娅就动心了。游医自称姓何，何娅上去就诊，立即跟何娅认了本家。他对何娅说：“何本家，这是我们何家的祖传秘方，不用老虎钳，不用吊索，更不需要钻子和铁锤，不需要手术，更没有痛感，咳嗽一声虫牙下岗，包你满意，不满意不收钱！”何娅心花怒放。游医的治疗手段果然简单，他让何娅闭上嘴巴，用指头按压何娅的牙床，不断问：“这里吗？是不是这颗？”得到确切回答后，他用指头按压一下蛀牙部位，嘱咐何娅继续闭嘴 5 分钟，然后咳嗽。5 分钟后，何娅张嘴咳嗽，从嘴里吐出一颗牙齿。游医把牙齿从地上捡起来，指着牙齿根部一根白色线状物对何娅说：“看，这是牙虫！”等何娅付了钱，往回走了一阵，牙痛突然犹如刀绞，她伸了指头到嘴里摸索，惊骇地发现，上牙第五颗蛀牙仍然好好地站在牙床上，相对应的下牙却被拔除了。这还了得，她们一干人回去找那游医，余弦说单口相声的本事派上用场。面对凌厉的攻势，游医岿然不动，这家伙江湖够深，什么场合没见过，还怕几个毛都没长全的学生？他等余弦嘴巴说酸歇气的时候说：“你们刚才谁没看见牙虫？都看见是吧？那就好，那就是一颗虫牙。牙痛有对称性，病灶在下面，往往痛在上面。看来你上下牙都有问题，要根治，得把上面那颗也拔掉。”何娅肯定她的下牙是无辜的，蛀牙的凹槽在上牙，刚才看到那下牙饱满光洁平滑，哪里像蛀牙呢？她向游医索要牙齿，游医说你没要求我保存，早丢啦。可余弦、章鹰等人包括何娅本人见游医正要补到一个四十岁上下秃头嘴巴里的牙齿，怎么看都像何娅刚下岗那颗。秃子满嘴烟熏的黄牙，哪来那么光洁的牙齿？呸，真拿他一点法子都没有。何娅的蛀牙还在岗在编，一日不除就只有撞南墙。游医表示再拔一颗可以，子儿一个也不能少。何娅想想这亏吃大了，被拔一颗好牙得不到赔偿，还反多出一倍的价钱，转身气鼓鼓地回来，路上越想越气，忍不住眼泪掉下来。一帮人除了安慰她，什么办法都没有。章鹰建议把他摊子砸了，余弦第一个就不响应，他除了一张嘴好使，动拳头的事从来没做过。

我问："他按压你牙床的时候，有没有换过指头?"

几个人都说没在意。

我决定去会会那个游医。看来天底下拥有那本线装古书的人不止我一个，当然也不止他一个。

我挎上书包，摸摸那小药瓶，小药瓶还在。

对里面的东西我过去一向心存敬畏，发誓轻易不用。可事情发生在何娅身上就不一样了，何况问题已交到我这里来，我自愿铤而走险，再说他的伎俩跟我的办法，从结果来看，应该就出自那本书。

游医还在那里。对我们的到来并不感到意外。他送走一个刚经他医治的病人。他说："回家去多用盐水漱口，若还有不适，随时来找我。"他拽了条毛巾拍打一张塑料凳子，凳子很干净，没有灰尘，但他还是要拍打几下，谁都看得出来，他是在我们发难之前猜我们会用哪句话开头，他好用一句话给我们来个一剑封喉。

我说："医生，您真是神医。同学们都说您隔着脸皮摸几下牙床就能把蛀牙取下来。"

这话超出游医的预想。我根本没有问他，他无需回答。不仅没有问，我还表扬他呢。

我说："您的手法我也会。用的是气功。"

游医一笑，他说："哦，气功？练练?"他的意思是让我练给他看。我嘴唇上已经长了一层小胡须，但怎么看都不像是从金庸武侠小说里走出来的，何况我大病初愈。他完全可以眯起眼睛看我，他脸上挂着嘲笑。他在拍打过的凳子上坐下来，跷起二郎腿，抽出一支香烟，准备点上。

“请您坐好了，香烟待会儿点，让我试试看，”我说，我抱了一下拳，动作搞得古色古香的，“讨教了！”

游医没把我放眼里，所以拿谁做实验他根本不在乎。

我用食指摸他的牙床，在何娅缺牙的部位我的指头停下来，我说：“医生，讨教啰！”说着，我换了个无名指顶在刚才食指的位置，轻轻揉了几下。我说：“医生，嘴巴闭好了，过5分钟后再咳嗽一下。”

我退后一步，游医的脸上写满不屑和嘲笑。要是我把他牙齿取不下来，那他这神医就当定了，何娅就活该丢掉两颗牙齿。不少逛街的人围在四周，有个老太太问：“牙医今天收徒弟了？”谁也没回答她，这问题太滑稽了。我又退后一步，笑眯眯地看着他。我把刚才伸进书包，在小药瓶口抹过一下的无名指放到街边的香樟树上擦了几下，确认擦干净了才停下来。

这小药瓶里的粉状物是我去年春天自制的。那时我刚找到那本线装古药书，里面有几行字：以河滩净沙上白丝鱼和马尿置瓦上焙干研磨成粉即为滑骨丹。曾听长辈说，从前有一侠客，专修太极，行侠之时不用刀剑，而是贴身用手捏拿对方关节，顷刻让对方关节脱落，若24小时内不能接上，即落下终身残疾。我不晓得那本书上记载的奇方是不是真有神效，有心配制一试。白丝鱼和马尿都是平常易得之物，就做了一瓶，到夏天抓回一只螳螂来，于指间蘸少许滑骨丹轻抹螳螂的关节处，转眼螳螂脚爪的功能尽失。这吓得我一身冷汗，好在我学过生理卫生，之前只敢用指尖触碰滑骨丹，指尖上没有关节，否则后果不堪设想。

5分钟到了，他主动张嘴咳嗽了一声，他张嘴的时候，脸上嘲笑的表情一点儿不减。随他咳嗽的声音在喧闹的格瓦拉镇上空响起，一颗牙齿从他嘴巴里飞出来。他大惊，用穿风漏气的声音问："这是怎么回事？这是怎么……"

何娅、章鹰、余弦等一帮子同学和看热闹的群众也惊呆了。

我捡起地上的牙齿，指着牙齿中间的线状物对他说："看，这是牙虫！"

游医脸色铁青，暴怒道："放屁，这是牙髓！"

我不怕他，我有那么一帮同学撑腰。我相信如果江湖郎中揍我，哪怕余弦这样只有嘴巴发达的家伙都不会袖手旁观。我指着何娅问他："在你身上是牙髓，在我同学身上就成了牙虫了？"

他已经没心情跟我争辩，提起两个大拳头就要揍我。我伸出食指，再伸出无名指在他面前晃晃，说："小心这个！"

他本来以6米每秒的速度向我奔来，见到我的指头，突然刹车，"嘎"一声停在离我一米不到的地方。他因愤怒把自己一张还算说过得去的脸搞得像涂了变质的番茄酱，可他还是垂下拳头。他算明白了，他所拥有的我也有，如果撕破脸，把老底揭出来，自己把自己的饭碗砸了不说，不知有多少跟何娅有同样遭遇的人都会来找他。他用手心揉揉被取掉牙齿的部位，换一种方式问我："小兄弟，感谢你把我虫牙取掉。"什么是江湖？这就是。在《聊斋》里，妖精变形起码要喊一声"变"，川剧变脸还需要一个遮脸的假动作，他什么都不需要，眨眼就跟我称兄道弟起来，那表情和口气，整得跟真的似的。

"承让！"我不动神色，不卑不亢。

"只是你手法不熟，弄痛我了！"

我说："有机会再来向您讨教！"

八

没出院，我就悄悄喜欢上何娅和章鹰。不仅因为善良，是我的"贵人"，还因为她们漂亮。我心头的道德底线在责备我：怎么可以一起喜欢两个呢？可没办法，我努力过，也尝试过，我没法喜欢一个不喜欢另一个。

返校的第二天晚上，余弦对我说："鱼塘要翻塘了。"他所说的"鱼塘"，在校园靠近厨房的水池边，十几亩水，里面的鱼是厨房的剩饭喂大的。每年放寒假前夕都要翻塘，捕上来的鱼大部分出售，全校教职工各分得几十斤，剩下的免费让全校学生吃两天。

我被他说得莫名其妙，学校还没有动手，皇帝不急你太监急啥呢！我问："什么意思？"

他说他刚才在指头上夹了点面包干，有大鱼来吃，像狗一样把他指头咂得啧啧有声，他迅速把指头弯成鱼钩状，竟把那条大鱼拽了上来。他脸上的表情所代表的意思是：我这行为算不算偷啊？他一向会说的嘴巴像给谁涂了502胶水。看来这小子以前多半没干过坏事。

鬼才相信呢，指头能钓鱼！我问他："鱼呢？"

他从我床下拽出我在医院里吐过的盆子，里面有一条六七斤重的草鱼在徒劳地张嘴翕腮。

我感叹道："啧啧，本事啊，指头钓鱼！"

"怎么办？"他的意思是怎么处置这条大鱼。总不能拿来供神龛上，我说："煮来吃了。"

"到哪里去煮？"

"上李苏启家。"

"你胆子真够大的。偷他统治区的鱼，还用他家的锅来煮！"

我想起来李苏启借给我爹的电锅我还没还。弯腰从床下拽出电锅。余弦高兴了，喊来郭庆、何娅一帮人。何娅和章鹰将来必是优秀的家庭主妇，几样简单的调料，就把一条草鱼煮得鲜美无比。何娅的体力明显没有章鹰的好，忙乎一阵，她坐下来歇气，气喘不均。我见她的脸比平时白，颧骨上的红晕比平时更深，我想多半是在往返于医院和学校照顾我期间累着了。我心里很感激。大家都很开心，就没在这上面多想。

何娅建议，李苏启家的电锅暂时不要还了。

我问："为啥？"

她说："放你这里好煮鱼。"

"啥时候还呢？"

"啥时候鱼塘里的鱼煮完，啥时候还。"

何娅的俏皮话把大家逗笑起来。

这时，宿舍门上响起了敲门声。郭庆去开门，进来的是校长李苏启。李校长往一丢鱼骨上扫了一眼。我们都不晓得他要说什么。学校规定，严禁在宿舍使用电器，防止发生火灾，否则罚款，并通报全校。这已经不得了了，刚才没经过他同意就把他辖区的鱼煮了，够我们吃一壶的。我们谁都不开腔，谁都不敢开腔。李苏启说："你们在给李苏启补身体吗？"

一帮人"嗯"了一声，嗯得很轻松，像在长辈面前撒娇。这时的李校长已经自己下了几个台阶了，大家心里都明白，问题不会像我们想象的那么严重。

"李苏启现在还不能吃鱼，"校长说，"容易复发。"

这一说，让我想起那个星期六的早上盆子里被我喷射的赤橙黄绿青蓝紫，我"哇"一声吐出来。我爹花巨资替我买的盆子正好在面前，这时候已经空空如也，刚才他们连最后一滴汤都没放过。

李校长端起他的电锅走出门去，谁也不再提宿舍煮鱼的事。

九

期末考试结果公布，何娅第一，余弦第二，章鹰第五，高三年级前50名我们班占了31个，我英语34分——又是34，这数字跟我前世有仇，差不多等于缺考一门，排在32名，混进非补习班队伍中。我知道自己英语差，没想到因为外语，我竟然差到这个地步。从前在我毕业的那所名不见经传的学校读书，这种差距不明显，如今在高手云集的班上，我数学成绩哪怕考满分也无济于事。我真担心以后李苏启在招补习生的时候，会增考英语。

英语老师找我谈话，她说最简单的办法就是背诵所有课文。

“通过背诵，从中体会语感，具备语感，你就能解决听力题和完形填空题，甚至连阅读理解题都可以靠语感来解答。比如‘我让你听音乐’里的‘让’，换成‘煮’或者‘偷’，都不通。”

作为名校格瓦拉中学的教师，为早一天从开发商手中拿到某套房子的钥匙，英语老师在跟男朋友约会之余，还在两所民办学校兼课，我要把提高英语成绩的希望寄托在她身上，好比我要美国总统来给我写毕业鉴定一样，太不现实。

我请何娅指导我英语语法和句法，何娅爽快地答应了。跟何娅交往是件非常愉快的事情，我问她去年高考结束后干的第一件事情是什么。她说：“我在本子上写了9个字：离高考还有362天。”她幽默风趣，擅长把简单平实的话，说得让你喜笑颜开。随着一个个英语山头被消灭，我渐渐喜欢上了英语，当然也把何娅跟章鹰分离开来了，我发现我内心深处是如此喜欢何娅。到何娅把初中课本上的语法、句法和高中课本上的大部分语法、句法让我基本搞懂的时候，我汪洋恣肆的荷尔蒙催得我不立即对何娅表达我的爱意，我就无法再继续学下去。这世界，男女恋爱的结果只有那么几种，过程却千差万别，短的一个眼神，一句话，长的几年十年，甚至一辈子。校园恋爱就简单多了，在明确表白之前，两人都处于朦胧状态，这种状态很美好，彼此都能感受得到它的存在和美好，却都不去挑破，放在心里，交给眼神，含在嘴里不说出来，让人一辈子回忆起来，都忍不住激动。关于我跟何娅在这方面的细节，可参照琼瑶阿姨的《几度夕阳红》《月朦胧，鸟朦胧》的前半部分，也就是男女产生好感，彼此倾心的那部分。为节省笔墨，恕不赘述。我把珍藏多年的一块脸谱石送给她，蚕豆那么大，她没客气，就收下了。她大概认为这只是一块石头而已。后来有一天，她问起这块石头的来历。我说，这块脸谱石是我小时候家里请一个石匠从一块火山石中间敲出来的，那石匠见了这块带红蓝花纹的石头说：“可惜了，缺了点火候！”随手送给我。那时候我爷爷还在世，他给这块石头取名为“花旦子”。我嫌不好听，给它取名“脸谱石”。我把它当玉一直随身带着。她说：“既然是你的随身玩意儿，怎么可以拿来送人呢？”我说：“好马配好鞍，男孩子身边的玩意儿迟早都是要送给某个女孩子的。”何娅的脸顿时红红的，我想她是懂我的意思了。这样的招数，古代评话中俯拾皆是。可她并没有明确表态，该干啥还干啥。我见她没反应，就写了一封信塞到她文具盒里。我词情恳切，真诚至极。我想我的文字虽不能让石头开花，但至少能让姑娘动容。我想不管是拒绝还是接受，她都会回答我的，就像我问她英语问题时她总能回答我一样。这大半年来，磕磕绊绊，从没见她讨厌过我，她对我重话都没说过一句。要是她不在乎我，当初就不会替我买糖，更不会牺牲自己的时间替我补习英语。我想她答应我应该是件顺理成章的事情。没想到，她选择沉默。也不是不说话，就像什么都没发生过，每天跟章鹰嘻嘻哈哈地进进出出。

这比拒绝或者接受要折磨人一千倍。我晚上总睡不着，上课恍恍惚惚。我毕竟学过医，在师父黄世伟身边待过两年，我知道我的病在心头，心病还需心药治，我的心药——她的回答。

这天，何娅和章鹰来到我面前。章鹰说：“从今往后，你得靠自己的本事把英语提起来。”

“何娅，你不帮我啦？”我大吃一惊，连忙问。我没想到等来的竟是这一出。

章鹰说：“你已经入门了，可以自己提高。何娅还有自己的功课，不能因为帮你把自己耽误了。”

这话是我没想到的。是的，时间对每一个高三的学生都是珍贵的。我在陶醉于何娅的美好的时候，竟然忘记了她也是高三补习班的学生。“我是不是太自私了？”我责备自己。事实上，当我背完初中六册英语课文，在何娅帮助下把高中英语除虚拟时态和被动语态之外的大多数语法基本搞懂，进而把高中课文背掉一大半的时候，英语这门学科的大门已经徐徐向我打开了，英语老师的课我基本可以听懂，五个问题我至少能回答正确两个。

“我能行吗？”我心头没底，不自信。

“能行。”何娅笑盈盈地说，“你一个爷们儿，没什么不行的，只要你有恒心和勇气。”

她不笑还好，她一笑，我方寸大乱。对于大多数人来说，高考不是实现人生目标的唯一途径，可对于格瓦拉中学补习班的同学来说，谁不打算进大学里去淬火呢？似乎也只有这样，我们才有跟这个世界对话的底气。

刚刚打开的情感之门，就这样咣当一声被关上了。

“要是何娅拒绝，她绝不会这个样子对我说话！”我暗自庆幸。她透露给我的信息是她可以爱，但不是现在。我想起农村里老人对孩子的警告：莫采青果，才等得到成熟的美味。话虽这样说，难言的心绪还是过了好多天才慢慢消退。

投入更紧张的学习是解决情感分叉的最好良药。不仅英语，其他各门功课，我都投入了百分之百的精力。不用考试，自己都能感受到自己每天都在进步。

何娅送给我一本《高中语法归类举例》，扉页上是她写的一行字：鸡蛋从外面打破是食物，从内部打破是生命；人生从外面打破是压力，从内部打破是成长。与李苏启同学共勉。何娅。

成长？我确实需要，这无关年龄和身体，是心理。从此一切看似平静，又确实不平静。我跟何娅继续是最好的朋友，但已无关风月。多年以后我悟出，我之所以猴急着表白，跟我的出身大有关系。我出身农村，农村人进入社会，哪怕别人给予一点点关心和爱护，都会在心里被无限放大，就急着“投桃报李”。这说得好听，叫感恩；说得不好听，叫过度戴德。而县城的孩子，比我们经历的世事更复杂，他们更多一些理智。就像何娅，她也许认为，帮我买几颗糖，帮我补习英语，那不过是举手之劳，做之前就不曾考虑是否能得到回报，做完就不再放在心上。十年之后，当我路过廊坊，遇到一收了50元假币的卖茶叶蛋老太太放声大哭的时候，我用50元真币把她那50元假币换过来，老太太感激得差点儿给我跪下，我迅速离开，找一个僻静的地方，把假币撕成粉碎，丢进垃圾桶。那时我已是一个孩子的父亲，我爱我老婆。但那一刻，我又想起了何娅。

在我疯狂攻击英语感到倦怠的时候，我就会打开那本书，把扉页上那句话读两遍。我经常想象有一双赞许的眼睛在不时地看着我，令我须臾不敢懈怠。

到第二个学期期中的时候，我的英语成绩已经不低于 45 分了，为此，我摇摇晃晃拱进班级前十。余弦隔段时间就替我买一次红烧肉，声称这是当初他跟何娅的约定，我坚决不要，他就把买来的肉分一半给我。“大家吃肉大家香。”他夹一筷子肉塞进大嘴说，“李苏启，你的肉，香！”

十

拜会江湖郎中之后，要是没人结伴同行，我随便不上格瓦拉镇。不清楚江湖郎中想清楚没有，出来混，欠下的债早晚是要还的。余弦说：“这话对你同样适用。”

同学们都以为我懂气功。“李苏启，你收不收徒弟?”郭庆想做我的徒弟都快想疯了。停电的日子，大家点上蜡烛在宿舍复习功课。余弦总是等到窝进被窝才喊：“李苏启，请运口气，帮我把蜡烛吹灭，谢谢！”这可是足足两张床的距离。连章鹰失眠都来找我。她说：“最近老睡不着，请你用气功帮我治治。”我说：“别瞎说，你得先搞清楚为啥睡不着，心病还得心药治。”余弦开她玩笑说：“一躺到床上，脑子里就跳出个气功大师，自然睡不着。”章鹰嗔怒：“欠揍！”余弦抱拳，学我古色古香的腔调说：“承让了！”周围的同学哄笑。章鹰还是不依不饶，非要我发功，她说：“你重色轻友，只替何娅打抱不平，就不替我等小民解决小疾小苦。”被他们逼急了，我大声宣告：“我只学过中医，没学过气功！”话说到这地步，他们还是想不到中药上去，弄得我恨不得把他们挨个儿拉出去，勒令每人读三遍《上林赋》，遇上一个“鱼”字旁就把江河湖海，甚至传说中的“鱼”都一网打尽的字串儿，一定看仔细，一个都不许读错，错一个加一遍全文通读。

一天，何娅趁教室里没几个人，悄悄问我："你真没学过气功?"

我点头。

"那么，"她有些迟疑，"那郎中真有蛀牙?"

"不知道。"我说。何娅摆出一副求证的表情，我又说，"我真不知道。"

"你是怎么……"何娅说，"这样说吧，他是怎么把病人的牙齿取出来的?"

"药。"

"你用的也是药?"

我转了个小弯回答她："以其人之道还治其人之身。"

"噢。"从她混着鼻音的话里，我听出某种释然，我相信她听懂我的话了。

隔一周星期二午休的时候，从校外进来的同学告诉我，学校大门口传达室有一个40多岁的妇女点名找我。

我以为是我妈，心想：我妈怎么会来呢，她老人家闻到汽车尾气就头晕，上了汽车不晓得东南西北，她最远到过县城，那还是她年轻的时候参加过的一次全县性的运动会，项目是3000米，因为晕车，她上了跑道都还在呕吐。我喜欢长跑，大概是从她那里遗传的。我给她说我在格瓦拉中学读书，乘车到县城，再转车行20多公里，她以为我到了天涯海角。

果然不是我妈，是个不认识的中年妇女。两只手上套着两条超长的布袖套，看起来她的手跟刘备那长臂有一拼。她面善，说话有东北口音，我估计她是从县城来的。

"阿姨，您找我?"

"听说你是神医，我请你帮我看看。"她面相和善，样子相当诚恳。我相信她真是病急乱投医了，我刚刚学了一点皮毛，入师的时候，师父跟我约定学五年，我两年都还不满，《药性歌括四百味》和《汤头歌诀》才背了一半，我懂什么呢。

“阿姨，你弄错了，我是高三补习班的学生。”

黄世伟师父在我入师的第一课，对我说，为医之要，是仁心，哪怕病人只剩一口气，你都要给他百分之百活下去的信心，然后才是望闻问切。我有些恐慌，不就是取了江湖郎中一颗牙齿吗，难道我真跟金庸小说里的人物一样，一招之后，威震江湖？那件事之后，既无电视报纸来采访报道，同学间也没怎么谈起，这阿姨怎么就封我为“神医”呢？

她略有些浮肿的脸上是落水者渴望获救的神情。我警告自己，不能装神弄鬼，否则，我跟街头那江湖郎中是一路货色。我说：“阿姨，我只学过两年中医，两年都还差两个月……”

她眼角蓄满泪水，随时都可能滚下来，她说：“我是何娅的妈妈，何娅回家说她有个神医同学……”

原来是何娅的妈妈，难怪刚才觉得面熟。可仔细看，何娅好像没有遗传她的基因，只是眼神、动作和语气有些相像。既然这样，我的胆气就上来了，突然改变主意。不管怎样，我愿意试试，我甚至希望自己扁鹊再世、华佗现身，能药到病除。就在我决定答应的时候，我对自己一点底都没有。没有底气也要试试，弄不弄得好那是能力问题，出不出手相助，那是态度问题，事关仁心。

“那好吧，”我说，“我试试。您是哪里不舒服呢？”

何娅的妈妈背对门卫，取下袖套，露出一双满是紫黑色疙瘩的手，手背上居多，指头上也有，手腕以上无。何娅的妈妈说，起于半年前，半年来看遍大大小小医院，求救于各种各样的游医，只要听说谁有点本事，她都去请人家看。各种治过敏的药都用了、膏也涂了，甚至用激素——她那脸，典型的激素脸——用药的时候不痒，停药复发，比先前更厉害。光那些医生给疙瘩起的名字，就五花八门，收拢来可以装好几箩筐。女人是靠手吃饭的。干活要用手，操持家务要用手，待人接物也要用手，如今沾上点洗洁精就发痒，甚至水温过高或者过低都会引起反应，不仅全家的生活乱套，出门也怕别人看见了恶心，从此不敢登他们家的门。“日子真没法过!” 何娅的妈妈说，“我不望你能药到病除，请你试一试，给我个机会，治不好我不怪你。”

“阿姨，是您给我机会呢。”我仔细观察她手上的疙瘩。一般疮毒都有疮头，也就是有尖尖的顶儿，里面有黄色或者白色的脓，她手上的疙瘩顶部不尖锐，疮体颜色黑红，浑浊，不透明。我看了看她的舌苔，让她把舌头翘起来，舌底的颜色也看了。我在师父那里最大的收获，就是学会舌诊。师父学医的基础文化是高小，即高等小学，大概也就是现在的小学毕业；我学医的时候是高中毕业，我学过生理卫生，还接受过其他看似不相干，却对中医学习绝对有用的知识，所以，我对舌诊的领悟速度和程度都令师父刮目相看。何娅的妈妈舌苔上透露的信息是肝肾脾上痈毒不清、郁热外漶。

“阿姨，您让我思考一天行吗?” 我惭愧地对她说，“您知道，我是半路出家的。”

“行，我等你的消息。”

送走何娅的妈妈，我返回教室，利用下课时间，我翻遍了那本线装的古药书，没有找到关于这种疮毒的药方，《汤头歌诀》也无相应的方子。我一直在念叨仁心仁心仁心，可仁心不能替我开方子。古书真是本奇书，记载的都是奇奇怪怪的方子，医治的也是些奇奇怪怪的病。我以前只粗略通读过，大多数奇方看过也就看过，没往心里去。这一遍我算是看进去了。这是本用最简单的方法解决复杂问题的医方集成。这样的医方，在讲究君臣佐使的中医时代，是不入流的，只有两三味药，甚至只有一味，无君无臣，亦缺佐使，因此归于偏门。我相信编这本书的人一定是个奇人，心眼子长得跟一般人不一样。

何娅只知道她妈妈要来找我，没想到她今天来。何娅说：“如果没办法也不怪你。华佗还会遇到没见过的疑难杂症呢!”

我说：“你先别给我找台阶，你越给我找台阶，我的心理压力越大。你知道不? 我都后悔只学了两年中医!”

缓了口气又说：“还后悔，当初不该去学医。”

“为什么?”

“不学啥都不知道，也就无需担什么心思。像这样学成个半吊子，二百五郎当的，你们不怕我失手，我还怕我搞出来的是毒药呢!”

“给你添麻烦了!”何娅不好意思地说，“因为她是我妈。地老天荒、海枯石烂的也只有这么一个。”

她这话让在场的人动容。这话于我来讲，就像解数学难题时的一个提示，使我接近解题思路，只差一条辅助线或者一个暂时遗忘的定理。

我失眠了一个晚上，快天亮时稍微眯了一会儿，醒来发现，因为是“贵人”的母亲，因为我对“贵人”的那种意思从来没有消减过，我揽下这瓷器活儿，可事实上我完全是在徒劳，我不是金钢钻，也不是银钢钻，不具备钻子的条件，什么钻都不是。我要对何娅说对不起，请她妈妈另请高明。

何娅向我走来。她脸上的微笑不晓得是与生俱来的，还是家庭教养的关系，给人感觉亲切、信赖。在隔我两三米的地方，她一定看清楚我脸上抱歉的表情了，见我没主动上前说话，就什么都明白了。就在我懊悔学艺不精的时候，我突然想起我的师父。因为想把功劳全部揽在自己身上，我竟忽略了我的师父。在何娅离我只有一米，我估计她正考虑如何用一句转移话题的话来做开场白的时候，我告诉她说，建议她妈妈去找我的师父看看。我把师父的地址写在一张纸上交给何娅。

两天后，何娅的妈妈带回一张字条，是师父的字，上面只有三个字：四素夹。这是黄世伟师父从他师父——也就是我永远不可能见到的师公那里传下来的暗语，非本门师徒看不懂。师父的意思是：注意45、46页夹层。这是指古代线装书的折页夹层，答案也许就在45、46页夹层里面。我翻看《药性歌括四百味》和《汤头歌诀》，这是两本现代出版的书，没有夹层。我拿出那本封面残缺的线装古书，指头触到泛黄荆川纸的时候，我不禁慨叹古代造纸术的精良，几百年的古书，纸张仍旧棉柔光亮得富有弹性。翻到 45、46 页，我轻轻地挑开夹层，里面果然夹有一张书页大小的纸条，同样为荆川纸，纸上的字为手写体，共载有十四个药方。第一个方子叫“败毒洗”，方后所载适用症状，正巧跟何娅妈妈的症状相同。

我说不清是该大喜还是大悲。喜的是，我终于找到了方子，悲的是，一切都没逃过师父的法眼。我以为藏掖得很好，师父就会不知道，但师父其实早就清楚这本书在我手头。

方子只有三味药：苦葛、油桉叶、漆木，煎水擦洗，一日数次，消透为止。这三样药材，在我故乡都是易得之物。

三个星期后，何娅的妈妈来学校，伸出一双光洁的手说：“李苏启是神医！”

“神医”的名头从此叫响在格瓦拉中学上空。他们越是这么叫，我越是恐慌，我不晓得还会有什么样的疑难杂症找上门来。我对中医的理解和掌握就像我农村人的“装”一样，是不登大雅之堂的。我有仁心，但无仁术，盛名之下，我将彻底背离医学和真理。经过这件事，我彻底认识到中医的神奇，更体会到中医的博大精深。可惜这些年来中医越来越边缘化——自从引进更便捷的西医之后，有多少人还把中医当回事儿呢？我是中医的门外汉，我再也不能装了，否则害人害己。我发誓不再行医，如果将来不做医生，对谁也不会说起自己学过医。我很庆幸到格瓦拉中学补习，如果没有遇到何娅、余弦，谁敢保证我就不会变成给何娅拔牙的江湖郎中？

我愧对师父。师父是因年纪大了长出灵性，还是因精通中医，料事如此之神？我始终迷惑，既然他说“我知道你迟早还会返回学校的”，他师兄也说“此后生济世无须悬壶”，为何还收我为徒呢？

章鹰在课堂上无精打采。整天抱怨说：“我离毁灭不远了！”确实，此时离高考还有不到一个月的时间。何娅对我说：“你有没有办法给她治治？”章鹰白天像只病猫，到晚上，越是深夜，眼睛越是贼亮。脑子整天昏昏沉沉，要记什么记不住，要想什么想不起来。

每到这样的事情摆在面前，我就犯怵。我说："上医院让医生看看。照这样下去，我也可以扯上条横幅到处替人拔牙了。"

"医生说她有高血压。"何娅说，"现在更重要的是有焦虑症。"

我两手一摊，无能为力。焦虑症是现代社会紧张生活所导致的特有毛病，跟冲锋枪一样，在悠闲的古代，连个概念都没有。若硬要摊到我身上，麻沸散你敢不敢吃？也就是曼陀罗子加生草乌、香白芷研磨成粉，吃下去比安眠药的功效大，剂量掌握得不好，包你一觉睡下去，永远醒不来。

"章鹰没说要摊在你身上，她提都没提过。是我自作主张要问你的。"

何娅的声音一向温柔，说这话的时候，她脸上写着歉意。她的口气那么亲近，就像我妈在征求我爹意见的时候那个样子，每一句话都给人以"自己人"的感觉。可我确实不能再扮演，也没本事再扮演"神医"的角色了。"我的身份是学生。"我告诫自己，否则从今晚开始，患上焦虑症的就不止章鹰一个了，说不定哪天真有谁会死在我手上。

十一

高考前一段时间，大家都学得非常刻苦，课余的玩耍早就停止了。再糊涂的人到这时候都知道该忙什么，何况在格瓦拉中学高三补习班。这时也没什么疑难杂症找上门来。倘若就这么坚持到高考结束，这篇文章基本没有写作价值。人生的大喜似乎都能预见，而大悲多半是在人们毫无准备的时候悄悄降临的。

按照老传统，考前先后有三个大活动：体检、模考、填报志愿。

整个高三年级被拉到县医院体检。就在大家嘻嘻哈哈排队出入于相关科室的时候，何娅被查出心脏六级杂音。六级——心脏杂音分级中的最高级。难怪我第一次看见她，就感觉她颧骨上的红晕那么显眼。早就写在脸上的，我从来没往这上面想。据说去年高考前，她就被查出心脏杂音二级。二级杂音，如果不是特别的专业限制，大多数学校都能报考。听诊结束，何娅还增加了胸部彩超和心电图，结果都一样，属于器质性病变。按招生管理条例，何娅已经没有参加高考的必要了，因为没有哪个学校敢录取。

何娅的妈妈不甘心，带着何娅到县招办和省招办咨询，得到的回答都是不会有学校敢录取何娅。建议何娅的妈妈让何娅立即住院治疗。“心脏就是人体发动机。除了住院，没有别的办法。还得上大城市的大医院看病。”领导说，“这不是一般的大病，心脏就是人体发动机，熄火一秒都要出大事情。”

何娅走得不声不响，没跟任何人道别，像被一阵风吹走的微尘，教室里的书籍、宿舍里的生活用品，突然之间消失得干干净净。那一阵，班级里弥漫着伤痛和无助的气息，人人心头都有种说不出的痛，像被谁打了冷拳，表面上好好的，内里却痛得要命。余弦表示，何娅是永远的第一名，他绝对不会抢班夺位。章鹰带着我和一帮同学找遍了县里大大小小的医院，就是不见何娅的影子。我们找到她家，防盗门上贴的小广告都攒了四五十张了。章鹰要我想办法：“李苏启，我晓得你有绝招，你一定能治好何娅对不对?”我摇头：“我没有这本事，真的。”体检回来那天我就翻过书包里的所有药书，三本一本都没放过，没有。我打电话给师父，师父说：“偏方焉能治大病?”章鹰哭了，她说：“难道一点办法都没有吗?”我说：“她妈妈不是带她去治病了吗?我想现代医学那么发达，一定能治好她的病的。”章鹰说：“我说的是参加高考。等她治好病，我们早就……”章鹰继续哭着，她说一个月前，何娅感觉身体不适去体检，还是三级杂音，没想到才一个月的时间就……她的话让我产生了不祥的预感。章鹰还说，就因为心脏上的毛病，何娅自小就被她的亲生父母抛弃，她被她现在的妈妈捡来养大，她妈妈是东北人，为了她，一个人留在南方。她妈妈曾跟李苏启校长在一个生产队插过队，听人说，似乎好像他们曾经是恋人，为了何娅，她至今单身。

那一刻，我决定报考医科大学。我还决定爱何娅。等高考完毕，我想她已经没有必要绕过弯子让我一门心思搞好学习，我们都没有必要。“爱她，哪怕只有一天、一小时、一分钟。”我这样对自己说，“她是我生命中的‘贵人’。”我相信，有的生命就是为了让别的生命的存在而诞生的，比如母子、同学、朋友、爱人，还比如眼前的我跟何娅。

模考过后，因为外语成绩给面子，考了59分，我名列班级第四。老实说，这出乎我预料，我想有个50分就差不多了，没想到比期望还多了9分。填报志愿的时候，我把西安一所医科大学放到第一志愿，把武汉另一所医科大学放到第二志愿。前四个志愿我填的都是医科大学。李苏启校长审核每个学生的志愿草表，每年都这样。他看了我的志愿对我说：“李苏启同学，你这志愿填得有点悬呢，全都押在一类学校上。要知道，全是同类学校的志愿最有可能让你丢掉最好的志愿。”在李校长的建议下，我把第二志愿改成师范大学。这是我爹的希望，也可以说是我们一家包括我在内的倾向性意见，定向培养类师范大学每个月有一定的生活补助，大学期间还可以利用课余时间做家教，以减轻我爹我妈的负担，毕竟我还有三个弟弟在读书，他们的成绩都比我优秀。人生不如意事十之八九，我才摊到这么一次两次呢。

高考结束的那天下午，章鹰、余弦我们七八个同学去找何娅，回答我们的仍然是贴满广告的铁门。一干人在大院门口的小餐馆各要了碗面条，算是最后的晚餐。大家都在说何娅的事，她成绩优秀，她聪明，她细心，她善解人意……章鹰红着两只眼睛对我说：“李苏启，我们中间最该想念她的，就是你了！你当她真的不知道你喜欢她？在英语上把你‘逼上梁山’的主意是我出的。我不想你们两个最后都落空，她也是个重感情的人……可是，我们现在谁都跟她联系不上！”

余弦替我用餐巾纸擦了一下眼角。我问章鹰：“稀饭里是谁放的盐?”

“我他妈怎么知道?”我第一次听到章鹰暴粗口，她也许在责怪我到现在还提这个，“谁知道是不是天意!”

一本院校录取结束后，我没收到录取通知书。余弦和章鹰同时被北京一所综合大学录取。我外语考了个67分，对我来说已经顶天了，对名牌综合大学来说，我这样的学生相当于英语白痴，瞅都懒得多瞅一眼。得声明，那时候我们需要考六门功课。二本录取刚开始第三天，我就收到师范大学中文系的录取通知书。我这辈子彻底跟医生无缘了。开学前夕，几个铁哥们儿再次聚到一起，仍旧没有何娅的消息。余弦刚开始接触网络，他在天涯论坛上发了一段话：格瓦拉中学第21届补习班的何娅同学，请看到这则文字与李苏启（学生）、章鹰或者余弦联系，你的同学想念你。余弦把我的名字放在最前面，特别注明“学生”，他的用意谁都理解。我在心里呼喊：“何娅，你在哪里?不管天涯海角，我都要把你找到!”

去上大学前一天，我去向师父道别。师父拿出一块脸谱石对我说，这是手上生过毒疮那妇女拿来的，她说她女儿用不着了，托我交还给你。看到这块石头，我泪流满面，师父已猜出怎么回事了。我坐车赶到何娅家，房门仍然紧锁，门上贴出一张纸条：本房出售。四个字下面是中介公司的联系电话。何娅当初不辞而别，也许早已料到会是这个结果。我突然意识到，一切都结束了，有一句本该说给何娅的话，永远都没有机会说了。师父大概已成仙了，似乎早已料到一切，刚才从他家出来的时候，他扬扬手叫我快走，冲我的背影喊了句：“徒儿，忘掉一切!”

菠萝菠萝蜜

一

开车送老婆到长途汽车站，来回不过十五分钟，老天爷说翻脸就翻脸，倏一下就把早晨的光亮抽走，剩下粗粝的雨点，盖了整个城市。我把车停到楼下。车门离楼梯口还有五六米距离，看车外的阵势，没把雨伞不行。我找遍了汽车储物柜，除了音碟和保修卡，连张宽大点的纸都找不到。老婆到苏北开会，一周以后才回来。现在回家是一个人，在车里也是一个人，不如干脆在车里躲一阵，待雨小了再上楼。免得这身刚换的衣服，为这五六米的雨地，烦劳洒家屈尊就驾，亲自搓洗。给车子喂了张CD，随着班得瑞钢琴的旋律，脑海里像电影胶片般闪过清澈的小溪、柔和的日光和抒情的海岸景色。

一张碟听完，中途还打了个盹，车窗外的雨势稍微平缓了些。我没耐心继续待下去，打开车门，一个百米冲刺冲到楼梯口。之所以没一口气冲上六楼，是楼梯口一个女人挡了道。这个女人在打电话，我只看见背影，一米六左右，小巧，给人感觉很年轻，好看得有些抒情。该凸的凸得恰到好处；该凹的凹得不卑不亢。细看，上着红衫，下着黑裙。我一个爷们儿，不懂衣服的质地，更不懂搭配，可穿得是不是赏心悦目，还是能够感觉出来的。唯一感觉让人提心吊胆的是，她那高跟鞋简直不要太高了，好似悬崖峭壁。这一丝咸吃萝卜淡操心的感觉，很快被另一种感觉给彻底消灭，那就是香水味。这女人用的香水跟我老婆从法国带回来的一个味儿。一触鼻子，脑神经立即想到香橙、柠檬、佛手柑、铃兰和金银花，周围是充满生机的绿叶，花丛中有饱满诱人的果实，带着洋梨的一丝丝甜蜜。据说这香水的外号叫“控男”，也就是控制男人的意思。香水瓶上有一行英文：“It’s better in the dark.”。刚从法国回来的时候，老婆拿它考我，我译为“顶好在黑暗中”，她从此不敢再嘲笑我那半吊子的英语水平。这气味让我除了耳热心跳，就是想入非非。

“既然她挡在那儿，我就先别忙上楼去。”我这样为自己戛然止步于雨中的行为找了个托词，再说楼梯口我家信箱有两三天没打开过了。

在我打开信箱收取书报和邮件的时候，女人明显感到有人在她后面。只听她对手机那头的人说：“啥都不需要解释。一切都结束了。从下一分钟起这电话你永远打不通。”说完她就收了手机，头也没回一下地朝楼上走。楼道上立即响起她清脆的高跟鞋声。我呢，吃惊，惊得有那么几秒不晓得该干啥——老天爷，在远离故乡八千多里的土地上，我竟然听到她说的是我老家的话，我的老家在西川。她口气沉稳从容，不容辩驳又绝不高声大气。不仅不高声大气，甚至还因沉稳从容，让人感觉有些低沉。

我接着也上楼了。楼道里已经听不见高跟鞋的声音。一路上都是“控男”之味，到三楼的时候最为浓烈，四楼以上香味渐弱，到六楼几乎闻不到那气味儿。我估计那女的住三楼。三楼上一住户于开春时搬了新家，之后挂牌出租。很长一段时间没租出去，原因是房子大，几人共租房主嫌杂，一人单租租户嫌贵。

回到家刚把书报邮件放下，就听有人敲门。开门一看，大哥来了。大哥是我老婆的大哥，兄妹俩相差十岁。平时很少过来串门——他所有的心智都耗在太阳能光伏电池上，在国内有点名气——只有一种情况会上我家来，那就是他心里又憋着闷气的时候。

“大哥，您今天气色不错……”

不等我话说完，他说："不错个卵！"说完鞋都不换，一屁股把自己甩在客厅当中的沙发上，然后一声不吭。

大哥专于科研，心无旁骛，跟人交流的方式也很简单。如果简简单单地跟他交往，他绝对是天底下最好相处的人。为此，他在单位里人缘还不算坏。可自从开春换了个主管，他就经常到我这里来散心。据说，他那主管业务上什么也不懂，光会一张嘴巴皮，特会打算盘。什么节约成本呀，利益最大化呀，不仅是他的口头禅，还是他督促大家的最主要手段。对大哥的态度算不上恭敬，也算不上疏离，总是急吼吼的，逮着个机会就问东问西，巴不得大哥随时搞个新成果出来，让他天天下金蛋。大哥原本就看轻他，见他那小样儿，干脆不买账，明里暗里跟他较劲儿，技术上故意偷懒，出工不出力。三个月前，大哥的最新科研成果出来了，迟迟拖着不递交上去。我和老婆劝他几次，他不听，他说："我就喜欢看他想爬爬不上去，要落又不甘心落下来的样子——外行管内行，啥鸟东西！"

我知道大哥的脾气，因此进门就夸他气色好，缓解一下他的情绪，没承想倒惹出个"卵"来。其实，大哥不生气也看不出什么气色。在大哥四五岁的时候，一天我老丈母杀了一只鸡，煮了一锅滚水准备烫毛。在舀开水的时候，大哥凑到灶前看热闹，跟我老丈母说了句什么话。我老丈母一分神儿，勺子偏了方向，半勺子开水迎面向大哥浇过去……下颌朝下，以及右手手背，几乎都换了层皮。尤其是下颌，跟梵高的《星夜》似的。下颌朝上光洁如玉，一上一下反差太过强烈，以至于大哥相了好几百回亲，至今还处在一人吃饱全家不饿的阶段。我老丈母说："好在开水浇下的时候，这小子的手放在裆部遮了一下，要不然把作案工具搞坏了，这辈子就完了。"如果我老婆在家，她会迅速摆上茶水和零食。啥话不需要说，喝一阵茶水，吃上一阵零食，消了气就好了。

今儿个大哥在沙发里窝了半天，不见有人替他沏茶摆零食，就问："老蚊子，我妹子呢？"他从见了我第一眼就给我取了这么个绰号，不晓得他从哪里来的灵感。这么多年都这么叫，真担心将来我有孩子了，他还这么叫。

“上淮安开会去了。”

“我说呢，今天你小子怎么看都如丧家之犬。”他说，“我妹子太惯你了，弄得你连自己换个尿布都不会。”

“哥……”我面热心跳。如果他不是我老婆的哥，换成我亲哥哥，我都要弄给他一耳光，有本事别把外面受的窝囊气撒到家里来。

我说：“这样，反正在家就俩爷们儿，不如上咖啡馆，想吃啥吃啥，爱喝啥喝啥。”

“中！”大哥说，“反正你每天手术刀往手上一捏，银子哗啦啦就流进来。”

他是在讽刺我们医生收红包呢。我这人呢，红包不是没收过，但绝不像他说的“银子哗啦啦就流进来”。撞上那种跟你一交谈，就让人感觉这是个钱多得连他自己都不痛快的，不收天理难容。我突然改变主意，钻到卧室里假装找了一大圈，从皮夹里抽了张五十元捏在手上，出来双手一摊对他说：“你妹子管教良好，治国有方。我床脚都翻遍了，只找到这五十元，她出差期间我的菜钱。”

“没想到我妹家的家风如此良好！”大哥见我穷成这样，马上神气活现地说，“得了，我请你！”随即脸色也好起来了。脸色好，说明他心情好。大哥说：“我说你这外科主刀，脑子里装的是咸鸭蛋还是臭豆腐？别的主刀腰缠万贯不说，还能养好几个小蜜。你呢，我妹子不给你零花钱，你难道要靠喝西北风苟延残喘去？”

“哥，你哪天要不痛快，求兄弟我给你补上一刀。作为病人家属，你妹子也就是我老婆，给我的红包我非收不可，明目张胆索要，不给不行。不给的话，该上一刀我给你上三刀，两刀白送！”

大哥笑起来，大概觉得他妹子我老婆不在家，跟我说话没个正形儿，还是比较开心的。他闷了一下说："够阴的啊，你小子！有本事帮哥把这身'梵高油画'换换，别说三刀，三十刀哥也能承受。好歹让哥找个老婆，满足作案工具的需要是其次，关键是免得时不时上你家来骚扰。可问题是，上你那里挨刀，拿刀的是你——我亲爱的妹夫，作为患者家属签字的却是我那妹子——你老婆，医患关系严重不清。岂止不清，简直混乱。万一出了医患纠纷，扯起皮来不方便！"

大哥这么说，直接给了我教育他的机会。我问他："你今年几岁了？""问得好风骚！'你今年几岁了'，好像哥的岁数还停留在个位数。告诉你，哥今年……"

"四十二。"不等他说完，我抢了他的话，"人在二十岁之前吸引异性，靠的是外表。人到三十五岁以后，尤其是男人，外表就靠不住了。再帅，再不锈钢，你也甭想勾引十八九岁的小姑娘。三十五岁以后的男人靠什么？靠的是才学……"

"我在单位，顶梁柱一个。能说我没才学？"他抢我的话。

"还有人品……"

不等我说完，他又抢我的话："哥这人品也没说的，不偷不抢不贪污不嫖娼，也不酒驾。"

"更重要的是，"我必须提高声音，否则他就会变成主讲，"要懂得为人处世。"

"哥为人耿直，光明磊落，爱憎分明……"

"得了哥，就凭你老是打断我说话的德性，你为人处事就不合格。"我说，"你看你今天，进门就骂我换尿布都不会，你是上我家做客还是上我家收账？然后影射我收红包，你是看见了还是亲自送过呢？"

"哥不是心里闷吗？"大哥讪讪的，他终于晓得他妹夫的厉害，"跟你开玩笑呢！"

他一急，普通话不说了，说起我们的家乡话。他说家乡话，我也跟他说家乡话。

"开什么玩笑？你在拿我开涮。"就凭我这点口才，医院那一帮老少爷们推断我迟早要做院长，我说，“你都四十二岁了哥，你要懂得如何控制自己的情绪。把情绪控制好了，你就晓得生活中到什么山唱什么歌、见什么人说什么话的重要性了。说话得体，处事恰到好处，有原则，又能灵活变通，到哪里都受人欢迎。这就是为人处世。”

大哥真给我镇住了。我继续说：“做人之要，尊重君子，更要笼络小人。就说你那主管，你心里不舒服，对他有意见，总说人家外行。要我说，要是他都变内行了，还要你干啥呢？你把新发明捂在手里不拿出来，你当人家不知道？人家没把你卸了，没找你麻烦，说明人家还是有肚量的。换了我……”

不提这还行，一提这，大哥火气就来了：“换了你怎么着？”

“多发两千块给你，立马走人。”

“新技术不要了？”

“我就不相信在你身上省下来的工资，还聘不到比你水平更高的！”

“嘁！”大哥不屑，大声嚷嚷，“你让他辞了试试。”

“有理不在声高，”我说，“境由心生。你微笑看待世界，世界也微笑着看你；你微笑着对待他人，他人也微笑地待你！”

“咱们不说这个了，”大哥一边开门一边说，“没见过你这胳膊肘往外拐的！”他想甩门而去。门开了，左脚跨出去，又缩回来。门继续打开，直到门板开到最大处，我才看出端倪——门口站着一个人。从大哥身子的空当我看过去，站门口那人是个穿黑色裙子的。

大哥右手还抓在锁钮上，他稍微侧了下身子转过头来，迟迟疑疑地问我：“你们，嗯——”

从大哥侧身的空当我看见，站门口那女的，正是刚才上楼时看见的那女的。还是那身上红下黑的打扮，还是那气味儿。这不，香味都钻进我鼻子了。我整个客厅都是她的香水味儿，温柔无边，性感炽烈，法国香水的侵略速度真是了得。大哥一声“你们”把我吓得魂不附体，含义太丰富了，意味着这女的早跟我有一腿，知道我老婆出差就自己送上门来。一个“嗯”表明他的推断正确。大哥回头看我的眼神，似乎在骂我“混蛋”，短短几秒，骂好几万遍。

“你找谁?”我用普通话问。

大哥疑惑地看着我，似乎觉得我在装。他闪到一边，把那女的完整地亮在门框里。

“你们老家大概也是西川的吧?两个大老爷们儿关起门来吵啥架嘛，弄得鸡飞狗跳。”那女的用西川话说，“世界真小，没想到在这儿还遇得到家乡人!”

“你是哪个?”我用家乡话问她。

“忘了介绍，我叫小孙，刚租房在你们楼下的302室。你们在这儿租了多长时间了?”

大哥看了我一眼，对她说:“这是他家。”

“都买房子了，哥子厉害哦!”她说。见大哥还堵在门口，抬头看了一眼大哥。刚才她在逆光处，没把大哥看清楚。这会儿看清楚了，大哥下颌到领口露出来那部分大概吓到了她，在我邀请她进屋来之后，还站在原地不动。

我问她:“来多久了?”

“刚来。”她说，“之前来过一趟，最近才定下来。我在洱源路上开了家店子，正在装修。”

“啥名儿?”我问她店子名字。

“金开来。”她答。

“卖领带的?”大哥插话。

“卖领带的叫金利来。”她浅浅笑了一下，“卖女人贴身物件。”

我笑了笑说:“这世道，越小的东西越赚钱。”

她也笑了笑说:“前提是大家都有了钱。”

就那么几句话，我感觉她说话得体。她最终没有进门来。后来我才知道，她刚搬来几天，听见楼上两个西川人在大声说话，好像在吵架，感到好奇，更感到亲切。原本只想隔着门听一阵，没想到被大哥开门给撞上了。她离开后，大哥关上门。我觉得她有些面熟，像某个我曾经见过的人，却怎么也想不起来。老实说，对我来说，越是有些面熟的人，转过身后我越是记不清他们的面容。刚才上楼的时候，只见到她的背影，现在她转身下楼，我几乎马上忘记了她的面容。唯一的印象是她那身衣服，上红下黑，还有那香水味儿。

大哥关上门，莫名其妙地说："吓我一跳，开门就撞上了白骨精。"

他这话又勾起我的教育欲望，我说："哥，你能不能把话说好听点？人家偷你了还是抢你了？"

"不是那意思，我是说她长得那么漂亮。"大哥没恼我，讪讪笑着说。

"怎么不拿章子怡杨幂来形容她呢？"

"她不像章子怡，也不像杨幂，她像……"我以为他还要说白骨精，大哥却问我，"她刚才说她叫啥来着？"

"小孙。"

"哦。"大哥像个肠气比较多的人，到人家家里做客，不方便随时放一下，就客客气气攒着。攒成个大的，终于憋不住了，"哦"一下，倾仓而出，有开天辟地之势，冲墙倒壁之力。

二

从这天开始，大哥天天上我家。起初我以为他是来监督我的。你想，我老婆他妹子前脚刚出门，后脚一个上红下黑的香香美女上门来，用脚指头想一下，都有必要临时客串一周义务监督员。我呢，一个人在家，锅不是锅，灶不是灶的。反正第一天我已经装过穷了，索性就装个彻底，天天蹭他，谁叫他主动上门来让我蹭。后来我才看出来，他才不是那么简单呢！

三天还是四天之后我忘记了，中午下班刚进门，准备在床上躺一下。上午，一个研究生主刀开阑尾。第一次主刀，说起来多小的手术，给病人打开来找了一个多小时居然没把阑尾找到，慌了神出来求我上阵。进去一看，气得我想立马踹他两个窝心脚。阑尾在右下腹，这龟儿子给人家开的洞却在左下腹，真不晓得他四年大学、两年研究生是怎么念的！我当机立断，不能再到病人的右下腹开洞了，哪怕是腹腔镜。我借着研究生左侧开洞的地方到病人右侧割阑尾，费了不少时间。原本一个小时就能完成的手术，我又做了三个小时。病人福大命大，除了洞洞的位置偏得离谱，其他一切都好。只是我原本没有做好上手术台的准备，没上卫生间就进了手术室。待手术做完，发现撑得不行，却便不出来，板结了。好歹把大事干掉，自己累得不行。

身子刚跟床接触，门铃就响了。门铃是我设的，我喜欢那首歌：让我悄悄蒙上你的眼睛，让你猜猜我是谁。

此刻我对那首歌厌恶起来，让我猜啥呀，让我歇会儿不行吗，老天爷！

我从床上爬起来，不情不愿开了门，是大哥来了。我说：“大哥进门，列队欢迎！”

“还没吃呢吧？”大哥的眼神有些怪，似乎多了些光，感觉似有喜庆。

“没呢。”我说，“上我这里送温暖？”

“那当然，我是哥嘛！”大哥说，“经过侦查，我发现洱源路上新开了一家水煮鱼，味道顶呱呱。”

“洱源路太远了。在那边吃饱，不等走回来就又饿了。”我实在想躺一会儿，随便找个理由叽叽歪歪。

“我们打车往返，反正我买单！”

我明显看出大哥眼神里闪烁着快乐的火苗。得，去吧，难得在大哥的眼神里见到这东西，他一定有什么喜事。

洱源路是条步行街。从路口下车走进去，刚走了几米就见一块大牌子：夏日农场水煮鱼。我问他是不是这里。他说“是”。说完指着前面不远处一个新放了炮仗、碎片撒了一地的门面说：“我们过去看看。”

“是吃鱼啊还是逛街?”我有些不耐烦。

“鱼要吃，街也要逛!”大哥笑眯眯的，说罢生拉硬拽把我挟持过去。一看牌子：金开来女性扉页零点！不仅“金开来”，还“扉页”，还“零点”，这名字够文艺的，雅俗共赏，没点文化真是取不出来。大哥说，“人家今天开张，我们得去凑个热闹!”

隔着玻璃，我看见楼下302租住户小孙一身浅绿旗袍在店里忙碌着，心里一下明白了。我睡意全消，想必大哥春心萌动了。

如果大哥对小孙有想法这件事需要像联合国安全理事会常任理事国那样投票表决的话，我举双手赞成。这第一好，好歹是家乡人，生活习惯相同，语言没有障碍，为人处事的格局也一致。尤其重要的是像我大哥这样外表的人，深入交往一阵还是能够发现他好处多多的。就比如性格上，虽偶有自恃清高的一面，但心胸还算广阔。我经常不当他大哥，教育他，冒犯他，他也不往心里去。唯一令人担心的是，凭小孙三四天前留给我的印象，感觉大哥要把这块“肉”吃到嘴里，跟我想跟英国国王攀亲家一样，难度不是一点点。第二好，就是早点结束大哥的单身生活，让他发挥传宗接代的伟大任务。我老丈母当年同意我跟我老婆这桩婚事，就因为见我忠厚。将来孩子长大，不仅能把我跟我老婆管起来，连孩子的老舅一起管，我也会不介意。对此我一直有想法，只是不敢说。我的孩子没出生就担负如此艰巨的任务，我要是我的孩子都会不同意，弄不好干脆不投生。这不，我跟我老婆结婚都快十年了，这丫说不露面就不露面。如今，好歹有了给我孩子减轻负担的机会，绝不能放过。

我说：“花篮什么的，就免了。我们进去买几样，算是对小孙开张的支持。”

大哥迟疑了一下说：“你买了有我妹子穿，我买了谁穿?”

这问题真把我难倒了。不过既然是立志要做院长的人，办法总比困难多，况且反正他出钱，就坏坏地给大哥出主意：“让我来对她说，就说你女朋友长得跟她高矮胖瘦一个样子，她穿多大就拿多大的。”

“主意不错。”

从大哥那里讨一次表扬真是不容易，我俩哼着小调走进“金开来女性扉页零点”店。装修是用了心思的，体现店主的意图，每个角落都得到充分利用。那些物件更是挂的艺术品，比我当初听小孙说她开女性贴身用品店时眼前闪过的画面，更绚烂多姿一万倍。架上每个小件都挂得那么性感撩人，却看不出丝毫轻浮凉薄的意思，那确实需要审美功力的。店里有七八位女性顾客，有的在挑选，有的在里间试衣。突见两个大老爷们儿，一连发出几声让人刺激得险些失控的尖叫。

我发觉我俩来得不是时候，一瞬间心跳速度暴增，面颊滚烫。小孙上来对我们说：“两位先生，请看门脸玻璃上的友情提示！”我俩扭头一看，四个拳头大的变形美术字排成一排：男士止步。我招呼她：“小孙。”小孙挡在我俩前面，不卑不亢做了个请出去的手势说：“先生，你们在这儿会给女士带来不方便，请！”我赶紧说：“我给我老婆买贴身用品来着！”小孙依旧公事公办地说：“要找理由谁找不到一堆啊？先生，请！”她再次做了个请出的手势。

出了店门，我跟大哥都觉得尴尬。两人去了夏日农场水煮鱼，要了一份特辣的，大份，再添三个人都吃不完的那种。水煮鱼端上来，大哥动了一下筷子，尖叫了声“辣”，再也不下筷子。见大哥这样，我也动了一下筷子，够辣，但不像他喊的那么夸张。我向服务员要了一碗白开水，替大哥洗几片鱼肉放到他碗里。大哥吃了一片，还是说辣。大哥在发呆，我用筷子在他眼前晃了晃说：“大哥，你不会是说那妹崽儿辣吧？”

“你是我肚子的话食虫，说的就是那妹崽儿！”大哥眉毛高高挑起，眼睛里依然是快乐的火苗。我心想，刚才脸面都被那妹崽儿折杀成这个样子了，你倒好，还吃里扒外表扬人家！

“辣，辣，辣……”我念叨这个字，有一个跟“辣”有关的词怎么也想不起来。

“辣妹子！”大哥见我憋成这样，知道我需要这三个字。

看他的情态，他对小孙的行为不仅不恼，还满意着呢。既然他满意我就没意见了。我断定，今天吃这水煮鱼，原本就是他为“钓鱼”所设的圈套。我连鱼饵都算不上，顶多算个钓竿。

“对对对，辣妹子！”我说，“哥对那辣妹子感冒?”

“岂止感冒！”大哥把我替他洗的几片鱼肉又夹到汤锅里涮了一下，叉进嘴巴里说，“简直就是重感冒！”大哥不说辣了，就着冰啤对那盆水煮鱼狂轰滥炸。那吃相，自打我跟他妹子交往以来就没见过，看得我一点儿食欲都没有了。

待到他捂着浑圆的肚皮心满意足站起来的时候，已经快到我值夜班的时间了。我说：“大哥，我不陪你了。我得直接赶往医院。”大哥说：“我溜达一会儿，也回家睡觉去。”说罢我们就分手了。

打了辆出租车，过了七个红绿灯，差两个就到医院的时候，我手机响了，是大哥打来的。大哥那头相当嘈杂，明显刚跟谁发过火。大哥说：“老蚊子，你快过来，金开来出事了！”我一听，头大了：我的老先人，你难不成上人家店里霸王硬上弓去了？换到古代，这就是掳掠民女。万一闹出人命，你倒是有地方交代了，可苦了我那年迈的老丈人、老丈母。要是你不能抵命，将来七老八十从里面出来，上无片瓦，下无立锥之地，那才真要害苦我的孩子呢。刚才喝下去的啤酒瞬间变成冷汗，从头到脚出齐。我立即请出租车调转车头，路上给值班医生打了个电话请假。

赶到洱源路口下车，一路小跑到了金开来店。店前围着不少人，大哥的声音从人堆里传出来：“小鬼难缠。你这几个如果不穿这身制服，比流氓还流氓！说穿了你们不就为了钱吗？要就明码标价，不要那么猥琐好不好?”

我扒开人群钻了进去，三个穿制服的小伙子站在店门口，大哥跟他们面对面站着，显然推搡过。大哥的衣服都扯破了，三个小伙子各自衣冠不整。小孙站在大哥身后。她懂得和气生财的道理，并没高声大气地喊叫，只是说：“办证的时候你们也没说要消防验收啊？营业执照都领了，反过来还要我马上出具消防验收证明，我上国务院给你拿证明啊?”小孙急得哭腔都出来了。

见他们的制服，我一块大石头落地。我大哥非但没有为非作歹，他还英雄救美呢。从这几个小伙子的制服看得出来，他们不属于消防单位，八竿子都打不着。从他们给金开来立下的名目看，多半是被年度罚款的任务逼疯了，欺负小孙是外地人，随便找个理由，搞几千块钱回去交差。他们单位的头儿我认识，去年上半年领了个十七八岁的女孩过来让我帮忙找医生堕胎，声称是他的远房侄女。我懒得理会那么多，能帮就帮吧。人民拿钱把他培养到现在是花够了血本的，新换一个又得从头花起。

大哥脸都气斜了，下颌朝下变成了梵高的画布。照他这样儿描下来贴门上，保证大鬼小鬼都不敢进来。见我来了，大哥喊我："老蚊……”我皱着眉头，真怕他把那三个宝贝字喊全。好在大哥知道喊那不合适，于是喊我："老欧阳，你是政协委员人大代表，这事你得管管。巧立名目，巧取豪夺，都啥样子了！一个卖衣服的小店子，犯得上配备安全通道吗?”他转头虎那几个小子："这满大街的铺面，你帮我把配备了安全通道的找出来!”

我示意他少安毋躁。大哥哪管我的招呼，继续高声大气地跟那几个小子争论。那几个小子不接他安全通道的茬，只说没有消防验收证明，就得接受处罚，就得交钱。中国人穷了几千年，穷疯了，一下有了几个钱，难免有些人想钱想疯掉。这是具有中国特色的社会现象。我扫了一眼三个小伙子左胸前的工号牌，走出人群，把电话给那头儿打过去。转眼，三个小伙子中的一个领头的手机就响了。嗯嗯啊啊了几句，屁也不放一个就撤走了。

我对周围的人群说："散了散了，都散了吧!”待人群散去，大哥还气呼呼的。他说吃了饭他逛过来消食，正好遇上这事，不能不管。小孙气得脸色发白，可脸上还挂着微笑，对我们一直表示感谢。大哥抬脚就要进店，我指了指门脸上的提示牌。大哥“哦”了声，退了回来。我用家乡话对小孙说："从此以后，他们不会再来找你麻烦！我刚跟他们领导打过电话。”大哥说："这几个倒是不来了，谁知道还会不会来一帮其他单位的。”大哥说这话的时候，扭过脸，背对着小孙给我放了个眼神。我知道他的意思，就对小孙说："你记一下我大哥的手机号，再有这样的事你就打他电话。找到他，这城市的事情能解决一半。"

他俩交换了电话号码。小孙说："反正现在没人——没其他女人，给你俩开专场，请进！"

大哥跷脚就进去了。我想进去陪大哥，也想在老婆出差回来的时候献下殷勤，可我未来院长的良好素质提醒我，我这会儿应该在外科值班室或者手术台上。我说："我得忙去上班！"小孙出来跟我握了一下手，我感觉她的手心沁凉，手掌很宽，尤其是手指头那部分，跟我以前握过的手似有不同。当时没往心里去，转身向洱源路口跑去。

三

我在梦中正啃一条黄牛大肋骨，香料香到要爆炸，草原牛，肥嫩可口，房门一遍一遍地唱"让我悄悄蒙上你的眼睛，让你猜猜我是谁"把我吵醒。我心里恨恨的，一脚把被子踢翻过来。去开门的时候心想，除非是我爹我妈岳父岳母，或者是我老婆，其他人统统赏一耳光再放进来。

从猫眼里瞄了一下，是大哥，一副乐呵呵的样子。"这疯子！"我在心里骂，把我刚才圈出来不挨耳光的人重新作了一下调整，大哥也属于不打之列。谁叫他是我大哥呢，大我八岁，至今未婚，放谁那里都下不了手。

我一开门，见他一双手上，腰间的皮带上，牛仔裤的裤包里，到处都塞满了吃食和蔬菜：香菇、鱼丸、海带、金针菇、牛百叶、土豆、鲜藕……分量不大，样数却很多。

他进了屋，没换鞋，直奔厨房而去，嘴里还哼着我不熟悉的后街小调。我说："你是想逼我改行做大厨啊买那么多菜？你不知道你妹子我老婆正在苏北腐败，你妹子的老公我正饱一顿饿一顿地在贫困线上挣扎？"

大哥搁下他那一堆东西，笑呵呵地说：“今天这不就是专门来给你扶贫的吗！看，这是你爱吃的鸭血豆腐，这是你爱吃的红萝卜、绿豆芽……”

“怎么吃呀？”

“用嘴巴来吃。火锅。”

“你啥时候学会这一手的？”在我印象里，大哥的最大本事不过是把冷饭放在猪油里炒，撒上一勺子盐，扬扬得意到处炫耀这是人间美味。火锅跟油炒饭比起来，复杂不止一点点。

“待会儿有人上门来煮的。”

我跳起来尖叫道：“你替我请了保姆？你又不是不晓得我只有五十块钱。一个男人在家，保姆年轻的话，保姆危险我也很危险。保姆不年轻的话，保姆不危险但我的境况很危险，咱多少还有几分帅气……”

大哥懒得跟我耍贫，他问：“你不上班啊大白天的？”

我说：“这话我也想问你。”

“我在罢工。”

“我要是你主管，早把你开了，还轮得到你罢工！”

“我好怕怕哦！”大哥表情严肃起来，“那龟儿子不低声下气求我，只有一个结果：合约到期，新产品还锁在我的U盘里。”

我也严肃起来：“谁给你时间和资金供你潜心研发的？别提起筷子吃肉，筷子还没放下就骂娘。”

大哥说：“我就看不惯他那副嘴脸。不就是个主管吗？还是个外行，有啥了不起？还好意思装作联合国秘书长的样子，到处指手画脚。”

“你要人家把你请到神龛上供起来，还是含在嘴里怕化了？”我说，“你心态要放正，自己摆正自己的位置……”

“得得得，又来那套。你都说过一万遍了，耳朵都听起老茧了。搞不清楚你是当哥的还是我是当哥的！”

我被他闷在那儿，气得不行。老天爷，我两只手痒得难受，你要让他小我八岁，看我怎么开导他。

就在我俩僵在客厅里各自抽烟的时候，咚咚咚，门板响了，来者大概不习惯按门铃。我抬头看了眼墙上的钟，十一点过三刻。时间过得真快。午饭后我得去上班。上午调休，休得相当不痛快。

大哥脸上立即洋溢起快乐，嘴里说："来了！"从沙发里弹起来，去开门。我心里狐疑，大概就是他请来的保姆，心想不晓得是长工还是临时工，反正我家不需要，这顿中午饭做完她就得走。她要不走，大哥负责领回去，我这里肯定不留。

小孙一身连衣裙出现在门框里。生活安定下来，大概生意也不错，气色跟着好起来。这次我好好看了她一下。要说她有好妖娆妩媚，那绝对是损她。她面容清秀，看上去精明能干、超凡脱俗，笑起来左脸颊上有个酒窝，右边没有。换成我老家农村的服装，标准一个质朴的村姑。打眼一瞄，我总感觉我在哪里见过她，可仔细想想，记忆中好像不曾有过这个人。她今天穿了条棉质碎花的连衣裙，像个彩蝶飞了进来。还是那香水，人还没进屋，香水味儿已把屋子装满。大哥招呼她进来："小孙请进！"小孙在门边换了鞋子。大哥这才发现自己一直没换鞋，也跑到门边换鞋。

大哥对小孙说："材料都买好了，就等你来做。"

那口气，这家像是他的。

就那么六七天工夫，小孙跟大哥就像好多年的老朋友一样，黏糊，黏糊，再黏糊。这是我完全没想到的。他俩命令我在沙发上坐好，他们要替未来的院长好好做一盆火锅。两人在灶间忙活了二十多分钟，锅底的香味就飘出来了。里面明显有花椒，香气袭人。这地方的人麻辣不进，尤其怕花椒，半颗都要他们的命。随便超市还是地摊，我都没见过花椒卖。在久违了的花椒香味中，我看大哥跟小孙在厨房里快活地忙碌着。我突然觉得大哥这些年的亲真是没有白相。家里所有亲人给他介绍的对象，两辆金龙客车都坐不下。单单我们医院里跟他见过面的，到现在当上护士长的就有四个，当上副主任医师的更多。在屡战屡败中，他的经验跟银行的存款一样与日俱增。同时，他也越来越现实，越来越精准。为啥小孙一出现他就晓得他的拂晓要来了？我替他分析，一是小孙新到，在这地方举目无亲。我们同出西川，这家跟那家哪怕相隔上百公里，但毕竟是老乡，自然亲近几分。二是大哥的确老大不小了。倘若还像十八九岁的小青年那样忍耻含羞，看好不追，过了这村就没这店儿。何况好歹是相过几百回亲的人！三是……我怀疑那三个穿制服的是大哥请来让他表演“英雄救美”的托儿——从古至今，伟大爱情的开始，总归有一个先耍流氓，比如白娘子故意下雨骗许仙的伞，祝英台十八相送时装疯卖傻调戏梁兄，七仙女挡住了董永的去路，牛郎趁织女洗澡拿走了她的衣裳等——这只是我的猜疑。如果这猜疑成立，我老丈母绝对不需要那么悲观，一厢情愿要把大哥七十岁以后的生活，交代在我那还没出生的孩子身上；我也绝对不需要为我那尚未谋面的孩子担心他肩上的担子有多重。大哥迟早会像切蛋糕那样，在这世界上替自己“切一块”老婆回来。

小孙耐心地教大哥洗菜，把洗好的菜装进一个个塑料篮子里。一切停当，锅底和菜摆上了桌子，我从储物柜里拽出一箱啤酒。大哥说不是这个，径自朝我卧室里去，把我珍藏了十多年的十五年的飞天茅台拿出来。大哥说：“啤酒喝了撑肚皮，今天喝这个！”扭头问小孙：“能喝一点儿不？”

小孙点头说：“这东西怕要好几百块一瓶吧？”

逮着个机会我不能不赶紧发言：“不贵啊，市场价也就八千多，不贵！”

大哥白了我一眼说：“我晓得，说到现在的价你心痛得要死。你咋不想想十年前你买来送我老爹的时候才几百元呢？谁知道老糊涂最后把这酒又给你了。话一定要说清楚，虽然二老现在还活得好好的，但这酒也该提前进入遗产系列。小孙，你放胆喝，你喝我那份儿。他那份儿呢，我替他喝了！”

我跟小孙都被他逗笑了，大哥自己说完也忍不住笑起来。小孙说：“珍藏十年，不容易，应该更值钱的。”

那酒反正打开了，我老早就想尝尝到底啥味儿，就做个顺水人情说：“不提钱的事，咱们喝酒。”

大哥不给我杯子，他说：“你下午还得上班。医生喝酒上班，比酒后驾驶还危险。刚才说了，你那份儿我替你喝。”

这有些不像话，见过见色忘友的，没见过他这样见色忘亲的。当然，医院确有规定，绝不允许医生上班前喝酒。何况作为外科主刀，下午谁知道会不会遇到什么急诊手术。我心里老不爽：今天亏大了。抬头看看时间，差不多了，索性烫了几片鲜藕和红萝卜填进肚子，出门上班去了。关门那刻我心想，这下你俩好了，孤男寡女，好酒助兴……幸好没喝酒，在门诊上接待了三个病人，就接到院长的会诊电话。这是个急救手术，手术对象是一家企业老总的儿子。不知怎么搞的，一把十厘米的军用匕首栽到肚皮上，还搅了大半转。老板放出话来，他儿子要是救不过来，至少要死六个人。如今的有钱人，要么不发狠话，一旦出口就是定时炸弹。老板给院长送来一大包钱说赞助医院添置设备，院长看那孩子的情状坚决把钱退了。为少死几个人，让大家继续过太平盛世，我亲自上阵。院长见我来了，大大松了一口气。洒家大名欧阳江，这名字怎么喊怎么不响亮。往前靠，靠到金庸那里，有名人欧阳锋；向后靠，靠到英雄谱上，有欧阳海。这两个家伙弄得我自读小学开始，就没几个人记得我的名字，不是把我喊成欧阳锋，就把我喊成欧阳海。直到做了医生，尤其是成为主刀，我传奇般精准狠的刀法被患者及患者家属到处宣传后，大家才替我找到了他们觉得简洁亲切，我也认为大气畅快的称呼：欧阳、欧阳主任、欧阳老师、欧阳医生、欧阳先生、欧阳神医、欧阳活菩萨……我们医院有个不成文的规定，就是一般医生搞不定的手术请院长。院长搞不定的，由院长亲自出面请我。我对院长比较尊敬。他这人最大的本事就是胆小，一辈子兢兢业业，律己甚严，不营私，不拍马。跟他一起出道的，最差的，卫生局局长都做了几届了，他依旧是个院长。所以，院长喊我，只要天塌不下来，下刀子、落炮弹我都会第一时间赶到。一帮人一直干到第二天凌晨三点。当我用针在那小子肚皮上打下最后一个蝴蝶扣之后，我对院长说："除非这孙子醒过来了自杀，否则不会再有……"院长高兴地破天荒请大家吃夜宵。等走到大街上才发现，吃早餐正好。

吃完早餐，一个个疲累得不行，眼睛红得像滴了血，却一点睡意都没有，坐下来继续喝茶。大家建议院长去把那"一麻袋"钞票再要回来，给所有参加抢救的医生和护士各包一个小三，统一放到一栋楼里。院长说："饶了我吧，我还有两年退居二线。"我们一副吊儿郎当腔调，院长认真得像政治学习，这简直不要太好玩了。大家就揶揄院长，说我们院里那么多花花朵朵的美小护，都等着他老人家浇水培土呢，没有钱咋行呢？干脆哥儿几个自作主张把钱要过来，专门替院长"添置设备"……院长再会说也干不过这帮嘴巴没装闸门的家伙，何况他是老实人，任由大家耍宝，一句多余的话也没有。后来实在困得不行了，才各自散去。

我到家快十点，老婆已经回来了。我露出一副她懂的笑脸，嘟起嘴巴凑过去，她却果断迅捷地在我露得正好的左脸上甩了一耳光。我吼她一嗓子："蝈蝈，你把苏北炸药吃撑啦？"我才注意到，老婆的脸色拧得下半盆水来。我抓狂，这婆娘今天怎么了？结婚十年红脸梗脖子不是一趟两趟，都停留在嘴巴上，不过夜，第二天话说通了就好了。感觉不小吵那么几次，她一肚子撒娇艺术没地方排遣，我的细致体贴多得没地方支付，吵一次好三分。像这样的全武行，我向老天爷保证，是第一次。

老婆不说话，用手势示意我在沙发上坐定，然后，再来一个引导的手势，两个茶杯相对。老婆把我拽起来，把我拽到饭厅。饭桌上杯盘狼藉。在一片混乱当中，我用过的碗筷不复存在，茅台还剩半瓶，两副相对的酒杯和筷子鹤立鸡群。她又把我拽到房间里，不堪入目。我老婆右手掌在鼻子前面扇了几下空气，抽了两下鼻子。嗯，我闻出来了，特有的法国香水味儿。

老婆终于嘶吼出来："说，跟谁？"

“是大哥！”

老婆根本不听我解释，她打断我的话说：“你尽管鼓起屁股嘴编吧！你怎么不说是我爸我妈来干的？你怎么不说是公公婆婆来干的？”她把我拽到客厅，一把送进沙发里，继续嘶吼：“找个替罪羊也得先打好草稿再找。你说是我爸我妈或者公公婆婆，都还像那么回事儿。”

“你以为大哥就没本事？”我笑起来说，“大哥现在本事大了去了，要不了一阵儿，你外甥就可以满大街跑了。”

“扯吧，尽管扯！”老婆把刚带回来的拉杆箱拽过来，把她的洗漱用品连同从苏北为我带回来的香烟什么的一股脑儿塞进拉杆箱。我问：“你回娘家？”老婆杏眼圆瞪：“我回苏北！把窝腾出来给你们，爱怎么折腾怎么折腾！”我又好气又好笑：“你准备上苏北插队啊，蝈蝈？”老婆说：“别跟我没脸没皮。你当我跟你开玩笑？你当我一点儿魅力没有？那边一所学校的副校长给我摇橄榄枝呢。”说到“橄榄枝”的时候，她把手摊到嘴巴前面，嘟着嘴飞吻一下，再“噗”地把那个吻吹到掌心，掌心一送，隔空朝我砸过来。

这让我受不了，这简直是明目张胆地给我戴绿帽子，还生怕全世界不知道。我知道她大学初恋情人就在那个地方。据说当年爱得死去活来，如今是苏北某高中的副校长。我来火了，我一把把老婆塞到沙发里，皮沙发足够软，半个身子陷进去。我说：“蝈蝈，我向你赌咒发誓，这事儿要真是我干的，你没收我作案工具。事情不调查清楚，见风就是雨的……你坐好了，我打大哥电话，让他来给你解释。”

大哥来了。见我跟她妹子僵成这样，仿佛大梦初醒。他说：“今早上出门，我还以为是在我家呢！”

我笑眯眯地说：“大哥，作案工具派上用场了吧？”

大哥面带羞涩：“你那酒太厉害了，我第三杯就……其实我啥都不知道。”

我老婆受不了我们那么慢的节奏，她问大哥：“人是从哪儿来的?"

"楼下302室。"

"良家妇女?"

"是。"

老婆发怒了:"大哥,你多大的人了,你是不想过了还是不想活了!"

我说:"大哥学理科的。"

老婆白我一眼:"哦,学理科的就可以这样啊?学理科的犯了法就不治罪啊?"

我说:"亲爱的蝈蝈同志,我意思是说,容许学理科的大哥措辞不当。啥良家妇女?人家是黄花闺女。"

老婆急了:"黄花闺女性质更严重!"

"听我说完嘛,蝈蝈同志,"我说,"他俩在搞对象。"

"搞对象?"老婆不相信,"我这趟出差是七天、七个月,还是七年?"她扭头问大哥说:"大哥,恭喜你,你长进啊!"

我郑重地对老婆说:"一切都是真的。你不要打击大哥,他本事好着呢!"

这话终于把老婆整信服了一半。但像我老婆这么精明的人,轻易是不会相信人的。她问:"那女孩子叫什么名字?"

我以为大哥清楚,谁知道他"孙、孙、孙——""孙"半天"孙"不出个所以然。我急得差点神志不清,我知道坏菜了。我老婆顿时跳起来又给我一耳光:"你两个不是东西,一丘之貉,都鼓起屁股嘴吹吧!欠揍!"说时迟那时快,我另一边脸上又爆响了一个耳光。我心痛老婆那手掌,要多大的劲儿,才搞得出这么大的响动。

四

大哥问我:"女性朋友和女朋友有什么区别?"

我见大哥表情庄重,于是郑重回答:"这相当于从个普通会员升级为 VIP，享受更多的服务和特权。不过，必须缴纳更多的费用，同时，承担更多的风险。”

大哥闷在那里，半天不说话。三天前，我老婆的三个巴掌直接惊动了我们家的最高领袖：我爹我妈、我的丈人丈母。四个老家伙都是生意人。我们到这地方工作第二年，他们也到这地方来做生意了。他们每年要回西川住上三四个月，而我们，一年中剩下的日子，就是听他们唠叨西川的往事和变化。他们有个共同之处是，只要天塌不下来，不管我两口子吵成啥样，进门二郎腿一跷，一句多余的话没有，要茶要烟要酒肉饭菜。酒足饭饱，擦擦嘴巴拍拍屁股走人。留下满屋子的烟屁股、一桌子垃圾，由我们收拾。这哪是为谁谁撑腰壮胆，这活脱脱就是折磨人顺带打劫。后来我两口子吵出经验来了，反正最后都要和好如初的，能不引狼入室就不引狼入室。可这次不同，老丈母一听说大哥居然有如此艳遇，乐得非得立马见到小孙不可，勒令大哥立马给小孙打电话，回来让她看看。大哥说人家在看店呢。老丈母说关半天不会天崩地裂，她说：“店里一切损失，我替她补！”直到小孙出现在大家面前，我才知道她叫孙开来。我估计大哥到这时候也才把她的大名搞清楚。

小孙一出现在我老丈母前面，她老人家就认定小孙就是她未来的儿媳妇。我真为她改革开放的发展速度感到不适。想当初她把她女儿看得多紧，想提前偷腥，门儿都没有。

大哥沉思了一阵，很肯定地说：“我头晚就窝在你家沙发上，第二天醒来还是在你家沙发上，没挪过窝儿。”

这个问题有点严重。我说：“你不是要表现自己多清白高尚吧?”

“我醒过来?”大哥的理科脑袋在有些时候的确不太够用，“我醒过来，我以为是在我家，喝了点水就上班去了。出门把你家的门哐当一声拉上，才想起这一夜待在你家里。想返身回来看个究竟，门锁上了，没钥匙进不了。我没见小孙，压根不记得进过你们房间。”

“那床单是咋回事?”我心想，你小子是不是也读南派三叔，这情节给人感觉既穿越，还悬疑，好似鬼片。

“我最纳闷的就是这个。”大哥说。

“这事要不要向你妹子我老婆讨教一下?”

“你看着办吧。”大哥把我给他的问题还给我。

上午的阳光打在他有些迷惘的脸上，对着阳光的一侧像灯火通明的城市，背着阳光的一侧像只能看见星星的乡村，综合起来，整个儿一个城乡结合部。老丈母三天一个大电话，两天一个小电话，鼓动我跟我老婆“好好撮合小孙跟你们大哥的事儿”。她老人家急得嘴巴里都能伸得出手来。我说:“蝈蝈，这看你的了。”蝈蝈正在拆我的一件旧羊绒上衣，打算替我改织成裤子。动手之前征求我意见，我说你有大把时间没地方浪费你就整吧，我没意见。她说上衣改裤子，虽是降级使用，但位置重要。我知道她的意思，她无时无刻不在鼓励我做院长。像我们这样有一技在身的人，不屑从政。我以前曾说，让我做院长，除非我已经没有拿手术刀的力气和勇气了，这简直就降格掉价。可我老婆把啥都看透了，技术上再精，不如人家一张嘴。她停下手中的活计，把我打量了一下。我以为她要为那三个耳光向我道歉，却见她不以为然地说:“刚认识就……我觉不出她是什么好东西。”

我把大哥的疑问说给她听，她听了愣了半天，手上的活计停了。她说:“我说也怪啊……”她停下，似有难以启齿的内容。

“那天那床单怎么了?”我问，“你难道还看出什么端倪?”

“洗之前我仔细观察过，除了乱，上面也没什么。”

我“噗”一下笑得全身乱抖。女人毕竟是女人，细致认真都在这上面。

我问她要做什么。她说她要把大哥喊过来问问。我说得了吧你，即使孙开来安心要把自己赖在大哥身上，也是大哥命中注定的，咱就顺其自然吧。

“老蚊子，你替哥留点神，这女子不简单。”蝈蝈从了我，没给大哥打电话。

“多一个心眼儿有啥不好?”蝈蝈嗔怪道。

“我是听你的好呢，还是听你妈我那岳母大人的?”我一副无奈的表情。

“有区别吗?”

“区别大了去了。老妈的意思是但求成功，不问来路。你的意思是坚决深挖，防遭不测，我还是觉得老妈的意思更符合实事求是的原则，大哥毕竟是‘奔五’的人了。”

这话很有打击力，也有说服力。蝈蝈说:“那就顺其自然吧!”

可在心底，我比蝈蝈和大哥还想把这事儿搞清楚。我要没本事把这事搞清楚，就不配做那院长。

大哥跟孙开来发展的势头让一家老小都格外欢喜。孙开来知道我跟蝈蝈周末一般都在家，就在星期天晚上买上些小菜上我家来，热气腾腾地做上一桌。让我第二天上班，一帮美小护见我气色格外好就问:“欧阳老师，师母有喜了吧?”有时候也放在楼下302。孙开来的屋子里陈设简单，但每一样都很有意思。这里一盆花，那里一丛草，把个偌大的屋子搞得跟国宾馆似的。我还注意到，孙开来的屋子里有十几本杂志，《小说选刊》《小说月报》《当代》什么的。我以为那是她拿来点缀屋子的。直到后来她不断向我借书，我才正式相信，不是那么回事。

在孙开来的影响下，大哥也喜欢看书了。面对这未来的嫂子，我们还叫她小孙。我家有五大橱书，卧室两个，书房三个。书房他们进不去，那里面除了古今中外的医书，就是名目繁多的诗集。在里面我除了研究我的本门学问，剩下的精力都拿来写诗了。那里面的东西只要有人动了一张纸，就会要了我的命。我早就想好了，在我拿得动手术刀的时候，我发誓做个让人愿意把身家性命交托出去的放心医生。待我退休了，脱下一身白大褂，我要好好做一把诗人。那里面的诗稿整理出来，能像模像样出两本了。

卧室里的两个书橱基本上都是期刊。小孙只看文学期刊，她把好文章推荐给大哥看。一天，我听见大哥看完叶兆言先生发表在《人民文学》杂志2012年第9期上的小说《茉莉花香》的时候突发感叹说："这女人上吊干吗呀？前面就是幸福！"

小孙说："人活着，清白是件很要紧的事情。真娘不死，咋能证明她清白呢？"

大哥说："我不这样认为，我反倒觉得真娘本身就不清白，怕那公子娶了她去揭穿老底，万般无奈，只好自杀。"

两人一个认为是因清白而死，另一个认为是因为不清白所以死，争论了好半天，谁也说服不了谁。好在我那里好看的文学期刊太多了，他们的兴趣很快就转移到其他杂志上去。

我跟蝈蝈待大哥和小孙走了，把小说找出来读。见他感叹的不是那篇小说的主人公，而是小说中记载的一个故事。故事说，古代有个姓胡的艺妓真娘，出身书香门第，才貌双全，不幸家道中落，被卖到苏州，但卖艺不卖身。当时有个王姓公子十分仰慕真娘，用重金买通老鸨，想娶她为妻。真娘婉言拒绝。富家公子爱她心切，欲强娶。真娘为保贞节，在花轿临门的时候悬梁自尽。

看完这段文字，我跟蝈蝈对视了一下。我问蝈蝈："元芳，此事你怎么看？"

蝈蝈一嘻，说："回狄大人，此事必有蹊跷。"

我俩像城隍庙前一对瓜锤那样，相视而嬉，没当回事。

小孙是有眼光的，她替大哥选了一套戴尔·卡耐基的书——《人性的弱点》《人性的优点》《人性的光辉》。大哥像个第一次走进花园的孩子，他说他每一页都有新的发现。一个月以后，他突然决定把他的研究成果交给他的主管。经过论证，这项研究成果立即上线投产，为此他获得了十万块钱的奖励。大哥在公司请一帮哥们儿吃饭，他的主管自然也不例外。一天过后，又在302室设宴，请我和蝈蝈吃晚饭。大哥对我说："老蚊子，你教导哥教导得对。只要把心态放平，就能发现世界的美好。"蝈蝈替我谦虚地说："是老蚊子教导得正确，还是戴尔·卡耐基的书管用?”大哥说:“都正确,都管用。”原来,大哥请吃饭,请同事他是心甘情愿的,请主管则因抹不下情面。一伙人正在庆贺,主管说家里有事急急忙忙回去,说女儿发高热上医院,他得赶过去陪着。大哥以为主管找托词,心里不太乐意。待主管走了,他从同事的口中得知,主管有两个孩子,年龄相差十岁。大孩子是个女儿,是他姐姐、姐夫的。姐姐、姐夫在孩子满周岁的时候出车祸死了。姐夫家的人嫌弃孩子是女孩子,谁也不愿收养,他就收养了这孩子。那时候他才刚走出大学校门……大哥不无感慨地说:“好好考察,谁都不容易,谁都有感人之处……我从今天开始,要心胸开阔,透明做人,面朝大海,春暖花开。来,干!”我那半瓶老茅台又成了这次家宴的牺牲品。

大哥向来不胜酒力,三杯两盏下肚,又喝多了。

我示意蝈蝈,他们都发展成这样,把大哥丢在302算了。蝈蝈嘴角一翘,冲我浅浅地暧昧一笑,心领神会。我俩刚走出302,小孙跑出来拽住我们说:“得把大哥弄走啊!”

我诧异地问:“留你这儿不行啊?”

小孙口气很坚决:“不行!”

我示意她退到屋子里。我们三人都回到屋子里。我把门关上,天大的事关起门来说。我问:“小孙,你跟我大哥处的时间也不算短了,我大哥这人怎样?”

“好人!”回答很干脆。我一下想起,小孙好久没有用那法国香水了。是用完了?不需要用了?还是不屑于用了?

“你喜欢他吗?”我单刀直入。

“不仅喜欢,”小孙很肯定,“还爱。”

这给了我耍贫的机会,我说:“口是心非!爱为啥让他在你这里住一夜也不行?”

“只有一张床。”小孙很为难的样子。

“还需要两张床吗?”这话出口,我自己都觉得贫。

小孙僵在那里,像一口气吐不出来,小脸憋得绯红;接着像被戳了个口子的气球,唰一下变得青紫。她一改以前称呼我“欧阳医生”的习惯，像大哥那样喊我：“老蚊子，你什么意思?”

我说：“你别急，也别嚷。按照惯常的心理，一个男人跟一个女人在一起时间久了，难免生情。可不爱对方的人才会夸对方‘好人’，爱对方的人会骂另一方‘不是人’，甚至打他!”

“我是那样随便的人吗?”小孙的脸再次憋得绯红。

我故意控制我的语速，用上帝吻过的声音慢慢悠悠地说：“又不是没有过!”

“没——有——”小孙怒目圆瞪，用80分贝以上的声音吼出这两个字。她跟我对视了至少三秒钟。我敢肯定，如果她有足够的身高和体能，至少要甩我十个耳光。小孙没穿高跟鞋也就一米五几的样子，怎么看都很瘦小。她站在原地没动，两只垂在空中的手跟着颤抖的身子，无助而愤怒地抖着。屋子里响起小孙的抽泣。好半天，她说：“欧阳医生、蝈蝈，我知道，打一上来你们就觉得我是坏人。其实我并不坏，或者不算坏。上次大哥喝醉了，我在你们家床单上做了文章，这事很不光彩。但你们知不知道，一个孤身女人在离乡背井的地方，走这一步往往是迫不得已的选择。你欧阳医生亲眼看到的，开张第一天就触霉头，如果不是大哥和你出手相助，我也不会在这里待到今天。自从踏进你们家，我就知道，我要想继续在这地方发展，你们就是我的大树，就是我的依靠。于是，我就……谁知道你们一家对我那么好，现在我跟大哥又发展成这个样，我都后悔死了。”她抹泪的时候，我发现她右手多一截指头，难怪第一次握手的时候，就感觉她的手比别人的要宽一点呢。

蝈蝈最容易受感染，在抽纸巾给小孙的时候，自己也开始擦眼泪。我继续贫着：“你们那晚上真没发生什么事情?”小孙说：“你大哥在沙发上整晚没挪过窝儿。”我问：“你呢?”小孙说：“前半夜给大哥喂了两次凉开水，后半夜回这地儿了。”我说：“你真不简单。”小孙听出我话里的意思，拉开门，用第一次遇到她时她打电话的声音说：“请你们把大哥带走，我做我的坏人，你们保持你们的清白。请!”听上去，这简直就像母狮低沉的怒吼。

我把大哥搬出来扛到肩膀上刚出门，身后的门“哐”一声合上。大哥真是猪变的，从三楼扛到六楼，累得我差点小便失禁。我把大哥甩到沙发上，今晚这儿又将成为他的安乐窝儿了。我扭着筋骨，一方面让筋骨归位，另一方面也有在老婆面前卖乖的意思。没想到，老婆杏眼圆瞪，怒气冲冲地说：“领教过过分的，没领教过你这么过分的！”

五

第二天，等大哥醒来之后，我把昨天晚上的事大体跟大哥说了。大哥急了，开门往楼下冲。不一会儿上楼来，说：“门不开，打电话也不接。我算看明白了，你两口子巴不得老哥我断子绝孙！”

蝈蝈说：“都怪老蚊子，平时教导你做人要放平心态，结果自己刻薄得王熙凤见了都看不下去。老蚊子你就贫吧，张嘴跑火车。要我说，小孙说‘不能害大哥’本身就是句实话。要是她不爱大哥，早就逢场作戏，该干啥干啥了。为啥不？小孙昨晚说得还不够明白？当初想找靠山，后来就有了感情。咱们都是从外地来这儿打拼的，谁没这样孤立无援的时候啊？”

骂完我，蝈蝈转身做大哥的工作：“得罪小孙的是我们。你就当没事人一样，到她店里跟她继续套近乎。店里人来人往的，多少会给你点面子……”

大哥白了蝈蝈一眼说：“男士止步——”他把“步”字拖得老长，使我又想起那天的尴尬情景。

蝈蝈说：“总之你要装得跟什么也没发生一样……”

“本来就没发生什么，又不是我惹的！”大哥语气自信，“我知道妹子要教导我——脸皮厚吃得够。这道理我懂，不烦劳妹子教导我了。”

说完走出门去。

中午大哥垂头丧气回来，一句话也不说。我小心翼翼向他请安，他瞟都不瞟我一眼。我悄悄打车到洱源路，只见“金开来女性扉页零点”店门紧闭。我打小孙的电话，关机。这情状是我没料到的。回来的路上，我心想，回去千万叮嘱好蝈蝈，不要让我老丈母知道了。

刚回到家门口，就听我老丈母的声音从屋里传出来，吓得我神儿都散了。我推门进去，我老丈母正跟蝈蝈笑眯眯地说着家常话。大哥不在屋里，不晓得什么时候离开的。老丈母一口一个“小孙”地夸小孙，蝈蝈扭过脸跟我递眼色。我立即明白，老太太还不知道昨天晚上的事儿。老丈母说要小孙晚上到我跟蝈蝈的地盘上来，她老人家要亲自做几个菜。我跟蝈蝈结婚那么多年，说要在我家做几个菜，于老丈母还是第一次。蝈蝈赶紧说：“小孙她……”蝈蝈递我眼色，我赶紧接着说：“进货去了！”老丈母说：“哦，这么不巧？那我坐一会儿就回去了。老爷子要人伺候呢！”过了一会儿，她像突然想起什么，问蝈蝈：“我记得小孙好像说过，她做的是品牌，货和款都在网上交易的。她会去进什么货呢？难道我记错了？”我被问得不晓得怎么回答，“金开来女性扉页零点”我就去过那一次，前后不足一分钟就被撵出来。蝈蝈应该清楚。她现在的贴身物件，件件都是小孙精挑细选的。蝈蝈装得跟演员一样：“一个品牌做久了，市场饱和了，销量会受影响。换换品牌还是挺重要的。”老丈母说：“啥时候回啊？”蝈蝈说：“出门的时候倒是没说。不过大概也就这几天吧。”

蝈蝈说的“大概也就这几天”，眨眼就过了一个星期。这期间，大哥又把叶兆言老师的《茉莉花香》拿出来读，不止一遍。特别是那一期杂志第46页上所叙的真娘的故事，读得连标点符号都能背下来。我们跟他说话，他总是走神。一天晚上，他打电话来说三缺一，让我上他那里去。他那房子买了快十年了，装修好单等老婆上门。等不到，就成了他的行宫，餐餐都在我老丈人丈母家蹭，蹭了四十二年也没见他惭愧过。可一到晚上，若没啥特殊情况，他非上那屋睡觉不可。果然三缺一，另外两个我不认识，表情有些神秘，估计是他的朋友或者同事。我们四个人斗地主斗到12点，几个人基本上没说什么话。大哥手气奇臭，额头上的纸条贴得眼睛都看不见。过了1点，大哥把扑克往桌上一盖，径直打开冰箱。里面除了一个苹果，啥都没有。他把苹果拿到水龙头底下冲了一下。我们以为他要削来招待我们，却见他自顾自地站在厨房门口啃起来，目不转睛盯着啥也没有的灶台出神地看，谁也不理。大哥下颌朝下，领子以上露出的那截梵高画布，加上满额头的白纸条，看上去特瘆人。那两个人看看时间不早了，又见大哥啃一口恨不得要嚼五百下才吞下去的阵势，相互递了个眼色，起身告辞。待两人出门，我问大哥："这两个人是谁?"大哥嘴巴里嚼着苹果含混地说："不晓得。"我吓了一跳："都跟你打了大半夜扑克了，你还不晓得?"大哥说："从老妈那里吃了晚饭，就回我这小区。见他俩也在路上溜达，就喊上来打牌了。"我不敢相信，又问："你是真不认识还是假不认识这两个人啊?"他满不在乎地说："这多大的事儿，不就随便喊了两个人上来打牌吗?"这情节我后来好几天回想起都还害怕：难怪那两人表情那么神秘，是不是本小区的人不知道，是不是好人不知道，是不是人都不知道——简直是现实版的鬼片。

老丈母好似若无其事，到我家里来却比以前勤。也没什么要紧事，或者说压根就没事，问问东，问问西，然后就扯到大哥和小孙身上。老丈母对我说"你虽然是当弟弟的，但你结婚早，对他们你要多关心点。"转过身，我问蝈蝈："老丈母的'他们'指一个还是两个?"蝈蝈把即将拆完的羊绒衫往椅子上一撂，起身说："要不要我明天上幼儿园给你报个名，从头学起?"这几天我的日子过得乱七八糟，幸好没撞上大手术。要不然，不是病人触霉头，就是我触霉头。

这天我从楼上下来，打算上班去，竟见小孙从楼下上来，一副风尘仆仆的模样，素面朝天。这回真的像个村姑了。我问："你上哪儿去了? 我老丈母、我哥天天上门向我要人，我家都快赶上信访局了。"她似乎已经忘记了一周前的不快，她说："你跟我来。”我替她提行李包，她没拒绝。就这一个动作，我就知道从面儿上看，她已经不生我的气了。

进了她的302，她反手关上门，我心里有点小紧张。关于蝈蝈甩我耳光的伟大壮举，已经被家人传说得神乎其神，弄不好将来要被写进家族史。我怕小孙什么没学会，就学会了这个。

她从包里取出一张纸来摊开，是张离婚证书，落款日期就在三天前。跟她离婚的人叫方大国，西川人。二人结婚地点在山西忻州，离婚地点也在忻州。我问："这人做什么的？""认识他的时候是个煤炭贩子，结了婚以后承包了一座煤窑。"我又问："你们情感不合？还是……"她眼泪水就上来了："我原先就以为他仅仅是爱玩女人而已，情感上没什么不共戴天的矛盾。没想到，他把这也带给我了！"说着，她给我一份诊断书，彩图上的疙疙瘩瘩一看就知道是什么。她说："竟然反过来说是我带给他的！"我对她说："相信我，我是医生，请对我说实话：出现这状况多久了？""五个多月。"算起来，她认识大哥时就已经有症状了。我又问："有没有采取措施治疗？"她说："原本打算躲到这里来治病的，却不料会遇上你们……"她原本打算跟那个方大国冷处理一段时间，以为事情过了就和好如初。没想到，这姓方的干脆跟别人公开同居，并向她提出离婚。她本打算找个地方边做生意边治病，没想到却遇上我们兄弟俩。腰撑了，胆壮了，生意能做下去了，却不敢上正规的医院治疗。怕被我或者我的医生朋友发现，只好在网上随便买些药来服用。一晃时间过去，只见加重，不见减轻。

小孙说："我算是想通了。大哥爱我，我要给他一个清白之身。我需要你的帮助。医生面前无须隐瞒，长痛不如短痛，该咋治就咋治。如果有必要，还得请你先替我保密。我爱大哥！"

这话石头听了，也会动容。

小孙把手机递给我，那上面全是大哥发给她的短信，说的全是思念、痛苦，切切盼望她早些回来。刚刚接触到文学的大哥，用的都不是文学语言，却每条短消息都能打动人心。短短7天，他竟发了69条短信。有一条是这样的："我知道你不会丢下我不管的。我有些丑，但我真的好脆弱。你不接我的电话可以，但请你一定要看到我的问候！"

我给大哥打电话："哥，你的人回来了！"

这家伙像随时准备了直升机，不到5分钟，喘着粗气跑上楼来，进门两人就抱到一起。我悄悄替他们关上门。我相信，小孙跟从前一样，是晓得分寸的。我打电话给老丈母，她在电话里破口大骂："我早就看出蹊跷了，什么货要7天来进啊？你们这帮狗东西，都骗到老娘头上来了！"听起来咬牙切齿，其实她老人家心里欢实着呢。

在为孙开来治病这件事情上，一家人的意见出奇地一致。像老丈母这样的医学外行，都不晓得从哪里获得的知识，让小孙禁用麻辣调味。没有麻辣大料，连老丈母做菜都找不到感觉，小孙做的就可想而知了。可她老人家每次到302去，都对小孙做的饭菜赞不绝口。大哥坦然面对，只要下班就陪着。我虽然没干皮肤科，但一看到小孙的脑脊液和血清检查结果，心头就有谱了。为了稳妥起见，也为不致给人落下口实，我亲自驾车，带大哥和小孙上省医院，进行系统检查。主治医生是我医学院的同学，她说："从检查结果和硬下疳创面来看，问题还停留在一期，三个月的治疗期差不多了。在这里住院也没必要，无非使用苄星青霉素、头孢曲松钠、阿奇霉素之类，连续挂水。痊愈后半年之内，每个月复查一次，半年之后三个月查一次。"要出门的时候，我那同学又说："记着更换内衣裤，最好使用一次性的。"

医理同源，我客串一把皮肤科医生，开了药在家里替小孙挂水。小孙白天守店，晚上才有时间。大哥晚上的时间更是充裕得没法说，下班就耗到小孙的302。为了解决睡觉问题，他把我家客厅的沙发搬到楼下去。他说："兄弟，这东西放你这里，只有一样功能，就是坐。搬下去，不仅能坐，还能让我舒舒服服躺下。哥最近正在研究新课题，要是再搞个新产品出来，你这沙发功不可没，我买套新的还你！"我说："你搬就搬吧，为你们的事我都冒天下之大不韪在自己家里开诊所了，还有什么不能的！”

他俩还到我的书架上借书看。他俩上家来借书，招呼都不需要跟我打一声了，看完他们自己会放回原来的位置。又是半年多时间，卧室里他们感兴趣的杂志差不多被他俩看了个遍。大哥越来越会说话，有时候冷不丁冒出几句，都让人觉得是小说。一天早上他从菜市场回来，他说他在菜市场见一妇女打 110 报警，声称十万火急。等民警赶到，只见那妇女指着一个卖紫薯的老太太对民警说：“这老太太死脑筋，我出两块八，她非要我三块。得，现在警察也来了，请您——”她转身对老太太说，“看在警察的面子上，也给我一个面子，两块八！”

当我在书房里的时候，他俩会进这屋子来寻书看。满满三大橱，够他们抽风似的看上好几年。一天，孙开来翻开一本书名叫《我的孤独是一座花园》的诗集，愣了好半天。这是叙利亚诗人阿多尼斯的诗集，名字太长，还有点拗口，一般人不会看，但装帧精美，翻译得很好。我以为她喜欢这诗集，就给她介绍这位诗人的背景以及这部诗集的特点。她却翻着扉页出神。我看了看扉页，上面有两行字，一行是“欧阳哥哥我爱你”，一行是“易孟尧手书于大雁塔下”。两行字都歪歪扭扭，有些还叠在一起。不认真辨认，认不出来。

孙开来问我：“易孟尧是你医学院的同学？”

“我们同宿舍六年。”我奇怪孙开来竟把那么潦草的字认出来了。

看到这本书，我就想起易孟尧那总是挂着饥饿表情的尖脸和他那副宽过脸颊的大眼镜。他是西安人，方言重。他的方言普通话简直成了我们系的一绝。刚开始，大家一致认为他的话“中国人听不懂，世界人民也听不懂，这都问题不大，要命的是连西安人都听不懂”。到后来，他要不用西安方言版普通话跟我们说话，烤羊排吃到嘴里都没味儿，谁都不答应。因为我们觉得那些兵马俑如果张嘴说话，大概跟他一个腔调。看过兵马俑的人都有那么一种错觉，觉得那威武的陶俑随时呐喊一声，就能醒过来。他给我们讲了个段子，笑得好多人把几天前吃下去的饭都喷出来了。他说，一天麻雀遇上乌鸦问：“泥驴日的啥鸟？黑得跟锤子似的！”乌鸦说：“瓜皮，额是凤凰。”麻雀说：“羞泥马仙人，哪有这么黑的凤凰？”乌鸦说：“贼泥马，额是骚锅炉的凤凰。”他有西北人的土气，更有西北人的热情，而且挺幽默，没事也爱开玩笑。一群人少了他，会少许多快乐。我给他取了个绰号叫“探春”。雪芹老先生有言在先：才自清明志自高，生于末世运偏消。清明涕送江边望，千里东风一梦遥！说的是金陵十二钗中的探春。“一梦遥”跟“易孟尧”谐音。他欣然认领这绰号，他说这四个句子用在他身上恰如其分。后来在他的履历表上父亲母亲一栏里，看到两个“已故”，悔得我肠子都青了。

那时候我们医学院的实验室可供练习刀法的青蛙奇缺，一个人分不到一只。我就跟易孟尧商量到外面抓几只回来。商量之后就去了。可跑遍大雁塔周围，春寒料峭，蚂蚁都找不到一只。他还丢了刚刚装进信封准备投出去的短篇小说一篇。那时候年轻人都很奇怪，无论卖油饼的，还是挑大粪的，都喜欢文学。倘若能在县报上发表几篇文章，姑娘们排着队主动前来相亲。我跟易孟尧是铁杆诗迷，每遇好诗，即争相传诵。弄得导师大为不满。他说：“医生有点诗情不算坏事，但痴迷过度，会付出代价的！”

孙开来认真听我讲易孟尧，这让我谈兴大增。我手下那几个实习医生如果有孙开来一般的认真劲儿，不消十年工夫，也能跟我今天一样——患者只要见我到场，疼痛自减一半。

我说：“就说这本诗集吧。那时候热销，买不到。他不晓得通过什么途径搞到一本，为此当天晚上我们上街喝酒庆贺，他烂醉如泥。我连拖带拽把他搬回宿舍，他还正在兴头上，非要送一样东西给我。我问他老婆送不送。他说不送，因为还没有。我说不送拉倒吧，各人睡觉。他说不行，非得送我一样东西。我使坏，就把他床头的这本诗集递过去对他说，签名有效。他爽快地接过去，‘唰唰唰’，两行字写完了，对着两行字大吼三遍。其他宿舍见我俩的宿舍闹成这样，以为我们吵架，前来围观。他对围观的人说：‘没你们的事，睡觉!’话音刚落，一头栽到床上，鼾声如雷。这下轮到我兴奋了，我对着诗集看了大半夜，第二天一早又带到实验室去。中午回宿舍，听同学说，他一大早挨宿舍问人家，有没有见着他的《我的孤独是一座花园》。”

“后来呢?”孙开来问。

“后来他出国了。”我假装心不在焉地说，我想看她什么反应。

“我还以为他不在人世了呢!”她口气悠悠然。

这话听得我倒抽三口凉气：世界真的那么小，他们真的认识?命中注定要碰上的人，转山转水也会碰到一起来吗?

六

到我抽第四口凉气的时候我猛然记起，易孟尧之所以千难不惧、万死不辞，挨个儿问我们班同学有没有见着那本诗集，是因为那里面夹着一张黑白照片。俩羊角辫，一个肩膀一个，右手捋着右边的辫梢，脸上是怯生生的笑容，给人感觉单薄而瘦小。这张照片是在他的书失踪三天，也就是我差不多把那本诗集读完的时候发现的。当初不告诉他把书送给了我，一方面实在喜欢这本书，另一方面还有点恶作剧的意思。我要看一个人在丢了爱书之后是不是比丢了心爱的女人更加坐立不安。当然还有另外一个原因，就是他已经考取公派留学名额。这家伙在医学院都这么优秀了，再到国外深造一下，说不定某年某月得个诺贝尔医学奖也未可知。要是那样，他这签名本可就值钱了。到时候拍卖出去，我估计盖半幢门诊大楼也不差多少钱了。发现这张照片以后，我意识到自己严重处于被动地位。我不晓得这张照片是他的妹妹还是他的什么亲人，或者这就是他传说中的女朋友。从大学四年级开始，他经常收到来自东莞的信和汇款。我估计这张照片是他女朋友。可照片上的女孩儿实在太瘦小了，像个初中才刚刚毕业的学生。

“那张照片呢?”孙开来问我。

我说:“我后来悄悄夹在他另一本书里了。”

“他知道吗?”

“说不清楚，那之后一个多月他就出国了。”

“你还记得那女孩子的模样吗?”孙开来用右手捋了捋额前的头发。

“不太记得了。”这句话刚出口，孙开来捋头发的动作使我突然想起那张照片上那女孩子捋辫梢的动作。她那多了一个指头的手掌，在看那张照片时，我就觉得宽得有些铺张浪费，只是那时那地我也没想起要去数指头。此时把两个动作合到一块儿，我相信，眼前的孙开来就是当年照片上那个女孩子。其实在倒抽第四口凉气的时候，我就有这样的感觉。我郑重地问:“你就是当年给易孟尧写信和寄款的人?”

她不置可否，问我:“你们还联系吗?”

“国内的同学还联系。我们有QQ群，能问得到他的下落。”

“那你们等着。”孙开来起身下楼去。

大哥冲着我翻白眼，这半天他都没插上话。我当然知道他在责怪我。他说:“你不翻晒你那些个陈谷子烂芝麻，就怕自己不能健康长寿啊!”

我说:“关键是那些青春岁月里发生的往事，过去了就是历史。”

“整得跟台词似的。”大哥很不高兴，“你信不信，哪天我把我老妹子当年的恋人拉来跟你PK一下，看你啥感觉?”

蝈蝈涨红一张脸说:“你俩的事，扯我干什么呢?那不是散了就散了吗?唉，我说老蚊子，是我哥在跟小孙谈恋爱还是你在跟小孙谈恋爱?刚才你说得热火朝天，我跟我哥一句话也没插上，你难道就没感觉到你说那么多不合适?日里梦里都想做院长的人，这点敏感性都没有。”

蝈蝈没有继续数落我，孙开来进门了。她手上拿了一份旧杂志，是一本好多年前的《上海小说》。这个杂志那些年比较闹猛，如今停刊好多年了。翻到 34 页，标题是“树杈上的父亲”，作者：易孟尧。就在这一页，夹着一张易孟尧站在医学院大门口的照片，是一张彩照。那上面的人依旧跟当年一样瘦俏，一副宽大的眼镜，给人感觉宽过他的肩膀。

孙开来说，那时候她跟一个老乡在大雁塔下一家羊肉馆打工，在买菜回来的路上捡到了易孟尧没有寄出去的信。她在替易孟尧把信投进邮筒的时候，记下了易孟尧的姓名和地址。他们就这样通信了。易孟尧的小说发表的时候，她已经到东莞。易孟尧专门给她寄了这本杂志。他们的恋爱就是从那时候开始的。可后来，一年半过后，易孟尧写信说，他们已经不可能了，他受了很重的伤。再后来，她写了好多信，就再也没有收到他的回信。“我以为他不在人世了。”孙开来说。

在那之后，为了能亲眼看看易孟尧到底怎么了，孙开来在东莞流水线上攒了一笔钱，坐了三天三夜的火车，跑到大雁塔旁边的医学院，却被告知，医学院已于半年前跟另一所院校合并了。于是她用剩下的钱在西安开了家小饭馆，挣下些钱，她就开书店。她感觉易孟尧还活着。她总以为，易孟尧之所以突然不跟她联系，也许是嫌弃她没文化。所以她要开书店，这样她就有读不完的书。她一直用舒婷的《致橡树》鼓励自己：我必须是你近旁的一株木棉，作为树的形象跟你站在一起；根，紧抱大地；叶，相触在云里。可理想很丰满，现实太残酷，她书店里存留下来的书越来越多。别的书店也这样，但人家有门道，比如认识教育部门的人，在所属学校每个配送几十本，存货就没了。她没有这样的门道。书店开了三年，亏得她最后都被房主告上了法庭。她欠人家一年零八个月的房租，是方大国拿钱替她了结了这事。方大国是经一个书商介绍的。那时候她也老大不小了，就这样，她跟了方大国……

孙开来和大哥离开后，我对蝈蝈说：“有些人，没碰上，就爱疯了；另一些人，爱都没爱过，就过腻了。”

蝈蝈爆出粗口：“有本事你再说一遍，看老娘不再扇你几个耳光！”

我说："我是说世间的事。别把啥事儿都往自己头上揽。"

蝈蝈回我一句："我看你这猪头三，干啥事好像都有因果轮回，怎么看怎么像小说里的情节。建议你别拿手术刀也别写诗了，就你这些屁事写下来，我看给你弄个诺贝尔文学奖都嫌小了。"

我笑着说："那是。'蝈蝈文学奖'是全世界最大的！"

"噗！"这女人好歹被我逗笑了。

我在QQ群里紧急求助，寻找易孟尧的下落。我这边刚刚把字打完上传，一哥们儿就给了我一个链接。打开链接，是易孟尧的空间。这家伙现在在新西兰做农场主。一个医学博士到新西兰去做农场主，看来他的手术刀只能用来对付公牛母牛了。他的农场很大，据说牛从他农场北部放出去，一路朝南面吃草，吃到农场的南部边界，就可以直接赶进屠宰场。他娶了个新西兰姑娘，那女人给他生了五个孩子，三个女孩、两个男孩。他在空间里晒出了他们一家的照片。那女人很漂亮，有明星范儿；他的孩子们更是漂亮，优化了南北半球的基因。

这情景让我特别想流泪。我想起我那首题为《如果可以》的诗。如今，我什么都没"可以"到，他呢，除了小妾可能没有，其他的都"可以"到了。

唉，羡慕嫉妒恨！

隔了一天，大哥跟孙开来上家里来，我把易孟尧的空间打开给他们看。有的地方是英文，有的地方是汉语。英文孙开来看不懂，但那些内容丰富、让人由不得展开丰富联想的照片，却是全世界畅行无阻的语言。孙开来一个界面接一个界面地看着。深冬的阳光透过玻璃窗照在她清秀的脸庞上，照出一片安详。后来，打开的页面越多，安详越发纯粹。到最后，她那神情，若削去长发，赶得上参透前尘往事的道姑，要是再吟诵《般若波罗蜜多心经》，那就是24k的纯粹了。这部佛教著名的经卷在我家是本书法名帖，核心意思是看透一切，智慧到达彼岸；或者是放下一切，即可得到一切。我偶或心绪不宁，搦管临帖，蝈蝈总要说我：“超凡脱俗嘛，又‘菠萝菠萝蜜’了？”我笑，对蝈蝈一脸不屑，赏她一句：“俗人一块！”立即收到一个粉拳：“还诗人呢，‘块’跟‘个’都分不清！”不晓得是受了谢娜一首歌的影响，还是周星驰在一部电影里多次手持月光宝盒直指苍天念“菠萝菠萝蜜”的诱导，蝈蝈总把这经卷的名字简化为“菠萝菠萝蜜”，并固执地把它理解为“因缘、因果”。

临帖那会儿，我心气儿挺高的，现在看来，孙开来除外，我们都是俗人。那一天，我觉得蝈蝈那固执的理解，于我等在红尘中摸爬滚打的人，并非全无道理。

七

大哥进门就说：“我有两件喜事要宣布！”

他说这话的时候春天已经悄然钻进这座城市的核心部位。前几天晚上，几只思春的猫叫，提醒大家春天来了。蝈蝈的鹦鹉脖子伸得跟天鹅一样长，我闻到一股熟悉而久违的香水味道。这香水自从那次之后，蝈蝈就拒绝使用了。这是从大哥身上散发出来的，浅浅的、淡淡的，恍若早晨的薄雾，再浅再淡都实实在在存在着。

大哥卖关子：“一件说给老妹子听，一件说给老蚊子听。”

我说：“你也不想想我们夫妻两口，你白天再是处心积虑‘一国两制’，到晚上还不是两岸合作，资源共享？”

大哥说：“那是你两口子的事情。我先对老妹子说，你哥也就是我又搞出的一项新发明，据说又将获得大洋十万。”

我说：“我抗议，你那么大声，我也听到了。下一个消息也得大声说，让你老妹子也听到。”

大哥说：“不行，坚决不行。”他把我拉到房间里，对我说，“我要结婚了！”从房间里走出来，大哥问：“还有没有茅台？得庆贺一下！”

我说：“这得问你家老妹子。她要愿意再跟我订一次亲，我就再花一次血本，搞一瓶三十年陈的茅台回来。”

大哥乐了：“得了吧你两口子，天天晚上都在结婚当我不知道！”

蝈蝈脸上飞起红霞。我对蝈蝈解释说：“大哥现在正在兴头上呢！”

蝈蝈笑起来说：“你们到屋子里说话你当我在外面猜不到？大哥，恭喜你，我感觉有个外甥正朝我跑过来！”

我问大哥：“你准备咋安排那十万大洋？”

“出国。”大哥说，“到新西兰去！”

“没发烧吧？”我在大哥额头上摸了一下说，“够吗？”

“不够还有存款！”大哥右手比出捏了厚厚一沓钞票的样子说，“这也是你嫂子的意思。”

喊惯了小孙，突然出现个“嫂子”，我跟蝈蝈一时无法适应，却都快乐得想在地上打滚。

关于大哥跟孙开来上新西兰的事，我老丈母一万个反对。即使大哥把十万大洋和两本红得相当喜庆的结婚证摆到她老人家面前，她也不同意。她对蝈蝈说：“你得劝劝你大哥，他当这是戏文上说的‘明知山有虎，偏向虎山行’啊？遇上旧情人，躲还来不及呢，还自己送上门去。他这叫鸡给黄鼠狼拜年！”

蝈蝈说：“戏文里还有‘不到黄河心不死’呢！”

“你这是添柴呢，还是灭火？”我顶着已经冒出几根白发的大脑袋对蝈蝈说完这话，扭头哄老丈母，“妈，这结婚证都扯了，就证明这段婚姻成立。照我分析，像孙开来——我嫂子这么有情有义的人，是忘不了那段过往的。”我扭头对蝈蝈说：“是不是啊，蝈蝈？”蝈蝈明白我的意思，歪起嘴巴笑了一下，露出一点小羞涩。我继续开导老丈母：“您想啊，一个真心为另一个人付出过的人，那份酸甜苦辣，谁能说忘就忘得了呢？她这一去，是跟往事告别。回来就安安心心做你的儿媳妇，给大哥好好做老婆。赶明儿，给您生个大胖孙子——孙女也一样，就全了。妈，您就等着乐得嘴巴都合不上吧！”

老丈母最经不起我忽悠，可今天我真的没有忽悠她老人家。北半球开春，南半球入秋。新西兰的秋天一定非常美好。易孟尧的牧场想必正是天苍苍野茫茫，一副风吹草低充满诗意的模样。他的大孩子也许真的在跟另一个农场的孩子眉目传情，他的小孩子也许真的正捉了青虫，专心致志地喂着篱笆边上的蚂蚁。倘若真是这样，湛蓝而辽远的苍天上，还应该有一行大雁，正从南向北飞。

不能说出的秘密

一

我和顾红桃无力地坐在交警支队门外马路边的一张椅子上，像两坨乡下来的泥巴。马路上车来车往，北京永远繁忙，即便在远离主城区的门头沟，也不例外。我低下头，想看看北京的蚂蚁是不是比我们小城的蚂蚁更繁忙，找遍了椅子底下和旁边的树根，把四周能够看清的地方都仔细察看了，一只蚂蚁也没有。我看了看顾红桃，我觉得我们俩就是两只辛苦忙碌的蚂蚁。

天空像贴了一大块毛玻璃，太阳像沾了糖丝的糯米团子，毛茸茸而灰蒙蒙的。灰黄的天空下，每一幢楼房都自以为是、互不相让地高耸着。整个京城笼罩在闷热之中，树上的知了扯开嗓子，喊上一阵，又歇一阵。看不见的灰尘在空中飞来飞去。这座城市许久没有下过雨，或者是没有下过一场像样的雨，需要一场痛痛快快的大雨，才能洗刷掉无处不在的灰尘和无处不在的燥热。

一个人在活着的时候，也许从来没想到过，自己随时可能离去。活着的时候总是那样想：时间还长呢，那一天哪能说来就来呢！不承想，脆弱的生命一不留神就可能戛然而止，一场意外、一次事故、一个失误，或者一个冲动的念头，甚至就那么晃一下脑袋，都可能让呼吸停止，让生命永远消失。相对于身后一大堆没有处理又必须处理的事情，死亡就像在打开的书上翻一页纸那样简单。

一大堆没有处理又必须处理的事情，死者自然是无法插手的，要不怎么叫死亡呢。这些事情将留给他的亲属或朋友。当这些亲属或朋友在接手这一堆乱麻般的事情的时候，亲属和朋友的身份已不完全是他自己了，同时还代表死者，他要从死者的角度、以死者的身份来处理那些事务，他要争取把每一件事情都做得基本甚至完全符合死者的心意。

这真不是一件容易的事情。

我和顾红桃之所以突然来到北京，是因为接到了身后那幢房子里的人打来的电话。从接到电话那一刻开始，我要以我的舅子、顾红桃要以弟弟顾大鹏的身份，替他把留在这世界上的所有跟他有关的事情处理好。

三天前的后半下午，顾大鹏说去就去了。从事故发生到停止心跳，整个过程不到半个小时。死的时候，只有他一个人在车上，在混乱和痛苦之中，他什么也没来得及交代——他也许交代了，他的交代谁也不可能听到。

这样说的时候，我觉得电影里的好人不管受多么重的伤，都还能挣扎着交代几句，真是善意而温馨。因为那些既弱智又可笑的镜头，能为当事人解决许多身后的事情。

遗憾的是，生活不是电影。现场勘验记录显示，顾大鹏死于交通意外事故。当时他的车行驶到门头沟附近，时速一百二，没有任何征兆，汽车突然失控，车身快速插进超车道，然后疯狂打滚，穿过隔离带，越过对面的车道，冲破隔离栏，一直抛到距离公路十七米远的空地上。警车赶到之前，顾大鹏结束了最后一次心跳。冯警官给我们看了现场照片。出事地点在西六环往西、国道 109 往妙峰山方向二十九公里处。在照片上，顾大鹏跟他的汽车合二为一，严重变形。我已辨不出夹在汽车中间的那个人是不是顾大鹏。冯警官说："事故出在左前轮上，看，差不多要飞出来了。"左前轮的橡胶轮胎大部分已脱离了轮毂，像凝固的波浪，还像一段经过揉搓的黑纱，丑陋地挂在轮毂上。冯警官说："这起事故不存在第三方责任。”意思是说，他的死不牵扯别的车辆、别的人。他说只要我们签字，顾大鹏就可以火化了；他们除了督促保险公司把赔偿赔付到位之外，这事儿就算了结了。当然，这笔款子，还附带了汽车对高速路隔离栏及护栏等公共设施所造成破坏的赔偿。

支队办公室里的冷气太足，我打了两个寒战，打完寒战我想打喷嚏，跃跃欲试了几次，都没打出来。喷嚏在鼻尖上挥之不去地痒着，我用手把鼻尖搓捏了好几下，终于把喷嚏捏没了。我和顾红桃坐了一夜火车，今天早上一下火车就往这边赶，算起来不到八十公里的路程，一路堵车，出租车走了三个多小时，到这时候还没洗脸、刷牙、吃早饭。我们从体表到内心都跟屋外的天气处于互渗状态，即使在这有着足够冷气的屋子里，仍然感觉闷热、烦躁、汗津津的，看到什么东西都像涂了一层猪油那样腻歪。

顾大鹏被冷冻在二十公里外的一个殡仪馆，他的遗体我们还没见到。我的老婆顾红桃和舅子顾大鹏兄妹俩的亲爸顾委全住在朝阳区惠新东街南里，我们也还没见着。还有顾大鹏的儿子顾旻洋，他已经是初中二年级的学生。我认为，这么大的事情，至少应该征求顾委全和顾旻洋的意见，从空间上讲，他俩比我跟顾红桃离顾大鹏更近。

我把冯警官递给我的一张单子仔仔细细读了一遍，推到顾红桃面前让她也读了一遍，然后把那张单子推到冯警官面前。我跟顾红桃对了一下眼神，她的眼神告诉我，一切由我全权负责处理。我对冯警官说：“我们明天再来签字，行吗？”

冯警官收起那张单子，说：“考虑周全一点儿也好，只要是上班时间，我都在，随时来找我都行。”

我说：“我们想先去看看顾大鹏的遗体。”

冯警官说：“大多数人都要走这么一个程序。其实呢，遗体见面完全可以跟火化放到一起。反正死都死了，看多少次都是死人。冰冻起来的死人，早看晚看，都不会有一点改变。”

“还是请您先开个遗体见面证明吧！”我说。

“当然要开证明。不开证明还得了！”冯警官从靠墙的铁皮柜里取出一本原本很厚、可供开证明的空白纸没剩下多少的介绍信说，“人在活着的时候，你可以随便看，不花钱。死了就不行了，死者为大，没有这张纸，下跪磕头人家也不让你见。谁知道你是他的谁呀？”

他让我出示身份证。他一边填写，一边一字一顿地念着我的个人信息：“李风乐，男……”他照着身份证把相应的空格填好，盖好骑缝章和公章，然后郑重其事地把那张纸交给我说：“尽快吧，大热的天儿，那个什么，多冻一天就得多一天的开支。再说，他一个人孤零零躺在那儿，也不是个事儿。这就是一起简单的车祸，留着没多大意义。拿着，这是证明。”

冯警官是个五十多岁的胖男人，啤酒肚上的皮带总让人怀疑会随时掉下来。他在支队里专管这一块儿。对于他来说，早结一起，他就早完成一项工作。我相信，他对所有前来处理类似事故的家属，都说过类似的话。

我俩点着头，接过那张纸，走出支队大门，老远就看见这张椅子，跟落水的人看见救生圈那样，我们三步并作两步走到椅子跟前，一屁股瘫到上面，一动也不动。谁也不说话。我和顾红桃都意识到，顾大鹏留下的一堆事务，远远不是签个字，把他烧了那么简单。

阳光绕到我们头顶上，发狠似的把炎热和灰尘泼到我们身上。我是个胖子，走进冯警官那间办公室之前，身上已经湿透了好几遍。进了办公室后，整个身子毛孔收缩，湿衣服冷冰冰地贴在身上；而现在，汗水再次把我的衣服湿透。我闻到身上发出的盐渍气味。再在这里待下去毫无意义。天气那么热，再在这张椅子上多烤一会儿太阳，不是我，就是顾红桃，甚至我们两个人，都会中暑。

“我们先上殡仪馆，还是先上朝阳区？”闷热挤出我身上的最后一滴汗水，我的声音干燥得快要开裂，要是有一瓶矿泉水该多好。

“你是咱们家的主心骨，你说先上哪儿，我就跟你上哪儿。”顾红桃的脸从昨天开始就绷着，这么几十个小时绷下来，不晓得她有没有感觉累。

我站起来，走到马路边，朝两头望了望，公交车站台在视野尽头，给人感觉远得快到天边，一辆TAXI迎面开来，我右手招呼出租车停下，左手拽起稀泥一般深陷在椅子里的顾红桃说：“师傅，上朝阳区惠新东街南里。”

二

谁都没办法避开正常生活被突然打乱。昨天早上八点钟以前，我和顾红桃在我们那远在长江边的小城按部就班地生活着，我按部就班地发着牢骚，顾红桃按部就班地到学校上课。要不是因为这突如其来的事情，我这会儿应该按部就班地在办公室审核案卷，等待中午下班时间的到来。快到八点钟的时候，我驾车行进在上班路上，突然提包里的手机响了。

“你在哪儿呢？”顾红桃的声音慌里慌张的，急促且一点底气都没有，跟饿了三天的人遇上个大施主似的。

“遭人劫色啦？大清早的。”我说。从十多年前我们一起在长江中间的一个孤岛上做小学教师开始，我就知道，她是个不管遇到什么事情都爱一惊一乍的人，她的腔调跟事件本身，一般是画不上等号的。

“北京那边出事了！”顾红桃带着哭腔，她这一次的腔调超乎寻常地低于事件本身的严重程度，她说，“顾大鹏在高速路上出了车祸。”

“哦，顾大鹏？”有一刻钟我没想起顾大鹏是谁。我怀疑自己的年纪是不是真大了，脑子不好使，常常在一瞬间把人的姓名跟活生生的个人联系不起来。我很快想起来了，顾大鹏，我儿子李昆仑的老舅，这么多年来，除了在他的微博上看见他儿子在各类拉丁舞比赛中的身影以及获得的奖杯之外，我们差不多忽略了他的存在——我们彼此不打电话，不发短消息，过年过节也不见他回小城；我上北京出差，来去匆匆，最多去看看昆仑的外公，没时间到他在798艺术区开的门店去看他。

在这个世界上，多少亲人跟我们一样，大家生活在地球上，彼此知道对方的存在，却很少联系，大多数时候，如果不发生什么大事情，我们根本不联系。从这个电话开始，顾大鹏再次跟我们紧密地联系起来，虽然在接到交警支队打来的电话之前，顾大鹏早已是一种物质的存在。

出租车把我从交警支队拖到惠新东街南里，已经接近中午。伟大北京的汽车，喜欢有事没事跑到马路上扎堆玩儿。我跟顾红桃进门的时候，岳父顾委全像入定的老僧，安静地坐在屋子中央的一张方凳上。对我们的到来，他没有太多的表情，只是点点头，指着对面的沙发说了一个字："坐。"然后他站起来，走进自己的屋子里，披了一件衣服出来，把中央空调打开。外面那么热，他竟没开空调，一旦开空调，他就怕冷，要加上一件衣服，毕竟年纪大了。

我跟顾红桃陆续到卫生间里去收拾了一番，就着空调的凉风，人舒服多了。

"老僧"对顾红桃和我说："厨房里有早点。"

他很安静，说话的句子很短，似乎多用一个汉字都舍不得。我俩钻进厨房，有顾红桃自小就喜欢吃的沙豆包和萝卜丝包，不多不少，各有两个。不大的高压锅里还有新煮的米粥，尚冒着热气。饭厅餐桌上有一盘油炒花生和一碟泡菜。昨天，接到顾红桃的电话不久，我就接到岳父的电话，我快速地梳理了一下从长江边的小城到北京的整个行程，先去一趟交警支队，估计上午十点钟能到他这里。

顾红桃不想吃。我说："万里长征才刚起步，还有一大堆事情等着处理呢。你不吃，明天身体就垮掉了，到时候就不晓得你是来帮忙的，还是来添乱的。"在我的劝说下，她喝了一口粥，感觉不错，吃出味道来了，呼噜呼噜吃起来，消灭掉了三个包子、大半锅粥，把属于我的那一份也消灭了一半。

岳父见我吃得意犹未尽，跟哄小孩那样对我说："快吃中午饭了，风乐，少就少一点。"

洗干净头脸，填饱肚子，再吹吹空调，人的精神就起来了。我和顾红桃都注意到，这屋子没有一点顾大鹏的印迹。这可以从门口鞋架上摆的鞋子、阳台上晾晒的衣物看得出来。三室一厅的房子，岳父和顾旻洋各住了一间，那原本属于顾大鹏的房间，不知多少年前就被他彻底改成装古玩玉器的仓库。卫生间里反倒有一些女性的化妆品和小装饰品。

顾红桃高挑的身子窝在沙发里，用手撑着腰。我问她："怎么了?""腰酸。""你是累着了。""吃了饭，好些了。"我开导她："事情出都出了，留给我们的事情，就是面对。别一天到晚绷起副棺材板脸，挺累的。"

顾红桃凶巴巴地说了一句："你当我愿意啊！碰到这么大的事，你难道还不允许我悲伤一阵?"

我的姑奶奶，真动气了。我赶紧哄她："桃花，事情出都出了，见招拆招，遇到什么事处理什么事，光绷脸是解决不了什么问题的。绷起脸自己累不说，还影响别人解决问题的心情。"

顾红桃委屈了，说："我不是什么事情都靠你了吗?你说怎么做，我们就怎么做。"

我希望岳父能主动开口说点什么，他跟顾大鹏在北京生活了快十年，他对顾大鹏的了解，比我们多得多，对于如何处理顾大鹏本身以及顾大鹏身后的诸多事情，按说他更有发言权。可是他一言不发，脸上风轻云淡，看上去像什么都没发生，稳稳地坐在方凳上。这么多年了，他还是从前的样子，变化不大。最大的变化是，头上的白发更加稀疏了，留了小平头，一眼就能看见头皮。给人干干净净的感觉。我替他倒了一杯水，他摆摆手说："不渴。"眼神随意，像在看我们，又像没有看。

我问他："顾大鹏常到您这儿来吗?"

岳父伸出右手，比出食指，朝天戳了一下说：“一个月最多一次。”

“他还跟那两口子在798艺术区一起开店?”

岳父点点头，点毕才说：“是的。”两个动作之间间隔了几秒，感觉不太连贯。我怀疑他脑子不太灵光了。

“他们三个人……”我觉得这个问题有点尖锐，当初，顾大鹏在我们那小城还是“同志”的时候，我们就觉得他这个人够复杂的，不好描述，谈他是件极其困难的事情。后来到了北京，他跟一对绰号叫“扳指儿”和“手绢儿”的夫妻合伙在798艺术区做生意，并成为事实上的一家子，就更加复杂，更加难以描述了。他觉得他很幸福。这样复杂的幸福，我至今还不能理解，也弄不明白。为不让岳父尴尬，也不让自己尴尬，我把后半句话“还是住在一起”换成另外一种说法：“还是在一起生活?”

岳父又点点头，嘴巴没动。

顾红桃用指头把落到额头上的头发叉了回去，说：“三个都是怪人!”

岳父没有点头，张嘴直接接上：“见怪不怪。”

这一个回合我觉得他脑子正常了。

对话进行不下去。就岳父的神态，倘若在他面前摆上一个香炉、一部经卷、一副木鱼，就全了。屋子里里外外收拾得整整齐齐，我估计有专人收拾，联系卫生间里的化妆品，我问：“请的保姆是钟点工还是整日工?”

“保姆?”岳父似乎不理解我的意思，“我们以前请过保姆，最近三年没请保姆。”

我跟顾红桃交换了一下眼色。没请保姆？顾大鹏一个月最多来一次，屋子收拾得这么整齐，难道是我岳父做的？要不因为顾大鹏还躺在那里，我多半会耍贫嘴，必须表达一下对这位“贤父良爷”的敬意。顾旻洋的房间里除了十来套拉丁舞的服装，书架上还有好多个奖杯和荣誉证书。跟几年前相比，他的证书已不限于朝阳区和北京市，有三个是在全国性比赛中获得的，有一个是在纽约举办的十四岁级国际拉丁舞比赛的亚军奖牌。

钥匙插门的声音传进来，咔嗒一声，门开了，进来的是“手绢儿”，手上提着蔬菜。跟我们打了招呼，换鞋进门，钻进厨房忙碌。手绢儿是个好看的女人，背影像莫文蔚，长发披至腰际，高鼻大眼，给人大气爽快的感觉。声音好听，典型的东北妹子腔。从几年前跟这东北女子见第一面开始，我就替她感到不值，多好的女人，跟两个今天喜欢女人，明天又喜欢男人的男人混在一起，简直是对有限资源的极端浪费。

顾红桃捏起拳头在腰上捶了几下，起身到厨房去打下手。客厅里留下岳父和我两个人。我想抽支香烟，见家里没有烟灰缸，估计岳父不抽烟，屋子里也没有烟熏火燎的气味，便把念头掐灭了。我无话找话："顾旻洋该上初中了吧?"

"初二。"

"学校离家远吧?"

"近，骑自行车十分钟。"

"寄宿还是走读?"我觉得我们的对话像是在审问。

岳父回答："这么近，寄什么宿?"

"那他一天三顿都回家吃饭?"我问。心想，既没保姆，也没见岳父进化成"贤父良爷"，难不成是手绢儿来给他们做的?

"谁做饭啊?"我接着问。

岳父冲着厨房指指，没说话。我感觉，岳父要不就是不愿意跟我多说话，要不就是把我当外人了，不愿意在"外人"面前暴露家丑。但是，我更愿意相信，他是因为长期在一个没有熟人和朋友的地方生活，几乎不跟外人交流，语言功能退化了。

"不会是天天都来做吧?"我认为这是不可能的事情。纵使顾大鹏跟这女人和这女人的丈夫扳指儿三个人有着特殊关系，我也不相信这个跟我岳父和侄儿既无血缘关系，又无法律关系的女人会天天来关照他们的生活，"她不还要做生意么?"

岳父回答了前一个问题："天天来。"

"他们三个人的关系怎么样?"

“他们不跟我们生活在一起，谁知道。”岳父右手食指在膝盖上敲木鱼那样敲着，“应该不错吧，要不然怎么会在一起生活那么多年。”

“有没有见他们吵过架?”我始终认为，爱是自私的，爱情是无法与人共享的。

“没见他们吵过。”岳父脸上终于有了一丝丝元神回归的样子，“也许有矛盾，只是别人看不见。”他好像还有什么话要说，手绢儿拉开厨房移门出来擦餐桌，准备开饭，岳父就没再说话。

三

饭菜摆上桌的时候，顾旻洋背着书包开门进来，午饭就开始了。顾旻洋对我们的到来表现出前所未有的亲切。这孩子明显有心事，三天以来，内心不晓得受了多少煎熬。我在心里可怜这孩子：刚刚出生就被父母抛弃，被顾大鹏收养后，牙牙学语就被顾大鹏带到北京来，如今，顾大鹏也走了，他从此成了没有父亲也没有母亲的孤儿，其实他从一开始就是孤儿。人间的温暖多么短暂。他至今还不知道自己的身世，在北京，除了顾大鹏和我岳父，谁也不知道他的身世。

吃饭时，顾旻洋对手绢儿说：“干妈，我向老师请了明天的假。”说这话的时候，他快速地看了我和顾红桃一眼，表明这句话也是对我们说的。

我跟顾红桃交换了一个眼神，她一下就懂了我的意思。在开证明去见顾大鹏的遗体的时候，我们完全忽略了顾旻洋，顾旻洋是个学生。我们可以耽搁三天五天，跟单位请个假就行了，不影响收入，也不影响我们的工作。而顾旻洋不行，他每天都在接受新的知识。对于他来说，请半天或一天假问题不大，要是请上三天，前后课程就衔接不上了。既然顾旻洋向老师请了明天的假，那么，明天的安排就不仅仅是遗体见面，照冯警官的意思，遗体见面跟火化放在一块儿。我决定吃过午饭就把我的想法提出来。

手绢儿给顾旻洋夹了点菜，用对自己的儿子那样的口气对顾旻洋说："你是男子汉，天塌下来也能扛着。事情不发生都发生了，干妈，还有你的姑父、姑姑，你的爷爷，我们大家一起面对。你做得对，咱们就明天。"

顾旻洋听话地埋下头去吃饭。看得出，他跟手绢儿建立起了类似于母子的深厚感情。

顾旻洋的个子比我还高，瘦是瘦，每一个肢体语言都传达出一个拉丁舞者的协调和美感。个子虽然那么大，嗓音还是童音。他这话，让我又想到他的身世，一种说不清的感觉像闪电一样把我击中。顾大鹏如果在天堂，看到他儿子这一副无助而无辜的模样，也会忍不住流泪。我站起身来走进卫生间，取了一张抽纸，在眼角上擦了擦。对着镜子稳定了一下情绪，再回到餐桌旁。

吃完饭，两个女人还在厨房里收拾碗筷，我岳父躺到床上，两个鼻子吹起喇叭。多年的习惯没有因为突发事件而受影响，晚睡十二个小时、午睡三个小时。据有关资料说，这种能睡的老人，将来长寿。接下来的商量，他老人家是不可能参与的了。

我拿出那张遗体见面证明说："我们原想先去看看大鹏的遗体。现在看来，遗体见面跟火化应放在一起。要悲伤，就一次性地悲伤够。过一会儿，我就去交警支队换证明。"

顾红桃说："我们以旻洋的时间为准。"

手绢儿说："我跟扳指儿昨天估计，你们多半会做出这样的决定的。"

顾旻洋被手绢儿招呼着进房间睡午觉，他一点半还得去上学。他进自己房间的时候，手绢儿对他说："旻洋，就依你请的这个假，我们明天去向你爸爸道别！"

毕竟还是个孩子，他对死亡还没有直观的概念。虽然心事重重，但他内心的煎熬还没有上升到悲恸的地步。他顺从地关上自己卧室的门。

客厅里就剩下三个人。手绢儿说："哥、姐，你们早就知道我们三人的关系，我就不回避了。大鹏是你们的亲人，也是我们的亲人，我们大家都是亲人。”手绢儿想克制自己的情绪，可克制不了，泪水从她好看的脸颊上滑落下来，她痛哭起来的神情，美得让人揪心。声音越发具有感染力和侵略性了。她说：“我和扳指儿昨天去过交警支队了，你们不来，我们拿不到证明，没证明，人家不让我们进去看顾大鹏。”

我没吭声，不晓得该说什么。顾红桃流着泪，扯了几张抽纸给手绢儿。

手绢儿继续说：“我们三个在一起做生意，没分过彼此。以前一年赚多少，大鹏跟我们对半。现在大鹏走了，旻洋还没成年。我让扳指儿把门店上的进出项盘一盘。亲兄弟，明算账，一个饼，一分为二，不能亏了大鹏，也不能亏了旻洋。旻洋是个好孩子。如果有必要，请一个律师来办交割。”

我说：“这些是不是等处理好顾大鹏的事儿以后再说？”

手绢儿说：“说起来，确实应该先谈顾大鹏的事儿。哥、姐，你想，顾大鹏已经躺在那儿了，他的事情早一天晚一天了结都不碍事。生意上的事情不同，我们不愿亏待大鹏。趁他还躺在那儿……想当初我们从不同的地方漂到北京，一起创业，吃了多少苦，受了多少委屈，才有今天这副样子。我们都不容易。”

顾红桃又取了几张抽纸递给手绢儿说：“人家说钱财乃身外之物。没错的，你看现在，纵使有一座金山，大鹏一分钱也享受不到了。手绢儿妹妹，也不要什么律师不律师了，等处理好我弟弟的事情，就照你们说的办。”

“手绢儿，这地方你比我们熟悉。下午你带我们去找家丧葬用品店，替顾大鹏准备准备，让他体体面面地上路。”我说。

手绢儿说：“穿的、用的，我都备齐了。不用你们操心。明天早上去的时候再买一些鲜花。在北京，你们没我们熟悉，别费心，都由我来准备。”

我对这女人又多了一些好感。这女人拿得起放得下，比我们考虑得周到。

顾旻洋下午上学后不久，手绢儿也离开了。离开之前她说顾大鹏应该还有存款什么的，她建议趁我们在北京，作为亲属可到公安机关办理开密申请，否则那上面的钞票烂在银行里，也没人知道。

我叹了一口气。不管你是多么追求超凡脱俗的人，一旦深陷到这一系列事务中，都俗不可耐，一切都围绕一个钱字。我心头的燥热和烦躁再次升起：这都是什么事儿？顾大鹏的银行卡放哪里我怎么知道？还有，他到底有几张银行卡？我跟顾红桃现在扮演的，可不是什么伟光正的角色，我们不是公安，也不是法院检察院，但我们必须要把顾大鹏的银行卡和密码找到。人的物质性，都在这些细细屑屑的事情上。

顾红桃说："我得替大鹏去买点化妆品。"

"那些东西肯定不给烧！"我说。

"我知道，我到丧葬用品店买纸扎的。"

我的心被揪了一下：有个姐真是幸福！

我俩同时出门，分头行动。我从交警支队把证明换了回来，已接近下午四点，顾红桃早已回来，岳父终于醒了。他走出房间门，目光在我俩脸上停留了几秒，问了一句："什么时候去看顾大鹏？"

"明天。"李昆仑的外公用词简省的习惯，我一进这道门就学会了。

四

早上起来，我们每个人把自己都收拾得干干净净。我们要干干净净地去给顾大鹏送行。

扳指儿开了一辆商务车，六个人向妙峰山方向开去。车上放着三套全棉寿衣，都是顾大鹏生前喜欢的颜色。一床上面绣着百合的纯棉被子。一堆传统的黄表纸冥币，一堆票面跟欧元、美元、英镑和人民币相仿的现代冥币。一两百朵黄菊花和几支百合。开车前，顾红桃搬出一堆纸扎的兰蔻、雅诗兰黛、迪奥、香奈尔和希思黎。手绢儿见了，感动得差点哭出声来："姐，还是你最懂他！"

市区，堵车。

高架，堵车。

环线，堵车。

一路上走走停停，商务车前后都是一片茫茫无际的汽车，急得你想插上翅膀飞。十点钟的时候，终于到了一处火葬场。我以为扳指儿开错地方了，打开冯警官给开的证明，仔细读了一遍，确实是火葬场，而不是殡仪馆。当年，作为我的师范的同学兼好友，顾大鹏与我有三年时间形影不离，我做什么，他跟着做什么。即使不跟着做，他对我的所作所为坚决支持。我俩说话的腔调，做事的风格，都有许多不需要言语就能达到不谋而合的默契。那时候，我没看出他是同性恋，只觉得他爱用化妆品，爱把自己打扮得漂漂亮亮的。他长得帅，样子和气质都酷似"哥哥"张国荣，挺招女同学喜欢的，可他从来没有跟女同学单独去看过电影或者约会。毕业之后只见过一次面，之后我们有好多年不联系。待我通过考试，从小学教师改行到工商部门，终于联系上时，他已是一个公开的"同志"。为此，他跟老婆离了婚，直到感觉年纪大了要有个依靠，才收养了一个弃婴。为让孩子能健康成长，他离开小城到北京闯荡。到北京来讨生活之后，跟扳指儿、手绢儿夫妇成了"金三角"。他给我的印象是，他做的事情始终是腻腻歪歪的，既跟常人不一样，又在性别上界限模糊，一副不清不楚的样子。可是这一次，顾大鹏够干脆的，一句话没交代就死了，死了之后殡仪馆也不去，直接就奔进了火葬场。

我们找到管理员，他看了交警支队的介绍信，面无表情地走到一条悠长的通向内屋的走廊前，冲着里面指了指说："顺着这条道儿走到尽头，到那堵墙那边往左拐，你把介绍信给一个值班的看，他会带你们办的。"

那是一条世界上最漫长的走廊，我们像担心踩痛什么或者惊醒什么似的，轻轻地迈着脚步。可是没用，杂沓的脚步声，带着缺雨的上午的干燥和沉闷，打到走廊两边的墙上又弹回来，整个走廊都是脚步声，像有好大一群人在往里面走。

顾红桃要牵顾旻洋的手。顾旻洋没领会到姑姑的意思，或者还不习惯于跟姑姑牵手，他没牵姑姑伸过来的手，反而把手伸到前面去，紧紧抓住手绢儿的手。我想，顾旻洋肯定也感受到塞满走廊的脚步声了，这样的声音把他吓着了。

我们找到那个值班的，一个干瘦的老头儿，面孔上什么表情都没有，无声无息。像是第一次见识那张介绍信那样，从头到尾、仔仔细细读完纸上的内容。就在我担心他理解出了问题，需要再读一遍的时候，他哗啦一下把介绍信塞到我手里，转身从什么地方取出一串钥匙，对我们说："跟我来吧！"

穿过一道铁门，又进入一道铁门，门里的空间很大。手绢儿迅速走到顾旻洋的右边，把手伸到顾旻洋左脸旁边，示意他往左边看，不要看屋子中央。屋子中央有四个身体强壮的男人在一张白铁皮的大长方形台桌上翻动一具女尸，一个男人手持一根橡皮管，往那具惨白僵硬的尸体上浇水，以冲走女人身上的血污。水从台桌上流下来，无声无息地流进台桌下的地漏里去。女尸平仰的台桌上，两个高耸的乳房和大小刚刚好的乳头表明她尚且年轻，大大张开的两腿中间，饱满的漆黑中间露出一些结构复杂的肉色。我相信，顾大鹏也曾在这张台子上被赤裸裸地清洗过。也许所有死于车祸的人，都在这里被无遮无拦地冲洗过。

在这间屋子的最里面，跟它连体的还有一道大铁门。老头儿在一串叮叮当当的钥匙中间，准确地找到他要的那一把，插进锁孔，向右扭了几圈，门啪的一声开了。屋子里冷森森的。灯光下，四面墙上，是中药柜一般排列得整整齐齐的抽屉。老头儿走到柜子外面标注了"顾大鹏"的抽屉前面，伸手把抽屉拉出来。抽屉里面是一个一人多长的无纺布袋子，袋子正中有一条拉链。老头儿把拉链拉开。手绢儿再次把手伸到顾旻洋面前，示意他往别处看。我注意到，手绢儿从今天早上到这个地方，一直关照着顾旻洋。顾旻洋毕生第一次那么近距离地看到死去的人，他的高个儿在瑟瑟发抖。随着拉链拉开的动作，顾大鹏逐渐从拉链里面显露出来。顾大鹏平静地躺在里面，一副熟睡的样子，身上穿的一套衣服，可能是在刚才那张台子上洗完澡，由火葬场负责替他穿的。他脸上好好的，没有什么破损。让我感觉他就是到那边去，也是那么爱美，相当注意保持自己的形象。他的后脑有一小半不知去向。不晓得衣服覆盖的地方有没有残缺，此时，即使有残缺，对他来说，已无关紧要了。

顾红桃和手绢儿抹着泪。她俩压抑的抽噎声，让这间冰冷的屋子升起了一点人间烟火。在拉上袋子拉链的那一刻，顾旻洋不顾手绢儿的示意，走上前去，伸手把编织袋的口子拉开一点。死亡对他来说，在这之前还是个模糊的概念，而现在，他真实感受到了，袋子里面就是死亡，死亡的是他爸爸。他压抑着哭泣，身子一耸一耸的。他伸出手摸在顾大鹏的脸上，冰凉灼到了他的手指和手掌，他终于大声地哭出来了，悲恸地喊："爸爸——"

这两个撕心裂肺的字，撞得四壁柜子里的冰簌簌往下掉落。屋子里填满一个孩子面对死去的父亲的伤心。

顾红桃和手绢儿终于忍不住了，哭出声来。眼泪从我的眼眶里冲出来。扳指儿转过身去，用手擦着眼睛，是不是流泪，谁也不清楚。这个一表人才的男人，脸上有事没事都堆着让人愿意亲近的笑。我岳父没有流泪，他眨着眼睛把顾大鹏看了看，就把眼睛移向别处。岳父的脸像给谁抽过一样，有点走形。手绢儿自己泪流满面，顾不上擦，用餐巾纸替顾旻洋擦着，她小声地在顾旻洋耳边说："别把眼泪流到爸爸身上，要不然你们连在梦中都不会相遇。"

我用手隔在顾旻洋和抽屉之间，防止顾旻洋扑到他爸爸身上。顾大鹏额头上有一些冰屑。这可怜的孩子再次伸出手去，替他爸爸把额头上的冰屑擦去。顾大鹏僵硬地保持着原来的样子，任由他的儿子擦着。

"什么时候烧？"身后传来那老头儿毫无表情的声音，"建议你们放在今天下午，明后两天我们的机器要检修。"

所有人的悲伤都被老头儿比冰屑还要坚硬的声音打碎了。我们站直了身子，抹着眼泪。

老头儿上来把拉链拉上去，顾大鹏立即消失在拉链背后。老头儿面无表情地把抽屉推进去。顾大鹏像个躲猫猫的人那样，再次藏进抽屉里。

所有送顾大鹏上路的东西都已备齐，拉到了这地方，顾旻洋也请了假了，再改时间是毫无必要的。

走出那两间屋子，回到走廊里，温暖重新回到我们身上。屋外其实是闷热的，但这闷热目前在我们身上还是一缕可爱的温暖。这缕温暖让人感到，活着真是幸福。扳指儿点上了香烟，也给我点了一支，手绢儿向他伸出白皙纤细的右手，他给手绢儿也点了一支。顾红桃见了，也向扳指儿伸出手去要了一支。顾旻洋挂着泪水，在每个人的脸上扫了一眼，他似乎也想来一支，只是没伸出手来。岳父站在一边，刚才错位的脸恢复了原样，平静得像个老僧。他一个字都不说。

一支香烟抽完，闷热重新回到我们身上，我们感觉到了阳光的重量。我们交换了一下意见，然后对那老头说："今天下午烧。"

老头儿手上的钥匙依然叮叮当当的。出了那间屋子，钥匙的声音不再像在那间冰冷的屋子里那么清脆。他说："行，你们先到会计室结算一下。完了，有人带你们去挑骨灰盒。"

从接收，到尸体处理，再到烧，五千三百块钱。我从包里掏钱，扳指儿和手绢儿说："哥、姐，这点钱搁谁身上都不是个事儿。但这不能只让你们一家子出。你们知道，我们……我们也算一家人，我们应该出一半。"我岳父说："他是我儿子，也有我的一份儿。"顾旻洋从背包里掏出五百块钱说："我是他儿子！"五千三百块钱由四方承担，不论多少，只因是个心意。

拿到收据，从会计室出来一个中年妇女，带我们走进一间小屋子，屋子里是一排排架子，架子上摆放着各式各样的骨灰盒。顾旻洋走在前头，往屋子里打量了一圈，快步向一个带翘檐的红木雕花盒子走过去。我们谁也没发表不同意见，儿子挑的，一定是最好的。

中年妇女对我们说，你们拿了发票再去找刚才带你们的那个老头儿，后边的事情由他安排。

手绢儿和顾红桃从车上搬下替顾大鹏送行的东西。那些东西装了两个旅行袋。我和扳指儿跟上去，把两个旅行袋各挂了一个在肩上。

再次穿过那条漫长的走廊，时间已到正午，炎热把走廊装得满满的，脚步声已显出饥饿和疲倦的情态。

老头儿在收据上画了个莫名其妙的符号，代表他知道了。接过手绢儿准备的衣服和被子，问我们："要不要搞个仪式？"他指的是告别仪式，我们说要。他把剩下的东西交给我们，冥币、化妆品什么的。他说："这些东西下午才用得到。你们现在可以走了。下午两点钟再来。"

手绢儿塞给老头儿三百块钱，交代说，原先穿的衣服都不要了，这儿有背心内裤，鞋袜各一，衣服三套。她请老头儿看在这是为顾大鹏最后一次穿衣服的面上，小心点，别弄痛他，三套衣服要按顺序穿，白色的那套穿在最里面，红色那套穿在中间，蓝色的穿在外面。老头儿收起小费，口气就软和了，把我们交代的事情一一应过。

五

在外面一家小饭馆吃了饭就一点半了，我们从车上取了菊花、百合和两个旅行包的纸扎。菊花开始发蔫，百合已经不成样子，天气热，计较不到那么多了。然后重新回到上午那地方。老头儿已经等在那里了。我们跟着他走进那间宽大的屋子，那几个强壮的男子不知去向，白铁皮台桌还在那里，上面什么也没有。老头儿打开里面一道屋门，四壁大中药柜跟上午没有什么不同，唯一不同的是，顾大鹏安静地躺在一张可移动的板床上，身上盖着那床百合被子，只露出了头脸。老头儿不知从哪里找了个枕头给顾大鹏垫上，替我们弥补了忘掉买枕头的缺憾。这样，他后脑勺被削掉的部分就看不出来了。我们围在承载着顾大鹏的板床周围，把菊花和百合摆上去。在有冷气的房子里，菊花似乎精神了许多，跟被子上的两朵百合交相辉映。我们围着板床转了一圈。手绢儿始终牵着顾旻洋的手。顾旻洋没有哭，我们谁都没有哭。从上午到现在，谁心里都经历了无数起起落落，累了，哭不动了。

没有哀乐，也没有悼词，这就是顾大鹏盛大得近似于草率的告别仪式。

后来，上午那四个冲刷尸体的男子抬着一个狭长的盒子进来，盒子上蒙着藏青色的绒布，绒布四沿儿镶着金黄色的边。我回头看了一眼，外面一间屋子外面，走廊上停着一辆灵车。老头儿问我们："好了么?"我们谁也没说话，没说话就是最好的回答。老头儿给四个壮汉比了个手势，壮汉驾轻就熟地把顾大鹏连被褥枕头什么的一起抬起来，放进盒子里。板床上只剩下菊花和几朵百合，组成了一个难看的花环。顾大鹏稳稳地躺在盒子里，被子和衣物和在板床上一样，一丝不乱。

那几个人将手反扣在盒子下面。盒子开始移动起来。我拉起顾旻洋的手，把他的手放在盒子上，做出扶棺的姿势。我说："孝——子——扶——灵!"我并没有用劲，但这四个字，把这间冰冷的屋子震得嗡嗡作响，冰凌又一次从四壁的抽屉里掉落下来。这一声，把我们的泪水喊出来了。我们几个大人毕竟在人世间摸爬滚打几十年了，风风雨雨到底见过一些。可怜的顾旻洋，十五岁不到，他唯一的监护人离开了他。我接着按照我们老家的传统喊着："顾大鹏，起驾啰!"走上几步又喊一句："顾大鹏，起驾啰!"一直喊到灵车前。

照我们老家的规矩，从顾大鹏起驾那一刻起，应该有专人在前面抛洒买路钱。但在这只有钢筋混凝土的地方，不用征询那老头儿的意见，也不用问那几个壮汉，我们自己都觉得抛洒纸钱不妥。这里到处是水泥地面，撒下纸钱就把地面弄脏了。就我们自己来说，待会儿完事儿了，只希望早点离开这令人悲伤的地方，谁还愿意回过头来清扫?

我在心里说，委屈你了顾大鹏，等一会我多烧一些纸钱给你，手头宽裕，你该怎么打点那些大鬼小鬼，就怎么打点。那一刻，我真希望在人世之外还有一个世界，否则，太对不起顾大鹏了。

盒子被放到灵车里。车上本来是不允许坐人的。老头儿看了看我们，又看了看顾旻洋。他似乎也可怜这孩子，他指着顾旻洋说："你上去吧，孝子扶灵！"我见那老头儿见这稚嫩的孩子，可怜无助地走向灵车，他的眼角也红了。

我们跟在灵车后面。转过这几幢房子，穿过一块空地，就来到备烧间，总共五百来米的路程。壮汉打开灵车屁股上的门，把盒子抬进一间屋子。老头儿说："你们还要不要再看看尸体?"

尸体！这是我这趟到北京以来，第一次听到的描述顾大鹏的一个词语。这个词语把我心头所有的悲痛都打垮了，是的，顾大鹏现在确实是一具尸体。一个人在被称作人的时候，意味着有心跳；一个人在被称作死人的时候，至少还有心脏或其他脏器；一个人一旦被称作尸体，就意味着应该从这世界消失了，因为他连被称作人的资格都没有。我摇摇头，表示不看了。其他人谁也不作声，也就是说，他们的意见跟我一样。老头儿做了个手势，盒子被抬进一扇类似于 X 光片拍摄室推拉门的门里面。很快壮汉退了出来离开了，老头儿先于这几个人离开。顾红桃和手绢儿开始在屋子前面一个五六米高的宝塔形的炉子里烧冥币和纸扎，传统冥币、现代冥币、化妆品纸扎，烈火熊熊，倒让闷热的天气变得只剩下热，而不再那么闷了。

一小时二十分钟过后，里面传来一个女人的声音："顾大鹏的家属，进来一个。"声音冰冷而清晰，让我想起早上被冲洗的那具女尸，如果她还能说话，也许她的嗓音，就是这个样子。

我带着顾旻洋进去，里面黑漆漆的，什么也看不清楚。我心想，怎么不装电灯呢？又想，这是通往阴间的时光隧道，自然是不会装电灯的。这时又传出女人的声音："你们是不是顾大鹏的家属?"我说是。牵着顾旻洋的手朝那个声音走去。走了十几步，一双戴着手套的手在我眼前晃了一下，一个袋子出现在我面前。我和顾旻洋提着袋子转过身，往透着光亮的门口走。借着光亮我们终于看清楚了，这是个土黄色的丝袋，口子被一根指头粗的红色丝绳扎着，丝绳的两端留着又长又好看的流苏。袋子里的东西还有一些温热，随着我们脚步的挪动，发出脆生生的摩擦声。

在把袋子装进骨灰盒的时候遇到了一点小麻烦，五分之三进去了，五分之二卡在外面。也许用手压一压就下去了，但我怕弄痛了顾大鹏。我们几个谁也不愿伸手去压一压。我岳父见了，蹲了下来，他把手伸到袋子上，说了一句令人费解的话："大鹏，下去吧，卡着痛。你爸保证会给你一个交代的!"袋子应声在岳父的手底下咔嗒一声就下去了，有一些白色的细末从骨灰盒里泛上来。岳父的手还保持着刚才的姿势。这期间，我眼睛眨都没眨一下，我分明看见岳父的手根本没有用力，甚至动都没有动一下，他只是把手放在那里，卡着的骨灰咔嗒一下就自己下去了。

我这舅子这辈子也许就缺他父亲的这一掌爱抚，有了这一掌爱抚，他可以安心躺下了。

岳父终于哭出声来："儿啊！——"

岳父在哭的时候，我们谁也没流泪，悲伤了一整天，到这时候累得连泪都流不下来了。而岳父却哭得非常伤悲，泪水四溢。我在琢磨岳父那句莫名其妙的话，想得脑壳痛，也没想出个所以然。

火葬场给了一块两尺见方的黑色绒布搭在骨灰盒上。照我们老家的规矩，顾大鹏是凶死的，应该用红色的布仔细包裹，免得他灵魂不安分，跑出来伤人。我向他们要红色绒布，他们说，他们从来没见用红色绒布的。"又不是办喜事。"他们说。也罢，黑色就黑色，总比什么都没有强。我照老家的规矩把骨灰盒交给顾旻洋，他是孝子，孝子端灵。他把骨灰盒捧在胸前。

汽车往回开，上了六环，我的理性思维逐渐回到我的脑子里：接下来，该把骨灰盒放到哪里？放到他们三个曾经一起住的那套房子不妥，放到我岳父和顾旻洋住的那一套也不妥。公墓更不靠谱，在北京，价钱大不说，顾旻洋还是个孩子，随着时间推移，要是这孩子逐渐淡化这一茬儿，往后清明和七月半，怕连个烧纸的人都没有。我决定把顾大鹏的骨灰盒捧回小城。

我说："扳指儿，把车开到火车站吧。"

扳指儿双手把着方向盘，他目光直视前面的道路，说："莫非现在就要回去？顾大鹏还有好多事情，你们不留下来，没办法往下做呢。"

我把刚才背纸扎的旅行包的拉链拉开，让顾旻洋把骨灰盒放进去，拉上拉链，我说："这盒子放在哪里合适呢？放在北京哪里都不合适。顾大鹏是从我们那小城来的，还得回到小城去。北京我们还得待几天，只好委屈顾大鹏了，先把它寄存到火车站。"

从火车站回来，天快黑了。一路上堵车堵得要爆炸。顾旻洋靠在手绢儿的身上沉沉地睡过去。如何安排这孩子的未来，才是个大麻烦。照理，他应该留在北京继续读书，继续学拉丁舞，多少人哭着喊着要到北京上学还来不了呢。可是他爷爷、我的岳父毕竟是七十几岁的人了，不但照顾不了别人，还常常需要人来照顾。要是继续靠手绢儿，那我们做人就有些过分了。以前顾大鹏在世，手绢儿每天过来做饭、收拾屋子，怎么说还有个理由，如今顾大鹏走了，所有的理由都不复存在。从法律上说，我和顾红桃将成为他的监护人，他该跟我们回到小城去读书。我岳父自然也会跟我们一起回小城。

到了惠新东街南里，扳指儿说："照我们老家的规矩，今晚应该在外面吃饭！"

我说："我们老家的规矩不仅要在外面吃饭，最好还在外面洗个澡，换身衣服再回家。"我闻到自己一身馊臭。

扳指儿说："看来民俗到处都是差不多的。不过你们老家比我们老家更讲究。"

我们谈话的口气像压根儿就没有顾大鹏离世这回事情。我觉得自己的口气非常对不起我昔日的同学和舅子，可是，有什么办法，我是普普通通的俗人，顾大鹏别具一格的人生让我觉得他跟我是不一样的，我们之间有一条看不见的隔离带。再说，我们不在一个城市生活已经很久了，彼此不了解各自的生活细节，我和顾大鹏在生活上的陌生感，超过在一起工作的同事。顾红桃一直没有说话，不晓得她在想什么。但可以肯定的是，她最悲伤的时刻已经过去了。与我比较起来，她跟顾大鹏多了一层血缘关系，这样的血缘关系也会随时间的流逝而变得浅淡。倒是手绢儿的表情更凝重一些，她跟顾大鹏之间曾有一层恩爱关系。到现在，这层恩爱关系还有许多难以磨灭的东西存在着。我觉得这世界再乱，都没有感情上的乱更令人理不清头绪。我至今还是不能理解，一个女人同时跟两个男人生活在一个屋子里，她的恩爱之情是怎么分配的。她爱顾大鹏也爱扳指儿，扳指儿爱她也爱顾大鹏，顾大鹏爱她也爱扳指儿，这多么复杂，想想都让人脑壳痛。

我的岳父本来话就不多，这时候自然嘴巴紧闭。他连坐在汽车里腰板儿也挺得笔直。他这神态，就缺摆上香炉、经卷和木鱼。

汽车开到安苑路，顾旻洋醒了，他看了看手绢儿说："干妈，有水吗?"手绢儿替他整理了一下衣服，递给他一瓶矿泉水。他们要是走出去，谁都会相信他们是一对母子。手绢儿已跨过四十岁的门槛，到这年龄，再浪漫无羁的人，都知道该怎么照顾孩子。女人的母性，是从照顾孩子上表现出来的。

六

顾大鹏身后留下的事情，并没有像我们刚到北京想象的那么复杂难办。又一个白天来临，当我们再回到交警支队，递上火化证明材料的时候，冯警官不在，接待我们的是一个小伙子，他说这桩保险赔偿已经正式启动，他们会配合我们督促办理。然后在三份手续上签了字，留下了联系方式，前期的工作就算完成了。我们凭借这些手续到朝阳区户籍管理部门办理了相关手续。在律师的协助下，顾大鹏跟扳指儿和手绢儿在798艺术区合伙的门店也办理了交割手续，一百六十万，全部打到第一顺序继承人顾旻洋的账上。

麻烦事情是顾旻洋是该留在北京读书还是跟我们回小城读书。关于这件事情，我和顾红桃跟岳父开诚布公谈过。岳父没有发表更多的意见，他只说了一句："骨灰盒要送回老家去，孝子应该端灵！"扳指儿和手绢儿对此感到遗憾，他们的意见是让顾旻洋留在北京读书。手绢儿说："还有一年半的初中、三年的高中，总共不到五年时间，顾旻洋就上大学了。他喊我干妈，他就是我的干儿子。我没孩子，我会当他是我亲生的孩子，把他照顾到上大学——时间转眼就过去了。"我们也觉得在理，可我岳父还是重复那句话："骨灰盒要送回老家，孝子端灵！"

在北京和我们小城之间，每天有一趟对开的列车，都是傍晚发车，早上抵达。送我们上火车那天下午，北京仍旧沉浸在灰蒙蒙的炎热中，太阳像老式火锅的炭孔。我整天汗流浃背。手绢儿生怕顾旻洋不回来了，拉着他的手不肯放，哭得比顾大鹏离去还要伤悲，她说："儿子，别忘了北京有你的干妈妈。你把你父亲送回去了，要快回来，别耽误了学习，也别耽误了你学拉丁舞。"扳指儿站在边上，看着顾旻洋的一举一动，脸上也是舍不得的神情。他这人给我的印象不深刻，好像一直是个跑龙套的角色，顶多算个配角儿。

回到小城的当天，我父母就回芦花小镇去了。那一天上北京走得急，给他们打了个电话，把我儿子李昆仑交代给他们，我们就走了。那时候昆仑还在学校读书。我挽留他们，父亲说："你莫非让我们住宾馆？"这确实是现实。家里添了我岳父和顾旻洋，一下子就满满当当的了。我父母邀请我岳父到他们小镇上住几天，岳父看看我父母恩恩爱爱的样子，再看自己形单影只的，婉拒了。岳父到小区里转了一圈，景色自然比从前更美了，门卫都是保安公司派遣的，全都换了，他一个都不认识。他说他打算到从前生活了几十年的灯杆镇去看看，我说你觉得哪天合适你就哪天去吧。

从回到小城的第二天，我就发现，这里不适合顾旻洋。不仅仅是因为我们这个小城至今没有拉丁舞学校，更因为这里的学习风气。我儿子李昆仑和侄子顾旻洋同样是学生，接受教育的形式却是完全不一样的。顾旻洋喜欢阅读，他说他每个学期要读二十几部长篇小说，什么君特·格拉斯、丹尼斯·约翰逊、达娜·斯皮奥塔，什么马克·李维、梅厄·沙莱夫、维多利亚·希斯洛普，等等等等，好多作家的名字我连听都没听说过。我看得出来，他只要把书拿到手上，就能读得津津有味。他每天有八个小时的睡眠。来到我们家，他就变成了一个花工，戴上围裙，用小铁铲和小铁锹，把我家里的花花草草收拾得像模像样。这是一个有生活的人。没有苦熬在学习上，照样不耽误他成为一个成绩优秀的学生。

而我的儿子李昆仑呢，嗨，他跟这个故事无关，但请允许我用一点笔墨来写写他。因为他是我们这座小城众多学生中的一个。

就读书这件事情，在我们这个小城，上紧发条的不单单是孩子，还有孩子的家长。比如我，每天早上五点四十起床，煮粥、鸡蛋和牛奶，六点招呼孩子起床，孩子洗脸吃饭花十五分钟，上学路上再花十五分钟，六点半上早读课。晚上家庭作业有时做到十点，有时做到十一点。孩子有时跑在路上都在打瞌睡。我跟顾红桃说："你们学校到底是监狱还是集中营？昆仑不就读个小学么，至于吗？这么一路压榨下去，到高中毕业，还不早榨干了。什么八九点钟的太阳？不残废就算万幸。"顾红桃说："你当我们学校愿意啊，我们老师也是人。可风气在那里，个个学校都这样。你不抓紧，你家孩子考不上好学校；你这个学校不抓紧，就会在全市排名中掉队，声誉和钞票什么的，都见他妈的鬼去。""我有权选择退出这种恶性竞争。""只要你生活在这里，就不可能，除非你有本事把孩子弄到省城或北京上海去读书。你办得到么?”这话像一根针扎到了气球上。于是，每天早上乖乖地起来做早餐，待孩子上学再睡一会儿回笼觉。昆仑才上二年级，我已习惯了这样的生活。

顾旻洋无法适应这里的生活，他每晚睡觉的时候，李昆仑还在做作业；早上醒来的时候，李昆仑已在学校上了一阵早读课了。李昆仑上幼儿园的时候，在少年宫学过笛子，上了小学后，他忙得自己提出不去上兴趣小组了。

岳父要我尽快给顾旻洋联系一所学校插班读书，我没办。我更倾向于把顾旻洋送回北京读书。顾红桃拿不定主意，她也觉得留在小城读书会耽误了这孩子；可顾旻洋到了北京，谁照顾他的日常生活呢，这可不是件小事。有一天，我听到顾旻洋在跟手绢儿打电话：“干妈，我想回来读书。不用麻烦你……我的姑姑和姑父就是因为怕麻烦你才拿不定注意的。让我寄宿在学校好了。”

这孩子前后已耽误了将近一个月的课程，这个电话让我下决心把顾旻洋送回北京，大不了给这孩子请个保姆。顾红桃赞成我的观点。岳父见我那么坚持，就说，还是让他陪顾旻洋一起去北京，再不顶用，多一双眼睛。岳父说：“你们工作都忙，你们谁都不用去送，北京我去过不是一次两次了，我带他回去就行了。”顾红桃特别交代：“一定要尽快请个保姆，把你们爷孙俩的生活打理起来。”岳父说：“这个我知道。”

临出发前一天，我提前下班回家，家里只有我跟岳父。岳父安静地坐在屋子里，见我进门，招呼我坐到他对面。

“有个事儿跟你说一下。”一向用语简省的岳父好像有许多话要说。

“您老说吧，有什么吩咐?”

“没吩咐。这话埋在我心头好久了，我觉得我还是应该跟你说说。”

岳父不急不慢的节奏，培养我良好的耐心：“什么话您老直说吧。”

“是这样。那天下午顾大鹏要到一个叫黑山寺的地方去。那个黑山寺，到底是个寺庙还是小镇，我到现在还没搞清楚。”

“嗯，您接着说。”

“出门前，他的车有个轮子缺气。我记得就是左前轮。当时我在楼下散步消食。”

“后来是不是瘪着轮胎上路了？”

“没有，”岳父态度严肃，显然是经过认真思考的，“他忙着往车上搬货什，扳指儿从自己那辆车的后备箱里拿了个充气泵替他充的气。”

我一下愣住了。莫非扳指儿在充气的时候对轮胎做了手脚？我想了一阵，觉得不可能，要是轮胎充得过满，在那样的大热天儿，确实可能导致爆胎，那么，交警的记录里应该有相关的记录。可事实是，在交警支队，我仔细看过那份勘验记录和现场照片，都没有爆胎的记录。

“你在想什么？”

“我在想，也许是扳指儿要让顾大鹏死。”岳父说。

“这话只能在我跟您之间说。”我一边琢磨一边说，“要是因为把轮胎充得太足，在那么热的气温下，即使在市区走走停停，要爆胎早爆了。从惠新东街南里到妙峰山出事点，有七十多公里的路。最重要的是，交警支队的勘验记录里不是爆胎。为此我专门问过冯警官，他也说轮胎虽然变成了波浪形，但不是爆胎。”

岳父说：“我不懂汽车轮胎，也许是我多心了。”

岳父带着顾旻洋回北京后，我请教了许多朋友，又多次到网上查询，没有一条信息能够证明，充气过足，在不爆胎的情况下，会出现轮胎滑出车毂的现象。有一个汽车修理工听了我的描述，他的观点恰恰相反，他认为要出现轮胎滑出轮毂的现象，不是充气过足，而是轮胎持续不断地跑慢气。他说：“跑慢气的危险在于，你根本不知道轮胎在跑气，它就那么持续不断地跑。在这过程中，汽车可能有些跑偏，不过驾驶员很快就习惯了。当汽车持续不断地跑气，而车速又上去之后，比如时速一百码，一百二十码，瘪了气的轮胎就可能变形，或者爆胎，或者一瞬间就从轮毂上滑脱出来。”

我问他：“刚刚充过气的轮胎，怎么会跑慢气呢？要是轮胎被钉子扎了，在充气的时候，气压表一般是能感知出来的。”

“那我就回答不了你了。”

七

生活重新回到正常轨道。闲下来的时候，我会想起岳父的话，我觉得我忽略了一个重要的问题，我应该再问问我岳父，在他看来，顾大鹏跟扳指儿的关系到底怎样。如果没有矛盾，岳父所说的情况，一点可能性都没有。如果有矛盾，在我们大家至今没发现如何对轮胎施手脚的情况下，也许确实是一次蓄意谋害。顾大鹏若跟扳指儿产生矛盾，不外乎以下两种：一是感情上的，手绢儿跟扳指儿是合法夫妻，扳指儿跟顾大鹏最多算情人，人到中年，扳指儿也许打算跟顾大鹏结束一切关系，他俩一断绝关系，也就意味着顾大鹏必须跟手绢儿断绝关系。顺势第二个问题就出来了，要是扳指儿觉得必须跟顾大鹏断，而顾大鹏却不愿意跟他断，也不愿意和手绢儿断，或者手绢儿给顾大鹏的感情比给扳指儿的多一点，那么矛盾就可能成为不可调和的矛盾，难办的是，他们的矛盾出现之后，没法放到台面上来讲，更不可能让法庭来仲裁。

不管是哪一种，我都不会声张，证据不足。即使有证据，也摆不上台面。根据交警支队的勘验记录，那就是一起意外事故。那是份具有法律效力的记录。要推翻它，跟让顾大鹏重新活过来一样不可能。

岳父上了北京，我经常跟他打电话。顾大鹏活着的时候，好像没有那么多话说。顾大鹏走了，我觉得我再不跟他说话，他也许可以一年不说一句话，说不定哪一天见面，他可能已不会用语言来表达了。我给他的电话，除了了解他的身体状况，更多的是谈顾旻洋。有时候我也跟顾旻洋打电话，我们的关系比从前亲近了许多。中途我上了一趟北京，打算把顾大鹏的房子过户到顾旻洋的名下，缺了一个关键的证明，没有办成。这孩子对财物没有太多的概念。爷孙俩请了个三十多岁的年轻钟点工，负责一天三顿饭和收拾家务。扳指儿和手绢儿不时过来一下，顾大鹏曾经住的一间屋子里还放着一些大件的不容易出手的工艺品。手绢儿对顾旻洋特别亲，现在她在向别人介绍顾旻洋的时候不是说“这是我的干儿子”，而是说“这是我的儿子顾旻洋”。有一次到英国黑池参加国际拉丁舞比赛，主办方要求每个参赛舞者须带一名家长。顾旻洋打电话征求我的意见，我跟顾红桃走不开，他爷爷年纪太大了。我说：“你准备请谁跟你一起去?”他的回答跟我想的一样：“干妈妈。”

第二年惊蛰后两天，手绢儿的一个电话，再次把我们平静的生活打乱了。我岳父和她丈夫双双在西六环西侧、国道109通往妙峰山方向四十公里处出了车祸。他们此行的目的地还是黑山寺。这条公路一直向西，可以通到拉萨。我心里当时就乱了：我们一家跟这条路莫非有仇还是咋的?跟去年一样，我跟顾红桃把什么都丢下，立即赶往北京。一段时间以来，随着我跟岳父联系增多，我们姑丈的感情笃密，他的离去，我的心像被活生生地剜掉了一坨肉。

还是那个交警支队，还是那个冯警官。交警现场勘验记录仍然是交通意外事故。跟顾大鹏不同的是，这次出事故的轮胎是在右前轮。汽车当时行驶在超车道上，车辆向右失控之后，迅速地撞到一辆正常行驶的挂车中部，挂车受损，驾驶员没伤。扳指儿的轿车钻到挂车车厢底下，挂车的左后轮从轿车上面碾过去。他们拍的照片我都不敢让顾红桃看，面目全非，完全分不清谁是谁。

火葬场还是那个火葬场，管理员已经换成中年男人。跟顾大鹏相比，他俩的待遇得到一些提高：灵车在开往备烧间的途中，有乐队奏《安魂曲》。五百米的距离，安魂曲奏得有模有样的。

到了目的地，乐队成员放下乐器，坐在向阳的墙根底下烤太阳，吹牛皮，有说有笑。这一次，我也在外面的炉子里烧冥币，炉子旁边暖和。手绢儿只准备了票面类似于美元、欧元的现代冥币，不晓得我岳父认不认得这些钱，他拿到手上好不好使。我希望那边也有兑换业务。

顾红桃流着眼泪说，老爸这辈子太可怜了，就凭他年老时的模样都还看得出来，他年轻的时候纵使不帅，也不会丑，好好一个小伙子，竟给介绍人忽悠了一个母老虎似的女人——这女人就是我妈——吃过多少拳头，挨了多少骂，受了多少气，都忍着，提心吊胆跟我那老妈经营米粮店，一起把我和顾大鹏抚养成人，他真够忍辱负重的。到我们都参加工作，他又宁愿到市区租房子做门卫，都不愿意到小镇上跟我老妈经营米粮店当老板。谁都看得出来，他们的婚姻早就名存实亡。为了我们的名声，直到顾大鹏有了孩子、我结了婚，他们才提出离婚。离了婚到北京来，除了顾大鹏、顾旻洋，还有扳指儿，手绢儿，他一个人都不认识，日常连个搭话的人都没有，这跟掉进沙漠有什么区别。他比谁都孤独。他这辈子，没有过一天舒心日子。嗨，他这一辈子，怎一个苦字了得。

顾旻洋说，外公对小区的门卫最好，家里多了点什么好吃的，总要给他们拿一点过去。对他也特别好，每天晚上看着他躺到床上，替他盖好被子，才上床睡觉。

说起我岳父，我只有好感和同情。我跟顾红桃刚谈朋友那会儿，我们俩都是大胖子，我岳母不嫌她女儿胖，倒嫌我胖得像一段腊肠，对，“一段腊肠”，这是我岳母的原话。岳父问她，她选女婿，是选一张好看的脸，还是选个品行好的人？为此，他们两口子不晓得吵了多少场。如果不是他坚持，我跟顾红桃也许不会有后来，更不可能走到今天。对于我舅子的“同志”倾向，我岳母总是在顾大鹏面前恼羞成怒，骂骂咧咧，好话没有几句。我岳父替顾大鹏辩解说：“他那是在脑子里生了根的，打针吃药都不管用，难不成你这么恶毒地咒他，就能咒转变过来？一个做妈的，要懂得尊重自己的孩子。”为此他俩又不知吵了多少回。我那岳母有一次正跟人家诉苦，说自己多么不幸，养个儿子是同性恋，恰好被我岳父从那里经过听见了，他冲上去，趁我岳母不在意，甩给我岳母一个非常响亮的耳光，同时骂了一句："家丑不可外扬，不知轻重的东西!”打完转身就逃，比兔子还蹿得快。这是我岳父一生中最硬气的一次壮举。当然，他为此付出了惨重的代价，他被我岳母揍倒在床上躺了一个星期。相对于我岳母坦克一般一米七五的块头、两百斤的分量，他顶多算得上一支步枪。步枪怎么搞得过坦克呢? 此后，我岳母再也没逢人就说自己的儿子是那个什么什么。

手绢儿明白，她跟扳指儿的过去我们谁都不了解，说出来不会引起我们任何共鸣，她默默流泪，默默往炉子里塞纸钱，默默地看着纸钱的灰烬乌鸦一般在炉子里乱飞。

他俩前后相差半个小时，变成了两袋子骨灰。

短短半年时间，经历了那么多变故，顾旻洋脸上呈现出跟他这个年龄不相称的老成。他对我说："这次不要我扶灵了吧?”

“不要。这次我是孝子。”我说。

照以前的老办法，我把岳父的骨灰寄放在火车站。扳指儿的骨灰被送到昌平的公墓。

重新返回惠新东街南里的房子，我一下感觉这两天发生的事情，像一个猝不及防的噩梦。跟顾大鹏比起来，岳父留在世上需要我们处理的后事很少很少。

要处理的最大的事情，还是顾旻洋在哪里读书的问题。

因为有暖气，北方屋子里暖暖和和的。窗外到处是积雪和寒冰。手绢儿在几天内苍老了许多，她把齐腰的长发绾到脑后，扎成一个发髻。顾红桃跟她在客厅说话，有时候两个人都在抹眼泪。我在房间里问顾旻洋："你是留在北京，还是跟姑父回小城?”

“不回小城。我要在北京读书。在北京我什么都熟悉。”

“你日常生活怎么办?”

“我寄宿。”他怕我不相信，又说，“请姑父相信我，我能做好我力所能及的事情。“

既然孩子有信心，我没有反对的理由。再说，回到我那小城，就等于回到孩子的苦难中。如果有机会，我还想把李昆仑弄到北京来读书呢。

后来，我们三个大人谈起了这起车祸。我说在这样的冬天，到处都是坚硬的寒冰，他们的车子多半是打滑了。手绢儿说，右前轮轮胎飞出轮毂的情状，跟顾大鹏那次相似。这话提醒了我，我想起岳父的话和那个修理工的话。我问手绢儿，他俩出门的时候，有没有给轮胎加过气。手绢儿说不知道，他们出发的时候，她正在前往798艺术区的路上。顾旻洋说，干爹在往车上搬东西的时候，爷爷替干爹给轮胎加了气。“每个轮胎都加的?”我问。顾旻洋说：“都加的。”

我们的谈话是在不经意间进行的。屋子里的暖气正好，感觉像春天一样，我的心里却有一丝寒意在持续不断地滑动着，就像滑过一条没有尽头的丝绸。

第二天，我和顾红桃再次前往交警支队查看现场勘验记录。冯警官外出办事去了，接待我的小伙子说：“事故都处理完毕了，有什么好看的。”嘴上虽这么说，还是立起身来，从文件柜取出记录。里面夹着照片。白纸黑字，确实没有爆胎的记录。我递给小伙子一支香烟，说我有一个问题想请教您。小伙子给我这么一尊重，坐在椅子上的身子不由自主地正了正。

我说：“据您的学识，您帮我分析分析，行驶的车辆在什么情况下才会出现轮胎滑脱飞出的情况?”

小伙子接过案卷，把记录材料里夹着的十几张照片横竖看了一阵，说：“对不起，我真没遇到过。”

我心想，要真遇到过，这会儿就轮不到你在这儿跟我说话了。

我又提示他，指着照片对他说：“您看，照片上轮胎滑落了，有飞出的感觉。要是轮胎的气压太高，应该爆胎，而不是像现在这样。”

“这也许就是偶然原因。”小伙子说。

“有个修理工说，这也许是轮胎一直在跑慢气。你觉得可不可能？”我问。

小伙子满脸无辜地说：“对不起先生，我真没遇到过。”

我说去年某月某日，也在这间办公室，处理过一件类似的交通事故，轮胎滑脱的情况跟这一次差不多。我报出顾大鹏车祸事故处理的卷宗号。小伙子听我这么说，也觉得奇怪，把两份卷宗上照片看了又看，仔细琢磨了一阵抬起头来。我以为他有什么重大发现。可他还是说：“这也许就是巧合。”然后把两份卷宗插到文件柜原来的位置。对我如此不着边际的问题，他已失去耐心。

我和顾红桃走出支队，又走到那张椅子上，准备坐下来，椅子上落满灰尘。椅子底下全是积雪。这季节，别说蚂蚁，连地面都看不见。原以为北京的天空夏天才是昏黄的，没想到冬天灰黄得更加厉害。风从北面吹来，还没遇上沙尘暴，就到处都灰沙蒙蒙的。我感到前所未有的疲倦，我对顾红桃说：“我俩好像一直都在路上为别人的事情奔忙。”顾红桃替我拍了拍背上不知在什么地方蹭到的灰尘说：“俗话说得好，人一辈子就是来还债的，我们就是还债的人。”

离开北京的时候，手绢儿把我们送上火车说：“哥、姐，你们别担心顾旻洋，我会当自己的孩子照顾他的。交给我，请你们放心。有空多来看看他，这个可怜的孩子！”

火车开动起来扯起的风，把手绢儿的头发揉乱了。这个孤独的悲情女人，我有种想为她流泪的冲动。我后悔在上车之前，忘了伸出双臂抱她一抱。

八

我们对顾旻洋到底还是不放心，他还是个未成年的孩子。两个月后，我准备好了那份重要的证明材料，前往北京，嘴上说看看顾旻洋，为他把房产过户手续办妥，事实上我心里还有个不能说的秘密，就是给手绢儿一个真诚的拥抱。在她晦暗的人生当中，我希望这一个拥抱能给她带来一丝光亮和温暖。出门时，春天已来了，小城郊区的油菜花开得正旺。

替我开门的是手绢儿。屋子重新布置过，原来顾大鹏堆放玉器古玩的房间变成了顾旻洋漂漂亮亮的书房，摆上一排古色古香的书架，架上一半空间插上图书，另一半是顾旻洋在各种拉丁舞比赛中获得的证书和奖杯。书桌前的一面墙上，是一张他在国际比赛中参赛获奖的照片。他爷爷原来住的房间，家具没动，床换过了，从格调来看，现在住着手绢儿，临时性的，不像常住的样子。她的衣物挂在一个立式衣架上，而不是挂在衣柜里。最大的变化是墙上多了几幅典雅的油画，桌上、柜上、茶几和装饰台上，到处是花花草草，整个屋子生意盎然。这样的屋子，谁见了谁喜欢。

手绢儿把头发剪到比肩稍下一点，烫卷了，满头小小的波浪柔和地衬着她一张秀美的脸，人便显得年轻了许多。说话的腔调是欢快的，她已经走出悲痛。看到这番情景，从进门那一刻开始，我提醒自己，除非她主动谈起，否则绝不提从前的事情。

我在客厅里吃茶，手绢儿在厨房里忙碌了一阵，所有的菜准备好了，一一放到案台上，她又走到客厅来，坐在沙发上跟我说话。她说我白发比上次多了，人又长胖了些，要防备三高。她说，现在什么都买得到，就是健康难买到。十一点半，顾旻洋开门进来，招呼了手绢儿一声干妈，看见我来了，欢乐地上来跟我抱了抱："姑父好稀客！"然后把书包搁到书房里，回到客厅，摆摆手，算是再次跟我们打招呼。顾旻洋又长高了，个头接近一米八，高鼻深目鹰眼，宽肩倒三角的身材，帅得不是一点点。在他身上，一点也找不出顾大鹏的样子，倒是让我想起大西南的少数民族。我猜他的根，也许就在那里。这副身板，没有站在舞台上，都能让人感觉到舞者的美感，上了舞台，定能引起喝彩。打完招呼，他就钻进厨房里去了。接着从里面传来洗手的声音和打火做菜的声音。

我惊奇地看了看手绢儿。手绢儿明白我的意思。她说这几个月她做了一件最有意义的事，是教会了顾旻洋自己照顾自己，做饭是其中一样。平日顾旻洋上学的时候，她买菜并洗好、切好，待他放学回家自己烧；周末和节假日，从上市场买菜到把菜端上桌，都由顾旻洋独立完成。这孩子坚强，第一次切土豆，刀把手指切了一条很深的口子，他缠上创可贴，擦干了血，继续切。第一次烧红烧肉，酱油加到每一块肉都黑得没办法下筷子，煤块一样，还咸得发苦。现在就不一样了，可以炒一二十种菜，会煲五六种汤。不仅学烧菜，还学会了洗衣服、打扫房子。这孩子开初不大乐意，可不乐意也没办法，离学校那么近，学校不让他寄宿。后来做着做着，他就从这些家务事中找到乐趣。“看，这满屋子的花花草草，都是他种的；他的书房也是他收拾的。他是个不错的男子汉。”手绢儿说。

手绢儿还说，他们班的那帮少爷和公主，没事就上家里来聚会，顾旻洋充当大厨掌勺。连他拉丁舞班上的同学也到家里来聚会。有时候他拉丁舞班的老师也来，别看那些老师，大姑娘小伙子在舞台上多神气，对付自己嘴巴最大的本事就是泡方便面。顾旻洋成绩好，舞也跳得好，加上那么有自理能力，他那一帮同学的父母巴不得自己的孩子到这里来聚会，即使不会做，也能感受到这种气氛。那些家长都知道顾旻洋的特殊情况，所以有什么顾旻洋搞不定的事儿，只要对他们说一声，他们能帮的马上帮，不能帮的，托人也要帮。手绢儿说：“他现在，可不得了，要不了几年，能玩转半个朝阳区。”

我感慨地看着手绢儿，她可惜没有生养，要不然，生多少个，都不会养成寄生虫。想想我家里那个到处号称“大哥”的李昆仑，要找东西喊“妈”，要吃东西喊“妈”，要穿什么衣服，照样喊“妈”，长那么大了，连用微波炉热个牛奶都不会。

这真像人家说的，穷人家的儿子早当家。我这侄子不穷，他现在的家财是我的好多倍。失去了父母的呵护，他却像一只雄鹰，早早地在天空中翱翔。

芹菜木耳肉丝、熏干炒芦蒿、青椒韭菜，还有一个白水青菜汤。标准的三菜一汤。菜端上桌来，他很有礼貌地到客厅来喊我们："姑父、干妈，开饭啦！"看着他满脸阳光，我心里热乎乎的。我心想我该什么时候死呢？好让我家那个"大哥"也变得独立起来。转念自己呸自己，我干嘛要死，我还没活够呢，那么着急干什么，儿孙自有儿孙福，轮到他头上的时候，他什么都愿意学，什么都能学会。桌上的菜咸淡正好，滋味不错。我连连夸奖他。他满脸快乐："都是干妈教的。"

午饭结束，手绢儿说她洗碗。顾旻洋答应了一声，身子已钻进书房，做起作业。半个小时的样子完成了，就进自己的房间午休去了。

我坐在客厅里。手绢儿收拾好了，也来到客厅。

我对手绢儿说："感谢你调教我侄子。你教给他的这些本事，他将终生受益！"

手绢儿往手上擦了一点护手霜，手背对手背把护手霜均匀地涂抹在手背上。护手霜的气味是我喜欢的那种。我注意到她的手，她的手真细腻，真白净。她说："你有没有见他比从前快乐多了？"

"是啊，我注意到了，你用的是什么高招？"

"没用什么法子，是他自己快乐的。"手绢儿说，"从前我们三个人那样生活，在别人眼里很时尚，很前卫。我们自己也觉得，只要快乐就好，这一辈子追求的就是快乐。我们那样的生活，面对成人还马虎，在面对孩子的时候可不行。不管孩子年龄多小，他都有自知，尤其是他有是非判断。一旦所处的环境跟他的判断不是那么回事，他就会惊恐、自卑。他没办法阻止和改变大人，他也没办法阻止自己的悲伤和自卑。

"这就是为什么许多作家、艺术家，当他们没有孩子的时候，他们想怎么写就怎么写，想把作品创作成什么样子，就创作成什么样子。而当自己有了孩子，当他要面对一个无邪的孩子的时候，他的整个世界观和艺术观都改变了。”她说，“现在，他的眼睛干净了，那些离去的人给了他短暂的悲伤，却给了他长久的干净。于是，他的自信和快乐都出来了。

“从前他学拉丁舞，每一次都是那么苦，他不怕，那时是因为他需要通过这种方式来发泄心头的不快。现在不同，”手绢儿继续说，“他对拉丁舞是发自内心的热爱。你没见他在舞台上的眼神和表情，跟舞姿配合得天衣无缝，堪称一绝。”

下午，到朝阳区行政服务中心递交过户手续，工作人员说需要两个工作日。手绢儿陪着我，她没有到798艺术区去，她聘了三个店员替她打理生意，她负责进货和清点钱款，每天的营业额，收银机替她总账。重新回到惠新东街南里那即将名正言顺地属于顾旻洋的房子里，我想起岳父在让顾大鹏的骨灰装进盒子时说的那句奇怪的话，我问手绢儿：“你们三人生活在一起的时候，有没有产生过矛盾？”

“矛盾？”手绢儿陷入回忆。我觉得对不起人，进门的时候自己告诫自己不要提的。手绢儿想了想说：“好像真没有。”手绢儿回答得很认真，像在说别人的事情，我放松了许多，又问：“你跟谁在一起的时间多一点？”手绢儿的回答不假思索：“都差不多吧。”

我不再提这事儿。我问：“旻洋的爷爷那天怎么会跟扳指儿一个车呢？”

“大鹏走后，他经常跟扳指儿一个车出去。他方向感不好，刚来北京那几年，连小区大门都不敢出去，怕找不到回家的路。有时候，上几百米远的地方去，他也要打出租车。跟扳指儿到处跑跑，他的方向感就有了。其实北京吧，只要分清东南西北，路还是挺好找的。”手绢儿说，“妙峰山、黑山寺那些地方一般是走不到了，在北京，五环以外就是沙漠。旻洋的爷爷觉得这两个地方名字好听，想去看看那边是不是真有一座什么山、真有一座什么寺庙，就跟车去了，没想到……”

停顿了一下，手绢儿说：“不去说它，也不去想它了。死掉的人，他们是什么也不知道了，我们活着的人至少要过好每一天，对得起自己，对得起生活。”

“你现在还一个人?”我问。

手绢儿点点头。

“碰上合适的，找一个。”我说，“你还年轻呢!”

手绢儿呵呵呵笑起来说：“所以我要把顾旻洋教到什么都会干。他能独立飞的时候，我也要独立去飞了。”

我发自肺腑地对她说谢谢。我说：“顾旻洋遇上你这样的干妈，真是好福气!”

手绢儿脸上尽是调皮。她说：“你千感谢万感谢的，让我承受不起了。你要真感谢我，能舍身为我做一件事情么?”

“你请讲。”

“我想要……”她是调皮的。

“要什么?”我是认真的。

“一个纯正的爷们儿。”

……我只想抱她一抱，可我获得的远远不止这些，刚一挨上，手绢儿的手和身子就乱了，兴许是荒得太久，她一上来就近乎疯狂。手绢儿始终闭着眼，高潮的时候，我分明听见她在喊：“大鹏快!大鹏!”她把我当顾大鹏了，顾大鹏在她脑子里也许从来就没有离开过。我明白了岳父的推断。这个“僧人”，不言不语，却看透一切。爱从来都是自私的。结束的时候，手绢儿流着泪说：“哥，出了这道门，你我要把什么都忘记。下面这句话很恶毒。我必须把这句恶毒的话送给你：哥，你只是从肉体上安慰了一个寡妇。”

我恶狠狠地又要了一次，这一次是我主动要的。为她自己都那么晦暗孤独，却始终在竭尽所能予人温暖和照顾；为她那只要有人爱着，就感觉温暖幸福的天真。我一直觉得我跟顾红桃像两只奔波忙碌蚂蚁，现在发现，手绢儿也是一只蚂蚁，一只悲情蚂蚁。我用尽了自己，只要这还能给她带来光亮和温暖，我恨不得把她压成土家烧饼。

到了第二个工作日，顾旻洋请了两节课的假上服务中心，在所有需要他签字的地方签上他的大名，事情就算办妥了。

回到小城之后，我特意买了一台便携式汽车充气泵。照说明书，一般充到压力表为 2.5 就可以了，我故意充到 4，充到 5，轮胎硬得像铁，刀子砍上去，什么事情也没有。顾红桃对我的行为表示不理解。她问我："你有病啊？一个轮胎五百多块钱呢。"我说："我在治病。"我得出的结论是，两次交通事故，跟充气过足完全没有关系。

后来有一次，在给轮胎充气的时候，我见充气泵的充气管是扭着的，就捏着靠近气门嘴的管头，轻轻向左旋转了半圈，校直了管子。充到规定的气压值，取下充气管，轮胎上的气门嘴隐隐有嗤嗤嗤的声音。这声音急匆匆的，暗暗的，站起身来就听不见。我用右手食指蘸了些口水涂到气门嘴上，口水不一会儿就鼓成一个气泡。我把充气泵的气管重新插到气门嘴上，捏着管头朝与刚才相反的方向旋转了一下，取下充气管，再在气门嘴上涂上口水，气门嘴平静如常，一点气也漏不出来。我又往左使劲旋转了一下，嗤嗤的声音比上一次大；再往右边旋转到转不动，声音停止了。我取下充气泵管子，仔细观察，管子中央有一个小小的卡口塞，这个卡口塞具有松紧轮胎气门嘴中间的气门芯的作用。

这是个天大的秘密。想起顾大鹏，想起我岳父和扳指儿，我真想找个地方号啕大哭。我决定，这个秘密我谁都不告诉。什么也不说，其实也是呐喊。

失踪的记忆

抬起右手，伸一根指头到酒杯中蘸了一下，纯正的粮食酒，冬瓜上的露水那样挂在指尖上，一弹，带着指头的力量，奔向虚空，碎成酒雨，酒香在屋子里弥漫。

老芋头朝东南西北四个方向各弹了一下，整个人儿立即被粮食酒的香气包围了。不但他，连他儿子、媳妇、孙女都被洇在醇厚的酒香中。

这是老芋头每天晚饭前的仪式。村子里向来重视晚饭。一年到头，农户从来没有真正的闲时光，早晨和中午随便吃一口，各忙各的事，只有晚上才有时间和精力来张罗一顿好菜饭。这仪式自然就放在晚饭前做。这在老芋头看来更像道场。这道场他做了几十年了。

仪式至此还没结束。老芋头用筷子挑起一些米饭，撒向窗外的小溪和草地。儿子、媳妇、孙女端坐在桌前，静静地看着老芋头做这一切，等他做完仪式才开始吃晚饭。孙女曾经问过他："爷爷，这是在做什么?"他没有直接回答，而是说了句让念小学的小姑娘半懂不懂的话："有我一口，也该给我的弟兄们一口，虽然我的兄弟们谁也看不见。到有一天我连这一口都用不着了，就该去跟他们团聚了。"

仪式这才结束。一家人端起饭碗，晚饭正式开始。

他家的晚饭一向丰盛实惠，像今晚，茶树菇焖肉、凉拌蕨菜、酸辣椒爆山笋、竹荪蛋丝汤。大部分原材料都是老芋头从山上采来的。老芋头跟村上所有上年纪的人一样，没事就爱在山梁山峁上走，这边看看，那里坐坐。有时候能遇上老朋友，说上一阵话，抽上一袋烟，然后各自回各自的家。他们都知道，像他们这样的老东西，见一面少一面，要是见不着了，就说明走了。有时候谁也遇不上，但是能跟许多年不曾想起过的往事碰上，就想想过去的人，过去发生的事。要是老朋友也碰不上，往事也碰不上，就拣一点山货回家。这老林子得了仙气似的，一年四季，只要愿意拣，只要伸手下去不嫌腰杆酸，就有你拣的。老芋头只能在靠北面的大山上采集。大山中央断断续续插着界碑，界碑的那面是不能随便过去的。上面规定，绝对不能过去。要是过去了，说好听点叫出国，说准确点是偷越国境线。

村庄坐落在大山的北面。山是真正意义上的山，有山梁，有沟谷，有悬崖峭壁，还有主峰以及无数的山头。山上林木茂盛，气势雄伟。在这样雄伟的大山脚下，村庄像一只安静的草鞋，好好地搁在山脚下。村庄里有二三十户人家，老芋头家位于草鞋的脚跟部，全村进出的村口也在这儿，一条公路从远处延伸到他家门口来。村前是一坝上好的良田，旱一季，水两季，一年三熟，从不含糊。两条山涧从村庄两头的山上下来，在村前那坝田上靠近但不靠拢，打个招呼，继续各走各的道儿。其中一条山涧水量丰沛，在上游建了水电站。涧里石头光滑圆润，硕大无比，石头间常有娃娃鱼出没。另一条涧从一个陡崖上冲下来，挂出一条三十多米高的瀑布，下面是一个巨大的深潭，传说有龙在里面修炼。两水合围的村庄，着实是块风水宝地。

早些年间，也就是老芋头还在穿开裆裤横起抹鼻子的时候，这山是有名字的，是个好听的名字——德厚山。意思大概是道德宽厚。古话说，道德宽厚，能旺发后人。德厚德厚，简单点说就是得后嘛！倒过来念也可以，倒过来叫厚德。界碑两边的村落，一个被称为德天湾，一个叫厚土村。后来打了仗，这山好像就没名字了。是没有给取，还是大家都不愿意再叫它“德厚”，说不清楚。但界碑两边的村落，一个依然叫德天湾，一个依然叫厚土村。

可惜，这么好的风水宝地也留不住人。村子里的人纷纷跑出去讨生活了。最开始只有一个、两个，后来是一家、两家。最近几年，几乎家家都有人在外面讨生活。村子虽然小，但出木匠、土匠、油漆匠……但凡修房造屋的人才都有。还有做豆花的、腌卤肉的、给人或者牲口看病的……当然还有看相算命的。经济越发展，口袋越有钱，人们担心思的事情越多，看相算命的越吃香。他们几乎成了德天湾最先暴富起来的一群人。再不济，扛一蛇皮口袋行李，携带被子和饭碗，到沿海打工。没几年，村子里的人开始往外搬迁。近一点的，到镇上买房子，继续外出打工，或是改行做买卖。远一点的，只听说在广州深圳发达了，村子里再也见不到他们的影子。村子渐渐就剩老人和孩子了。后来，孩子被父母接到外面读书去了。再后来，连一些老人都被儿女们接了出去。如今，村子里像老芋头家这样能凑齐了吃顿饭的，伸个巴掌出来，一只手就数得过来。

起初，老芋头想不通，毕竟是风水宝地呀！看，半桌子山珍，到山上逛一圈就备齐了。不打农药，不上化肥，纯天然无污染，真正绿色食品。

后来老芋头随两个作家进了趟城，什么都想通了：德天湾风水再好，不靠超市，不靠医院，不靠学校，更没有银行，衣食住行要怎么不方便就怎么不方便。那些在城市里享受过紧邻超市、医院、学校、银行方便的人，能不“穷则思变”吗？

老芋头有时候赌气说：搬了好，搬了清静。留下来的，一半活得像人，一半活得像仙。

气话毕竟是气话。说完了，老芋头立即真实地感到，少了那些个老少爷们儿，村子里真正缺少了活气；尤其是缺少年轻人，死气沉沉的。草木长得越来越旺，没有人去修剪。关着的房屋越来越破旧，也没有人来整饬，任由黄鼠狼或者松鼠跳上跳下。村前那一坝上好的土地，被荒废的越来越多了，绿蓬蓬的荒草青了黄，黄了青，成了野雁、天鹅过往歇脚的地方。以前从来不曾见过的大白鹭，如今一二十只一群，有七八群在这里安营扎寨。野鸭、野鸡多得烦不胜烦，种几亩地，花几亩地的力气，整天跟野鸭野鸡周旋。到秋天打下的粮食，也最多比种子多那么几十斤，辛苦都白费了。

早在两年前，有关部门对这一块风水宝地进行了旅游规划。按照规划建设好后，这里将成为景点。一个破落的村庄能有如此归宿，也算风光体面，是不幸中的万幸，老芋头这么想。让老芋头感到极其不满的是，半年前，村里家家户户大门都贴上通知。通知上说，为支持国家旅游建设，请全体村民于 7 月 31 日前搬迁。对按期搬迁的村民，除按照规定给予补偿外，还每户一次性奖励 4 万元；搬迁到期一周内搬迁的，每户一次性奖励 1 万元；逾期仍不搬迁的，不但不奖励，还将组织力量强行拆迁。而今天已经是 9 月 30 日了，村子里没有一家搬迁的。

真有“支持国家旅游建设”这个说法？即使有，这些说法和做法也是在胡搞。老芋头琢磨，什么“一次性奖励”，钱从哪里来？还不是从拆迁补偿款里预先提出来，那钞票原本就是属于拆迁户的。既然是从拆迁款里提出来的，他们就得压低拆迁补偿标准。这等于把我们的血抽出来，然后又给我们输回去，还笑眯眯地说这是奖励，让你感恩戴德。做人奸猾到这份儿上，真是让人感到气愤。背井离乡已经够惊心动魄的了，还割人家一块肉来做人情，身上要是还残存一点人性因子，能想得出做得出？再说了，什么叫“强行拆迁”？还有那些建材，都是上好的材料，拆下来砌景点的时候完全用得着。但拆迁办的人明确表态，他们一块料也不收，新建材料已经在长白山订好了。那些家具，如果拆迁办回收了去，将来景点建起来，往屋子里一摆，不仿古也已经很古了。拆迁办也不收。村里大部分人在外面买了房子，家里摆设齐全，这里的家具根本用不上。闭起眼睛想一下，将来村里到处堆放着烧不能烧、用不能用的建材和家具，倒真成了一个古怪的景点。因此，老芋头拒绝在拆迁协议上签字。他是老革命，是功臣，身上有 17 处大大小小的伤，有 3 块弹片至今没有取出来。他不答应，谁也不敢拿他怎么样。他不动，村子里谁也不会动。

事实上，老芋头知道，不管是不是真的有“支持国家旅游建设”这个说法，把村子改成旅游景点，是大势所趋，是发展的必然。但老芋头对这种“奖励”“强行”之类“披羊皮”的做法特别反感。这不耿直，更谈不上光明磊落。如此花言巧语，躲躲闪闪，打着国家的旗号，只会让群众不信任，让老百姓反感。他拒绝配合拆迁，目的只有一个，就是给那些耀武扬威的拆迁者一个教训，或者一个反思的机会。反正他是谁都动不得、摸不得的。不把工作做通顺，老子偏不搬迁，你那帮龟儿子能把老子的屁股咬两口？看看谁拖得起，耗得起！他铁了心了，也让老百姓看到，毕竟还有老革命在呢！

他知道，迟早是要搬的，在那帮家伙把工作做得光明磊落、更加合乎情理的时候。他开出的条件只有三个，一是每家每户都应该获得那 4 万块“奖励”；二是不能搬走处理的建材和家具也应纳入拆迁补偿的范围；三是不能像季世强盗那样动不动就“强行”，要照顾好各家的具体情况。

今天儿子媳妇都回来，老芋头自然格外高兴。他嗞嗞地抿着酒，抿一口酒，吃一口菜，一口菜要嚼半天。到了他这把年纪，精神虽不错，牙齿却不争气了，打前年开始松动脱落，一年落一颗两颗，落到现在，他一上桌就底气不足。当然，信心还是有的。老芋头保持信心的方法是细嚼慢咽。直到食物被彻底嚼碎，躲藏在里面的山野味道被完全咂摸出来，老芋头才又抿了一口酒，吃一口菜。这样吃一口算一口，每一口都实实在在。

儿媳妇做的菜口味不错，以前都是儿子做的。儿媳妇在十里外的镇上中学当教师，周末或者寒暑假才回来吃住。儿子也在镇上做一个部门的领导，因为孙女还在村里读小学，他经常回来。儿子做的菜口味不稳定，不是咸了就是淡了。他也不好说什么，毕竟衣来伸手，饭来张口，咸就咸吃，淡就淡吃。只要一家人能坐到一桌子上来吃饭，给他龙肉他也不舍得换。

老芋头坐上首，孙女坐下首，儿子媳妇一左一右。一家四口各占一方，饭厅显得饱满而温馨。老芋头家是传统的土木结构房子，木板楼面，一楼一底，上下三间。中间是堂屋兼客厅，放着电视、茶几和沙发。两边各有两个房间，老芋头一间，儿子媳妇一间，孙女一间，剩下一间就是厨房带饭厅。正房之外，左右两侧是偏厦，当地叫耳房，一间堆放柴草，另一间关猪关牛。从耳房的山墙上砌出两堵围墙，交合到中间再砌一道门，就是院门。院子虽然小，有了这道门，就有了关拦。天黑把大门一关，里面就是独立的世界。

孙女有一段时间没有见到她妈妈，见到妈妈特别兴奋。她给妈妈讲学校里的故事。她说，有个同学分不清左脚和右脚。一天，体育老师喊大家抬起左脚，伸向前方，他伸出右脚，跟旁边一个同学的左脚并在一起。老师又好笑又好气，就说："那个谁谁谁，咋把两只脚都抬起来啦?"

一家人都笑了。这是个很古老的笑话，生活中却经常出现真人版，挺逗的。妈妈说："泉语长大了，故事讲得真好，既精彩，又好玩！还有吗?"

"有!"她的声音嗲嗲的。孩子说，学校小卖部的花生硬得出奇。有一次她买了一袋跟同桌分享，嚼出的动静太大，以致从她们身边经过的辅导老师说："同学们，我们要养成良好的饮食习惯，不能有坏的癖好，比如吃石头，那可不好，伤肠伤胃，甚至危及生命!"

孩子绘声绘色的讲述，再次把大家逗笑了。

因为受到了鼓励，孩子就要起嗲来，张起嘴巴，一定要妈妈把菜夹到她嘴巴里去。儿媳妇就夹了。儿子对孩子说："夹菜不自己夹，没个样子!"虽然是责备，但并没有生气的意思。孩子转过脸跟她爸爸耍起嗲来，这一回向着她爸张起嘴巴，等爸爸递菜。她爸明知故问："什么意思?"孩子用手指了一下张开的嘴巴，鼻子里"唔唔"两声。儿子夹了一截辣椒放进去，孩子辣得立即吐掉，掉头滑下桌子去找水喝，一路尖叫着："爸爸，你个大坏蛋!”

孩子喝了水回到桌子上，儿子问：“张嘴，继续!”孩子埋头吃饭说：“哼，不理你了!”

媳妇开始说学校里发生的事情，谁到外面的大学校发展了，谁跟谁在较劲评高级职称等。偶尔给孩子夹点菜。看得出来，她在学校吃食堂伙食不见得好，茶树菇焖肉她一连吃了好几块。按说，孩子渐渐长大，做妈的体形会变，但她的身材还是那样好，多半是学校集体食堂的功劳。儿子给媳妇夹了块肥瘦适中的焖肉，顺势给她递了个眼神，示意她不要说话，他有话要对老芋头说。

儿子之所以决定跟老芋头说事情，一是因为看起来老芋头今天心情不错，二是镇上的领导压给他的任务。官大一级压死人。他混到这步不容易，况且还得继续在人家手上混呢。他当然知道不能一上来就谈搬迁的事情，连砍倒门前那棵树都不行，最多只能剔剔树枝丫。工作得一步一步来，步步为营，以求任务最后彻底完成。

儿子用征求意见的口吻说：“阿爸，大门口那棵树枝丫越来越厚了，你看是不是剔掉些?”

这话儿子说过几回了，尤其是最近提得勤。以前老芋头都不开腔，不表态。老芋头姓余，在德天湾不但资格最老，而且以拗出名，说一不二。他的话在湾子里当圣旨用，谁也改动不得。天长日久，年长的都喊他老芋头，年轻的喊他芋头叔，年幼的喊他芋头爷爷，他的真名早给人忘了。有时候他自己犯糊涂，好好醒一阵神儿，才想得起自己的真名儿。

老芋头虽然上了年纪，但头脑还算清醒。他知道，以前儿子提出剔树枝丫，那单纯只是想剔树枝丫；现在不同了，这小子带有任务。老芋头心里清楚，不管带什么任务，那都是你小子的事情，与我何相干?只要我提出的条件不能满足，说上天，也休想。

俗话说得好，退一步海阔天空。这道理谁都懂。老芋头也想退。但要退，双方都得退，不能光我这方退，你那方反倒进了。

照理，儿子的话有必要采纳。因为大门口那棵树，给人感觉长得跟老芋头的脾气一样，硕大无比，我说了算。主干要一个大汉敞开双手才围得过来，一人高以上全是伸向四方八面的枝丫，下头的粗，上头的细，浓厚如云，状如宝塔。大树遮去半座小楼房，屋里地面终年潮乎乎的，不爽利。

此时，落山的太阳斜斜地照在树冠上，有一些风在枝丫间散步，树枝像手臂，轻曼而有节奏地舞动着手中绿色的旗子。无数鸟雀在枝丫间传递着忙碌了一天从山野各地收集来的消息。麻雀居多，操一口纯正的本地方言，都在争先恐后地说着，一副无所谓听众的样子；画眉要斯文一点，偶尔插一句嘴；大山雀像评委，时不时说上一阵，它一张嘴，麻雀的声音就小一点；山杜鹃张嘴就是粗话，说一句，立即遭到林间所有鸟儿的咒骂，其他鸟儿的声音像涨潮时猛然掀起的巨浪，把大山雀的粗口完全淹没。

老芋头抬眼望一眼大门外的大树。他感觉那大树也用同样的目光在看他，在等他拿主意。

老芋头曾经想过，当村子里所有人都搬走了，还有这些鸟在这里住着呢。村子将会因为这些永远不会抛弃乡土的鸟儿而存在。现在，老芋头又想，是不是这些鸟儿也必须随村庄的搬迁而搬迁呢？毕竟未来的景点是现代古董啊。

老芋头知道儿子的真实意图。他曾看过景点规划图。看地图的本事，是他在那个年代学的。打仗嘛，不会看地图怎么行呢！规划图上，村落将被彻底拆除，依靠村落目前的地理优势，重新修建仿古建筑群，古的程度至少有 300 年。新辟两条仿古街道，还有庙宇、桥梁、戏台……每一间古建筑都要添置明清时期的摆设，比如《红楼梦》中贾宝玉用的雕花凉床、刘姥姥家的织布机、小姐公子的痰盂马桶、薛宝钗的花轿，等等。精心设计了手工作坊、买卖摊位，比如武大郎的炊饼、孙二娘的包子、潘金莲的香脂，等等。朝代对不对得上号，根本不管，“有几个人去追究武大郎、孙二娘、潘金莲是小说中的宋朝人?”他们说，“关键要好吃，要丰富。”为了丰富，满街都是云腿筒子骨、汽锅鸡、什锦凉米线、沙拉牛干巴、油炸竹蛆什么的；有的招牌一看就很“洋盘”，什么卓越肥婆烧烤、咖喱干捞牛腩面、首尔艾粑粑、东京草包饭……还有的连名字都看不懂，比如 KFC、McDonald's、Coke。请几个白嘴先生，按照景点的布局编造一堆传说故事，比如逃婚、私奔、富家小姐爱穷书生；自然还编造一些歌谣，引进一些民俗表演，诸如此类。整个主题是“明清时期资本主义萌芽在边陲”。而在规划图上，这棵树所在的位置，将被挖成一口井。井的名字都取好了，叫“饮水思源”。

老芋头不懂黑色幽默，黑色幽默的原产地在他无法想象的地方。但这并不影响他见到这张规划图时，一脸原生态的黑色幽默表情。300 年前，屁，老祖宗有没有到这里来拓荒都还是个问号；即使来了，顶多不过有几间茅草棚棚。要是那时候就已经楼房成片、车水马龙，照正常逻辑推理，今天还不成大集镇或者城市？如今的一些事情，怎么看怎么像没事找事瞎折腾。不依照真实历史，更不考虑未来，把没有的说成有，有的却拼命抹煞掉，不对自己负责，更不对前人和后人负责，想起一出是一出，喜欢怎么干就怎么干。

这次，老芋头终于发话了。为啥要发话，老芋头自己清楚。他很矛盾。他一张口，词就变得很“祖宗”：“你知道这棵树是啥树？这是我们德天湾的风水树。我们老祖宗一到这地儿落脚，就在这位置上种了树。好几百年的老树，在我十七八岁的时候突然遭了雷劈，被烧得干干净净。第二天，在原来那位置上长出一棵一丈多高的小树来。你说奇怪不奇怪？这一长，就长到现在。你看你们镇上，三个月不去就换个样子。还是我们这里好。有了这棵树，所有远走的祖宗，有幸回来领受一回后人的朝拜，找到这棵树，就能找到各自的家门……”

说到这儿，老芋头突然感觉心里空落落的。那么多人都离开了村子，即使不拆迁，等到村里的老人一个个冷不丁地都作古了，就成了空村。远走的祖宗还回来做什么？即使回来，还有谁向他们朝拜？与其沦为败落的荒村，不如让他们折腾成景点。这样想着，老芋头的心情更加矛盾了。

孙女吃完了，跑到屋子外面踢毽子。屋子外面光线越来越暗，但并不影响孙女踢毽子。她踢得很熟练，闭起眼睛都可以踢几十个。儿媳妇喊她说：“泉语，刚吃完饭歇一会儿再踢毽子。对胃不好。”儿子说：“就你们知识分子讲究多！”媳妇笑，说：“你吃了饭去把柴草房里的砖头搬出来试试。”儿子也笑了。儿子对老芋头说：“阿爸，上面对你的意见很重视，专门开了几次会。看形势，八九不离十。”儿子以为老芋头会高兴。老芋头面无表情地说：“鬼怕恶人！”儿子继续说：“期限放宽到今年年底……”儿子还想说什么，老芋头夹了一口菜，慢慢地咀嚼着，头扭到一边，无心跟他搭腔。

孙女从门外篱笆上摘了一朵紫色的牵牛花，捏在两根手指头尖上，跑进屋来，要给她妈妈戴到头上。她妈妈说：“泉语孝顺！花是小姑娘戴的，妈妈不戴。”孩子说：“就要妈妈戴。泉语在家天天都戴，妈妈在学校没戴，今天一定要戴。”

给妈妈戴好牵牛花，泉语端坐到电视机前的沙发上。一段广告过后，熟悉的音乐响起，泉语喊：“爷爷，开始啦！”

泉语下个学期就要跟妈妈到镇上读书了。以后就会跟她爸爸妈妈一样，难得回来一次。老芋头很珍惜跟孙女在一起的日子。这是个聪明、乖巧的女孩儿，稍微有点胖，两个小辫儿，脸上不笑也有几分笑意，两个快乐的眼珠眨巴着，透露出聪明和乖巧。自从他对她说，这电视剧是关于爷爷和村子的故事，她就一集都没落下过。

老芋头从沉思中落到现实，把送到嘴边的酒杯放下来，答应着：“呃，来啦！看把我小孙女急的！”

老芋头暂时把复杂的心情连同筷子一起放到饭桌上，站起身来从柜头上拿了眼镜盒，取出眼镜戴上，也坐到电视机前。

两年前，村里来了两个作家，一个胖得像弥勒佛，另一个胖得像弥勒佛的平方。两个都是开朗的人，走一路，笑话说一路。酒量好，酒品也好，上桌用海碗，高了滑下板凳就睡觉，不吵不闹，睡醒了爬起来，拍拍屁股上的灰继续喝。这俩人指名道姓要采访老芋头，并在他家住下来，在他家跟他吃住大半年才回去，他们说要把老芋头的故事搬上电视。老芋头只当他们是说来哄他高兴的，毕竟在他家白吃白住了大半年。他从来没想过自己身边发生的事情还能上电视。他觉得两个作家是到他家来度假休闲的，谈得来，很快就成了忘年交，因此，一些陈年故事就很顺溜地说出来了。那两个作家一到这里，就爱上了这地方，说什么这里如诗如画呀，世外桃源呀。还跟他一起上山采摘山货，下涧摸鱼，整天跟他的魂似的不离左右。一个说退休以后，到这里来养老；另一个说，以后有创作任务，就请创作假，到这里来完成。

老芋头的故事被他们掏完后，他们就回去了。回去后不久，打电话来说，他们的创作计划获得批准，他们根据他的故事写了个剧本。去年年底又打电话说，他们的剧本已经拍摄成功，近期播出。他们特别嘱咐老芋头，“请注意收看，不妥之处请多多包涵，看完恳请您提出宝贵意见。”这就是现在本省卫视每晚两集的电视连续剧《风水树》。剧中的他名字叫余伯万，古里古怪的，听起来像没文化的暴发户或者想钱想疯掉的人的名字。但也只能将就了。名字不就是个代号嘛，总比“老芋头”好听。

《风水树》开演，他就每集都看两遍，头天晚上看一遍，第二天上午重播再看一遍。周围邻居中上了年纪的，都是这些事件的经历者，也一集不差地看。稍微年轻的，知道这是发生在芋头叔身边的事情，说不定还能找到自己上辈人的影子，也看。更年轻的一拨，跟孙女差不多大的，特别感兴趣。他们没有想到，比他们年长的人有那么丰富的经历，丰富得能够上电视。哪像他们的生活，今天是昨天的翻版，明天是今天的拷贝，每一天都是一个样子，除了平淡，就是寡淡。还有，这是发生在“我们村子周围的故事”，遇到外村的同学，这就是炫耀的最大资本。老芋头特别嘱咐儿子和媳妇，再忙也得抽出时间看。他说，看了，你们才晓得我们是怎么熬过来的。这都是历史的伤痛，更是谁都不应该忘记的教训。

老芋头估计，儿媳妇在学校多半是看了，因为学校领导认为这个电视剧是爱国主义教材。在他谈起剧情的时候，儿媳妇比儿子还能接茬。儿子几乎天天回来，回来就跟老芋头一起看电视。孙女跟在老芋头身边，从来都以他为荣。从节目一开始，老芋头就带她一起看，一集都不放过。

在收看的过程中，老芋头发现剧情有些地方失真得太厉害。老芋头文化水平不高，但他知道电视剧是故事，故事就应该编（虚构），不编哪叫故事呢？可老芋头认为，编故事应该有原则。这原则就是再怎么编，也得靠谱。你把这个人身上发生的事，放到旁边一个人身上，或者某人本来参与了某个事情，你把他写得没有参与，只要不是主要人物，不影响主要事实和故事的发展，都没什么。关键是，不能把事情的分量表述得过轻或过重；不能按照作者的主观好恶，随意增加或者减少关键事实。老芋头认为，他有必要给后人澄清一些失真的内容，也有必要补充电视剧没有演出来的事情，这样后人就知道一段完整的历史。老芋头念的书不多，经历的事情多。他知道，历史在时间上属于过去，历史的意义却属于未来。历史的当事者有必要对所经历的历史负责。

就像昨天晚上那场争夺511高地的战斗。电视剧上说，我尖刀连在争夺511高地时遭遇对方顽强的抵抗，相持不下。511高地争夺战关系整个战役的全局，就在这关键时刻，余伯万与他带领的民兵，采用烟熏老鼠洞的办法，将地堡中的敌人逼出阵地，消灭了511高地上的敌人，从而扭转了整个战局形势。战斗结束后，余伯万受到最高指挥官的接见，并授予他光荣勋章。余伯万很感动，也很激动，他问首长他能不能向大家致军礼。首长们都笑了。其中一个首长说，你也是军人，你是没穿军装的军人！于是他颤抖着举起右手，“啪”地向全场行了个军礼。故事在全场的欢呼声中告一段落。

屏幕一片胜利的欢呼。老芋头感觉，连给孙女澄清历史事实的可能都没有；如果按照“实事求是”的原则，他认为这两集简直应该推翻了重演。

那是好多年以前了。那时的老芋头还是个少年。德天湾仍在山的这面，厚土村依然在山的那面。山就叫德厚山。山顶上有没有界碑，老芋头现在记不得了。反正大家都知道，这座山就是两个国家的分界线。虽然属于不同的国家，却并不影响两个村居民的往来。这边的姑娘嫁到那边去，或者那边的姑娘嫁到这边来，是常有的事情。谁家婚丧嫁娶，聚集在一起的都是两国群众。由于长期往来，双方的风俗习惯你中有我，我中有你。后来干脆不分彼此，你的节日我也过，我的节日你也过，弄得一年到头都是节日，欢乐不断。老芋头的母亲就是那边的人。30 岁以前，老芋头经常去看外公外婆。舅舅的儿子，也就是他的几个表兄弟，也经常过来走亲戚。

老芋头还记得，那一次他去看外婆，跟他年纪相仿的三表弟见他脸上长满青春痘，羡慕得不得了。长青春痘是身体发育的标志。对男孩子来讲意味着已经成为一个男子汉，在厚土村意味着可以跟喜欢的姑娘谈情说爱了。可惜三表弟一颗也没有，急得呼天抢地。可怎么急也没用，脸皮光滑得像玉石雕的。他喜欢的姑娘都叫他“小朋友”，对他发出的信号视若不见。眼看着村里中意的姑娘一个个名花有主，三表弟急得要自杀。为帮三表弟，他给三表弟出主意：专吃上火的东西，比如烧苞谷、烧洋芋、烧红薯、烧梨子、烧板栗、烧甘蔗、烧肉……凡是能烧的都用火烧过了再吃。“如果舍得，把你自己也烧来吃了。”他跟三表弟开玩笑说。三表弟当即照着执行。吃了大半年，满嘴巴此消彼长，长了七八回火泡，烂得都没个样子了，终于在秋天的时候从额头上长出一个青春痘。三表弟高兴得连夜翻山过来给他报信。后来，战争说打就打起来了。为什么打？要打到什么程度？是不是谁打赢了就把对方的土地和人民占领了？谁都说不清。没个询问的地方，也没办法推测。反正两边都在抢修工事，边境上的老百姓也武装起来了，号称民兵，成排建制，枪支弹药配备俱全。

两边的亲人从此断了音讯。

511 高地就在德厚山上，村子的南头，主体在界碑这面。这里像喉结一样，可攻可防，能进能退，前后都比较开阔，是个绝对理想的防守要地。山上有泉水，地形便于构筑工事。在上面设一个炮连，方圆十公里范围尽在掌握之中。对方打了近百年仗。我们在战斗的时候，他们在战斗；我们消停了几十年，他们还在战斗。那边的孩子，冲锋枪当打击乐，爆炸声当定音鼓，胎教就是枪炮声，一落地就能打仗。所以，他们能熟稔地运用各大洲、各种势力团体经过战斗检验的行之有效的战略战术。跟这样的对手交手，一上来，免不了要吃亏。为缩短最终取得决定性胜利的时间，夺取 511 高地非常必要。老芋头这边的军队也知道 511 高地的重要战略地位。但行动上慢了半拍，对方早在山上遍设暗堡。

冲锋发起后，山上静悄悄的。有人以为侦察兵误探了情报，甚至认为山上的暗堡不过是对方在虚张声势——打退不如吓退嘛！战士们起初还匍匐前进，后来干脆直起身子往山上冲，呐喊着，跑得很欢。指挥官大概在军校待的时间比在营房里待的时间长，没有及时调整进攻速度，也随着战士们往上冲。

山上的暗堡没有给进攻者留任何侥幸逃脱的死角。每一个进攻的战士，早被黑洞洞的枪管瞄准了，只待一声令下。

进攻部队却浑然不觉，还在继续猛冲，直到他们的指挥官也觉得，这样就把一个山头拿下，简直太不可思议，命令部下匍匐前进。

就在战士们俯身的时候，长得好好的草，从根部像门一样“啪”一下打开；好好的岩石，也“啪”一声开出射击口。疯狂的子弹倾泻而出，火力交叉，漫山遍野。许多战士只差一尺就匍匐到地面上，却成了永远也不需要再完成的动作。子弹无情地夺走了一个又一个年轻的生命。

攻击部队未发一枪一弹，就已经伤亡过半。

老芋头先前是生产队长，这会儿被任命为民兵排长。老芋头的任务是带领手下的 29 个民兵，向阵地输送弹药和给养，再把受伤和阵亡的战士抬下山来，由军车送往野战医院。

第一天，上去了两个连，下来的人，凑不齐两个班。

第二天，上去三个连，下来一个连。

第三天，后方的炮兵用重炮把山头地毯式地轰了一遍，上去三个连，下来两个连。

战争残酷的场面，让每一个参与者都魂飞魄散。战争的残酷还不仅仅在这上边。战争的残酷还在于，面对坚硬的骨头，只要目标确定，志在必得，啃得下也得啃，啃不下也得啃，付出多大代价不谈，直到彻底啃下来。

这边部队面临的最大问题是，子弹根本喂不进人家的暗堡。重炮也不行，只能啃下山的一点皮，不能命中要害。

第四天，不敢贸然派部队上去攻击了。

第五天，还是不敢贸然派部队上去。

战士们的情绪低落得很，有仇不能报，窝囊。战友说没就没了，眼珠子红得都快爆出来，恨不得冲上去抽筋剥皮。但他们知道，现在冲上去，什么目的都达不到，只可能做炮灰。

指挥官更苦恼。命令拿下山头的时间已经过了两天，这时候他才知道，军事本领不是靠教科书获得的。他甚至想，如果真有九天玄女就好了，托个梦来，僵局也许就能打破。

此时，正是南国暮春，如果在和平年代，正是杂花生树、鹞鹰乱飞的美好时节。村前的田野落过炮弹，但总体上不影响收成。冬小麦开镰之前，不少村民利用战斗间歇在田埂上熏老鼠。老鼠是当地一大害，每年收割前都要疯狂糟蹋庄稼。一年要糟蹋三次。熏一个老鼠洞，不但可以收获好几只大老鼠，还可以使两三斤粮食免遭被盘进老鼠洞的命运。这是收获之前的收获。年复一年，德天湾的村民都有一套熏老鼠的本领，熏料也配备得非常讲究，其中一种山辣椒，点着了，只需一二两，就能要了一头壮牯牛的老命。

老芋头把这法子告诉了指挥官，说："关键要找到换气孔。"

"这不难，只要不射子弹的孔，通通燃放熏料。"指挥官说，

“同时使鼓风机吹!”

不需要浪费文字描述，只两天的工夫，战斗就以老芋头他们这方的彻底胜利，宣告结束。

老芋头记得，那是个早上。太阳那老东西并没有因为地上发生的血战而生出一丝阴霾，亮灿灿地，豪爽洒脱地把阳光泼下来。战火燃烧，硝烟弥漫。在被缴械的敌人当中，老芋头发现了三表弟。这个曾经为青春痘苦恼的兄弟，已经是两个孩子的父亲。三表弟屁股上中弹，动弹不得，本来该趴着的，他偏坚持躺着。老芋头想跟他开个玩笑，毕竟好久没见了，而且不幸中的万幸是，他吃了枪子儿并不会送命。抬到后方接受治疗，调养一阵，再到战俘营待一段时间，关系缓和了，就可以回家。老芋头刚亮出表情，三表弟冲着他吐了泡口水，他就不好再说什么了。可他还是不甘心，毕竟是在一起探讨过青春痘的好兄弟。老芋头用眼睛跟他打招呼。三表弟还想吐口水，腮帮动了几下，没挤出口水来，于是停止蠕动腮帮，咬牙切齿，对他报以仇恨的目光。

这束目光好冷好陌生呀，让热气腾腾的老芋头一连打了几个寒战。

俘虏正被编队，完毕后将被押解下山。俘虏中的伤员被先行抬下山来。

三表弟拒绝上担架。不上担架怎么把他运下山去呢?二狗子说:“我来背他。”二狗子身材魁梧，体力好，两个人一副担架让他抬一头，委屈他了。让他背伤员，一对一不浪费。老芋头同意了。三表弟得了舒服还卖乖，一路上就数他呻吟得最响。走到山腰的时候，二狗子突然往前扑倒了，三表弟被摔倒在一边。三表弟古怪地哈哈大笑，二狗子却像睡着了，安静地趴在地上。老芋头上去，看见鲜血正从二狗子身下流出来，把二狗子翻过身来。二狗子胸口上插着把军用匕首。

二狗子是老芋头的连襟。死了那么多战士，老芋头眼睛红得见了对方带枪的就只差要爆炸。死了连襟，意味着自己的妻妹失去丈夫，外甥和外甥女失去了父亲。他痛苦地大喊一声，拔出枪来对准了三表弟。三表弟惨淡地对他笑笑，指着胸口说：“表哥，你有种，开枪！瞄准了，让表弟我痛快痛快！”

痛苦和愤怒一齐汇聚到老芋头嘴边。老芋头吼道：“你为什么要这样？”

三表弟轻蔑地说：“我是军人。军人的天职是服从命令！”军人？三表弟原来并没有参军。枪声一响，让平民也成士兵，真是穷兵黩武。

老芋头说：“现在，你连自救的机会都没有。”

三表弟冷笑一声说：“别忘了这是战争。战争不是你死，就是我活。”

老芋头沉重地举起枪。

“啪——”伙伴手中的枪却先于老芋头的枪响了。

三表弟的生命结束在急促的枪声中。

这下，意味着三表嫂永远失去丈夫，那三个孩子永远失去了父亲。

这叫扯平吗？这不关扯平不扯平的事情，这就是战争的残酷，为一个堂皇的目标，抹杀了人类赖以繁衍生息的亲情、友情。

把伤员运到山下，救护车开不上来，他们把伤员直接运到战地医院。从战地医院出来的时候，他们听到511高地方向传来密集的重炮声，持续了20多分钟。老芋头皱紧眉头，他估计是出了大事情。

当老芋头带着他的29个民兵兄弟再次来到511高地的时候，山头上静悄悄的，满目焦土，跟关闭的屋子着火似的，硝烟堆满阵地，呛人，满含尘土和血腥。到处都是三四米深的弹坑，到处是枪支的碎片。弹坑四周残存的松树枝头上，凌乱地挂满衣服碎片和其他鲜红、惨白的碎片。一部幸存的电台还在交替闪着红灯和绿灯。

驻守高地的那三个连的士兵……

29双眼睛都不晓得该怎么眨了。

就在这个时候，一枚炮弹呼啸而来，老芋头一句“跳下弹坑”没喊完，炮弹就在他们中间爆炸了。强大的推力把老芋头摔进身边的弹坑。碎石和泥块不晓得飞起了多高，喷泉般发散开，冰雹那样砸下来。未等硝烟散尽，抖落身上的土坷垃和石块，抬眼望去，一个人也看不见。费了好大劲，从弹坑和泥土底下把人刨出来，跟老芋头一起上山来的29个兄弟，能喘气的，就剩22个。后来从战地医院里出来的只有15个，还一半人缺胳膊少腿。老芋头身上的伤，有7处归功于这枚炮弹。儿媳妇怕吓着孩子，几次给丈夫递眼色，希望丈夫提醒公公一下。丈夫不做声，听得专心致志。他也是第一次听说呢。儿媳妇终于忍不住说：“阿爸……”

孙女的脸红扑扑的。她问老芋头：“爷爷，这都是真的吗?”

老芋头说：“爷爷经历的事情没有一件是假的。”

“哦，是不是说，你讲的比电视上演的更真实?”

“那当然。”

“既然是真的，电视为什么不演呢?”

老芋头回答不上来。这问题，老芋头的儿媳妇能回答，就是“剧情需要，或者为表达主题需要”。但她没有说，是来不及说，这时第二集开始了。电视剧里对方的伤兵在战地医院获得了良好的治疗，得到了悉心关照，这大大出乎他们的预料。一个读过书的眼镜儿士兵在思考“战争是什么”。他身边一个老兵说：“眼镜儿，就你那模样，想五辈子你也找不到答案。”他侧了侧身子，面对眼镜儿好说话，“战争是什么? 听我给你说。战争就是政治家的游戏。平时有事没事，也要搞点动静出来，你戳我一下，我掐你一下，相互挤眉弄眼，拳来脚去。见他笑，肯定不是高兴；见他哭，不一定是伤心。要是太寂寞，就发动战争。心情舒畅了，像多年不见的老朋友一样，相互问候，把盏言欢。仇恨是什么? 仇恨都是宣传出来的。宣传怎么来的? 都是编出来的！只有我们这样的傻瓜，心甘情愿地当了炮灰，被当猪崽卖了，还替别人数钱！”眼镜儿听了想了半天，感觉有道理，说：“我不参与不行吗?”老兵像面对一个傻瓜:“你不参与?你不是国民吗?你是国民就对了。国民组成国家。政客的特点是为实现本利益团体,甚至自己的愿望,利用手中的权力,以国家的名义来干事情,还能对你网开一面?你能逃得掉?傻吧你!当然现在你、我,还有他们,身体某个部位缺了,缺了就不能再上战场。这叫什么?因祸得福啊!”然而,过了半年,当这群伤兵回去后,再次被推上战场。在出征的队伍中,眼镜儿对老兵说:“老子这回要学聪明点了。”老兵问:“怎么个聪明法?”眼镜儿把枪口指向天空,做了个扣动扳机的动作,嘴里“啪”地响一下。老兵会意,笑了,向他竖起了大拇指。

这一集就在这里结束了。

孙女问爷爷:“像这样打打打,打到啥时候才结束呀?”

老芋头说:“打511高地那一年,整个边境线都打得很惨烈。之后好多年都零零星星地打。结束之前几年,只要上边不下命令,两边的士兵甚至凑在一起联欢。”

孙女睁大眼睛奇怪地说:“真的?真有这样的事?”

“可惜电视没演!”老芋头说。战争十年,双方军队打疲了。战线也基本稳定,都沿着界碑驻扎,相距几百米。即使上边传来紧张的空气,也是朝天开枪的时间多,向对方射击的时候少。据说,当年中原大战就是这么打的。上百万的军队,在中原轰轰烈烈地搞了一年,打下的弹壳要好几列火车拉,总共死掉的人不足百人。既消耗了政治家们的子弹,又完成了政治家们的任务。这样的游戏做了跟没有做,真的不一样。

休兵前几年,511高地上两军阵地相距不足200米。这边的战士在巡逻,那边的战士也在巡逻,他们的中间就是国境线。相互之间早都熟悉了,但见面不得打招呼,更不能说话。说话就违反军纪了。这边的巡逻兵抽烟,如果对方巡逻兵正巧从身边经过,一定要甩一根给他。难兄难弟嘛,如果没有对方,就轮不到他在这里巡逻。不在这里巡逻,就只能老老实实待在父母身边,整天为砌房子发愁,为娶媳妇发愁。哪像现在,经历了生离死别，这辈子再也没有能够难倒他的事情。待在山冈上，躲在猫耳洞里，条件虽艰苦，但毕竟吃了喝了，什么都不想，四仰八叉，倒头就睡。

所以说，忧劳可以兴国，逸豫可以亡身。要过得丰富多彩点，“敌”是一定应该有的，否则就没有“我”。这是两个相克并且相生的冤家，“克”是相对的，“生”是绝对的。

那年秋天，老芋头跟他的民兵战友在往高地上运送物资的途中，意外地打到一头野猪。

那是头该死的野猪。战争打到这时候，漫山遍野的野禽野畜，即使不受枪炮伤害，早烦了枪炮声，搬到清静的地方去了。唯一不见减少的是蛇，麻蛇、花蛇、蟒蛇、竹叶青，等等。还有飞蛇，指头那么粗，躲在树上，乘你不备，倏一下飞下来，项链一样，冰凉冰凉地缠到脖子上。士兵经常遭受侵扰。大概是因为蛇没有耳朵，听不到枪炮声；或者没有脚也没有翅膀，既不能跑也不能飞。士兵都有防蛇的药，时间长了，还积累了不少防蛇的经验。最简便的办法就是抽烟。纸烟没用，得抽旱烟，旱烟劲大。年轻的兵哥哥还没修炼出吞旱烟的本事，只管吸，只管吐，等旱烟的味道充分布满猫耳洞，蛇就不敢来了。野猪本来也搬到别的地方去了。可这是头刚刚成熟的公猪，体格健壮，身体修长，脑门粗大，嘴筒子长而尖，獠牙锋利。大概是发情了，满脑子只想一件事情，就撞到这山上来了。打过猎的人都知道，狼好打，豹好打，野猪不好打，这家伙不按规矩出牌。比如你是猎人，你跟它面对面，你提枪就打，它一弓身子，箭一样向你射来。你要是打不中，必被它撞死；即使打中了，野猪凭惯性，也能把你撞个五劳七伤。要是你在树上，它就用头撞树，不断地撞，如果树不够粗的话，你会被晃下来。即使晃不下来，树不断摇晃，你根本没办法把枪端稳，更别说瞄准射击了。野猪距离他们50多米。老芋头跟队友们商量，它要是不出状况，大家各走各的路，毕竟还要完成任务。话虽这样说，老芋头还是把手里的自动步枪上了膛。大家开始继续赶路。那头野猪却不领情，或许是被情欲烧昏了头脑，或许是想跟人一争高下，或者是它根本不容许人在它前面从容不迫地走路，一弓身子，就向老芋头撞过来。老芋头立即对着野猪的脑心连放两枪。距离足够，加上步枪劲大，野猪才跑出十几米就轰然倒地，抽搐了几下，老芋头上去又补了一刀，就毙命了。

老芋头他们把野猪抬到阵地上，战士们欢呼起来，把老芋头抛得老高。平日里，他们的主食是压缩饼干、猪肉罐头、水果罐头。这些东西偶尔吃一两顿新鲜，吃几天也还将就，要是年对年、月对月地吃，不但把胃口倒得干干净净，还脱皮。起初是手上脱皮，跟皮炎患者一样，后来全身都脱。这会儿撞上野味，哪怕是公猪，也高兴得跟过年似的。

怎么吃呢？当然不可能煮来吃，味儿大，而且阵地上条件不允许。最简单且能起到除腥效果的方法是放在火上烧烤。战士们架起篝火就要烤。老芋头说野猪身上脏，连毛带皮地烤，味儿太大，只怕烤出来也不敢吃。他在猪肚子上开了口，掏出内脏，再把口子缝上。然后把阵地上最黏稠的泥浆均匀地糊在野猪身上，让泥浆充分渗透到猪毛里，跟猪毛混在一起。放在风中稍微晾干一点，又糊了一层泥浆，才架到火上烤。烤了三个多小时，再把野猪取下来，泥浆已经烤得坚硬无比。用枪托敲碎，猪毛和猪皮上的污物被整块整块掰下来。里面的猪肉光光生生的，不留一根猪毛。老芋头再在热腾腾的猪肉上抹盐，里外都抹均匀，撒上些烧酒，又架到火上烤了几个小时。猪肉先是被烤干，变成黑色，接着猪皮被烤涨起来，再浇上些烧酒，腥臊味渐渐变少，猪油就出来了，猪皮也开始泛黄了。

到傍晚的时候，架上的野猪已被烤得通体金黄，油津津的，香味弥漫了整个阵地。士兵们拿出酒、饭盒、刀叉，在阵地上找了个平坦的地方，铺上油布，铆足劲儿庆贺一下，来一次篝火晚宴。

对面的士兵也闻到了香味，陆续走出掩体，站在阵地前观看。对面士兵的生活并不比这边士兵的生活好，也是压缩饼干和罐头猪肉、水果，也吃得全身脱皮。

有一个士兵举起一袋盐冲这边晃晃，这边的战士摆手，意思说有啦。对面的一个军官拿出一箱子酒，打开一瓶，倒了一点出来，弄得漫山遍野都是诱人的香气。这边战士竖起了大拇指走到边界线上，要了五瓶酒，都是第三国的洋酒。作为回报，切了一条烤猪腿肉给了他们。

于是，人类战争史上最有意思的一幕出现了。这边的士兵在这边联欢，那边的士兵在那边娱乐，喝酒、吃肉、唱歌、跳舞。钢盔和饭盒就是乐器，钢盔是中音鼓，饭盒是低音鼓。有了这两样，歌曲就有了节奏，显得整齐有劲。起初各搞各的，阵地上歌声此起彼伏，犬牙参互，显得杂乱无章。很快，这两支聪明的军队就找到了秩序，一个来了，另一个接着来。这边士兵唱歌，那边士兵静静地听，完了跟这边的士兵一起鼓掌。接着那边的士兵唱歌，这边的士兵听，结束了鼓掌。各方用各方的语言，各方有各方的拿手好戏。没有人主持，也没有人报幕，却比有人主持有人报幕更加秩序井然。语言虽然不通，但乐趣是一样的。晚会就这样持续。酒喝干了，肉吃光了，篝火灭了，山头上横七竖八倒满了沉醉的士兵，在甜美的鼾声中，曙光悄悄来临……电视剧天天连着演。老芋头一集不落，一边看，一边回忆；一边回忆，一边看。看一路，心潮起伏一路。想起昔日的村民和民兵战友，老芋头常常热泪盈眶。他是幸运的。当年他手下剩的15名民兵，如今就剩他一个了。当年的十多个寡妇，有的改嫁了，有的守寡一生。战争打到老芋头的儿子16岁那年才结束。没有结论，没有说谁输谁赢，就结束了。跟飘游浪荡的风一样，来去随意，大小随性，毫无征兆。这几年开放边贸，他曾托人打听外公外婆家的情况。得到的消息说，两位老人早在开战第一年就离开人世了。他舅舅在收到三表弟阵亡的消息后疯了，三表弟的媳妇改嫁他人，三表弟的儿子在继父的刻薄和残忍中长大。据说有一个小子现在在从事毒品买卖……

《风水树》终于播放到大结局。看完后，老芋头非常不满。

这一集的内容是，战争结束了，主人公余伯万走进烈士陵园，眼前是密密麻麻的墓碑，一排排，一列列，整整齐齐，仿佛只要一声号令，就可以再次开拔。他望着墓碑无所适从。当跟自己一样都有资格活着且说不定还会比他老芋头活得更精彩的人都走了，他却活着，那感觉是孤独、无奈，甚至耻辱。他觉得自己此时最恰当的角色，是一块墓碑，一块脉搏还在跳动的墓碑。这一集对白有限，更多的是场景，不需要对白。没有对白比有对白传达的信息更多。余伯万走在回家的路上，过去的经历一幕幕电影般在他脑海里闪过：民间的交流、麦棵子旁倒下的战士、倒下就永远不会再起来的民兵兄弟。余伯万回到家，把家里所有跟战争有关的东西，包括民兵兄弟的遗物、枪支和所有跟战争有关的文件、宣传资料都装进木箱子，挖了个大坑，埋到土里，又在上面种了一棵树。电视剧的最后一个镜头，落在那棵蓬勃成长的树上，新鲜的树叶在阳光下翻飞。

老芋头没有学过艺术，可他知道什么样的结尾是大家都喜欢的。老芋头对这样的结尾非常不满意，老芋头说，这是假的，是作家编的，哪有这样的事情？历史都是要人记住的。埋了，谁还记得起那些伤痛？还有那棵树，那棵树是什么意思呢？

一连几天，老芋头都没开心过。他准备去找那两个作家，让他们把故事结尾改一改。儿子媳妇说，电视剧都演了，而且演完了，你叫人家咋改？改了有用吗？儿子媳妇的本意是让老芋头别胡思乱想，这话却让老芋头绝望。

老芋头满脑子不是木箱子就是树，整个人病恹恹的，折腾了半个多月。有一天傍晚，儿子回家的时候，看见老芋头正从树下的躺椅上起来，收拾茶具准备往家里走，儿子又打量了一眼遮荫蔽日的树。儿子的这个眼神一毫不差地被老芋头看在眼里。老芋头明白儿子的意思。混沌多日的老芋头这会儿有些清醒了。他想，我也没多少岁月了。我活着的时候，能保证这树枝丫不被剔，我去了就难保了。与其让孩子在我死后背叛我，不如我主动提出来……什么风水树，不就是一棵树吗，哪怕每一片叶子都是祖先的目光又能怎样？何况，这儿都快成空村了！

吃晚饭的时候，老芋头对儿子说：“你说的没错，门口那棵树的确该剔了。”

孙女吃完饭，回自己房间里做作业。这话对她来说，引不起任何反应。爷爷的电视剧看完了，吃完晚饭，她的首要任务就是做作业。

儿子搁下碗，感觉有些意外。父亲的态度变化一点过渡都没有。他知道，父亲坚持不让剔树，实际上在跟某种力量较劲呢，是在告诉那个谁，我的一草一木你都动不得，摸不得。而他呢，一心考虑着如何得寸进尺，先剔树丫，再砍树拆房子。他去年已经在镇上买好了房子，随时等待老芋头改变主意，就搬过去住。

老芋头说：“你明天找几个人帮忙，把门口的树枝剔一剔。”说这些话的时候，老芋头显得很平静，就像当年吩咐儿子扫地、叠被子一样。儿子来不及多想，爽快地应道：“爸爸万岁！”

第二天早上，太阳刚从山头上露脸，儿子请来帮忙的村民就来了。村民感到奇怪，问老芋头不是说不剔吗，怎么想起要剔树了？老芋头说请你们来剔树就剔树吧，问这问那的，好烦！村民也就不问了，相互做鬼脸，吐舌头，递个眼神什么的，最多也就这样。大家都知道老芋头的脾气，谁也不会和他生气。

照老规矩，他们给树上香，念叨：风水树呀风水树，不剔枝丫不壮本，剔掉枝丫寿延长……这些词都是祖上传下来的。对这样一个即将成为空村的村落，被开发成旅游景点也许算得上幸运。老芋头认为，无论建筑物怎么仿古都还说得过去，但绝不可以在风俗和歌谣上造假。那份规划报告上所罗列的德天湾民歌，全是假的。眼下这《剔树谣》才是货真价实的古董，其他还有《放树谣》《开镰谣》《归仓谣》《安鼠谣》《女婿谣》《女儿谣》《洞房谣》《鹤天谣》等，唱词朴实，明白如话，干净实在。那《鹤天谣》是唱给死者的，驾鹤西游，舞鹤游天嘛。这里的歌，都叫谣。稍微整理一下，能整出厚厚一本。可人家一首也看不上，说太土了。老百姓口口相传的歌谣，能不土吗？既然仿古，就应该土，不土能古吗？放着现成的不要，花精力费钞票胡编乱造，神经病！

村民念叨完毕就上树。树枝丫一根一根被砍下来，一直剔到树腰以上。老芋头仔细地端详砍下来的枝丫，切口新鲜洁白，散发出树的体香。老芋头心想，这棵树如果真是风水树，就应该像传说中的神树那样，从切口上流出血来。可是树的周围，没有一丝红色或者带颜色的东西，除了木屑，新鲜、干净、散发着树的气味儿的木屑。

上树的村民只有一个，另外两个把剔下来的枝丫砍成两尺来长的短截，一堆一堆地码起来，晾干当柴火。

还在往上剔。本来剔到树腰就可以不剔了，上树的是个愣头青，不喊他停，他是不会停的。儿子在招呼帮忙的村民，不时倒水或者递烟，还吩咐人到镇上去买些肉和菜，中午招待帮忙的人。等儿子感觉剔得差不多了，上树的村民早过了树腰。树腰之上，枝丫平伸出去，仍旧像一把大伞。不过已经不再遮阴了。

这时候老芋头也感觉差不多了，招呼了一声，愣头青从树上下来。

望着更像一把大伞的树，老芋头突然想起了电视剧里的情节，尤其是那个结尾。他知道，找作家修改电视剧的结尾已经不可能了。电视剧都演好了，都给电视台播放了，哪还能改呢？听说如今拍电视剧的跟电视台本身就是两家人，拍的只管拍，拍完了卖给电视台就了账。老芋头还听说，如今的剧组都是临时组合的，拍完了把钱拿出来分了，就各奔东西，作鸟兽散。他老芋头即使找到那两个作家，作家又能去找谁？电视台还是剧组？

作家是没必要找了，剧组和电视台也没必要找了。眼下，看看树根底下到底有没有箱子，箱子里到底有没有跟战争有关的东西，倒是很急切也很现实的，只要他说一句话。

要刨树根就得砍树。砍还是不砍？老芋头想了半天，最后决定砍。与其给开发商砍，不如自己砍。反正迟早是要被砍掉的。什么“饮水思源”，“源”都被从根子拔除了，还假模假式地

“思”什么！老芋头的拗性子上来了。

几个村民一边忙着手头活儿，一边说笑。一个村民讲了个段子，他说有个学校的政治老师，感觉和平年代报国无门，因此给校长上了个申请，请校长盖章，然后递交国务院。他的申请写道：给长城贴上瓷砖，给赤道镀上金边，给珠穆朗玛峰装上电梯，给太平洋围上围栏，以显示我们国力的强大。校长批示说，方案很好，就是太大，把联合国管的事情都管了。这位政治课老兄回来闭门冥思苦想数周后，再写一个申请，请校长盖章，然后递交国务院。“你们知道他怎么写的？”讲故事的人问。旁边的人都说：“这段子好像曾经在哪里见过。那故事好像就前边一段，哪儿还有后边一段？”讲故事的人说：“说不上来是吧？”别人点头。他说，这回他的申请是这样写的：为体现我们伟大祖国科技发达，以人为本，建议国家成立专门的机构，给苍蝇戴上手套，给蚊子戴上口罩，给老鼠戴上脚镣。大家哄地笑起来。一个村民说：“这个故事我好像也在哪里见过。”讲故事的人不高兴了，说：“都见过，咋不见你讲一个呢？”

为缓和气氛，儿子讲了个段子。他说，胡萝卜看见火腿肠说：“哇，真有钱，穿的都是皮衣。”火腿肠说：“这算什么呀。你看人家香肠，穿的都是真皮，我们还穿这人造革。”

大家又哄笑起来，气氛缓和过来了。

老芋头说：“把树……也砍了吧！”这话一出口，老芋头感觉自己五脏六腑都跑掉了，皮囊空空，仿佛连空气都稀缺，得赶紧吸上几口才找得到喘气的感觉。这感觉很重要，说明自己还活着。

儿子和村民奇怪地问：“啥？”一个村民说：“还嫌不够烧呀？”刚才上树那个愣头小子说：“芋头爷爷拿来烧三遍的柴火都够了，还砍啊！”另一个村民说：“该不是要请我们吃烤胡萝卜火腿肠吧？”大树周围又一次响起欢快的笑声。

村民们都以为老芋头是在说气话呢。儿子却看出了端倪，他说：“爹？”老芋头满脸严肃地说：“砍树！砍树你们不懂吗？”右手连续做着砍的动作说：“就是这样，砍！把树砍了。”

儿子神情复杂地说："爹，不是说剔树吗?"

"现在我决定砍!"老芋头不耐烦地说，"我说砍就得砍!"

儿子感觉进展太快，不敢随便开口，怕说得不对，老芋头改变主意。

帮忙的村民这时候才觉得老芋头不是在说气话。因此，都不说话，拿眼睛看一眼老芋头，再看一眼老芋头的儿子，都不动手，等待老芋头父子拿主意。

老芋头见大家不动手，犟脾气上来了。他捡起一把斧头，自己上前砍起来。上了年纪了，斧头不听使唤，划出的不是美丽的弧线，明显是颠簸的曲线。连砍了十几斧，树身上只有几道不规则的浅槽，震得老芋头的虎口发麻。老芋头气喘吁吁，放下斧头，抹一把汗说："砍，就这样砍！叫你们砍，你们就砍!"

老芋头向来说一不二。几个村民你看看我，我看看你，不敢作声。年轻的后生都知道老芋头参加过十多年战斗，经历九死一生，到现在还活得健健康康的，命大，谁都怕他。哄爱哭的孩子，只要说一句"你要是再哭，我们把老芋头请来劝你"，孩子就不敢出声了。

愣头青说："芋头爷爷，祖宗栽的树呢。"意思是说，祖宗栽的树，让别人砍了是没有办法的事情，后人咋好自己砍呢。其他村民也跟着说："就是就是。"

望了望村民，老芋头有些痛苦。刚才他也犹豫了一下，是不是就别砍了。可老芋头就是老芋头，活了一辈子，从来都是一言既出，从不反悔。这会儿后生说不砍，他偏砍，不砍他就不是老芋头。老芋头说："风水树，风水树，不都是我们这些做后辈的给它封的吗?"老芋头对愣头青说："它要真是棵神树，就该流血，就该哭，就该留得住村子里的人。拿你来说，高中毕业，好好的，正该给家乡作点贡献，不是下个月也要上广东吗。冷不丁走了一家，冷不丁又走了一家，走掉的人比老掉的还多。看看我们这村子，人越来越少，阴森森的，到处都是鬼气……

"也不怪你们要离开。水往低处流，人往高处走。树挪死，人挪活。”老芋头缓一口气说，“他们不是要开发成旅游景点吗？我们今天不砍，将来给人家砍吗？”

大家觉得有道理。愣头青把斧头递给老芋头的儿子，说：“你来起个头吧！”老芋头的儿子说：“我不会砍树。”愣头青说：“你们家门口的树，你们父子俩都砍了，将来老天爷怪罪下来，也只能算在你们父子身上。我们都是帮忙的。”

“说得有道理。”老芋头对儿子说，“你要不动手，我就动手了。”

儿子象征性地砍了几斧，脸上表情更加复杂了。村民接过斧子。

空——空！空——空！空——空！

两把斧子轮番坚定地落到树干上。

接近正午的时候，树被放倒了。远近闲着没事的村民都围上来看热闹。愣头青突然冒出一句：“刚才好像没有念《放树谣》呢？”村民感觉有点不对劲地说：“确实没有念！”老芋头说：“刚才放树有没有出状况？”大家说没有。老芋头说：“没有就对了。《放树谣》就是唱来安抚树神的，保证放树不出状况的。看，不是没出状况！没出状况，念不念《放树谣》，无关紧要。”几句话，把大家说服帖了。

树身像巨人，起初慢慢地倾斜，接着侧倒的速度开始加快，越来越快，很快“轰”一声砸到地上。剔了枝丫的树干好似不甘，从地上反弹了好几米高，最终还是回到地上。大地轻轻地震颤，灰尘腾空而起，遮蔽众人的视线。待尘埃落定，人们突然发现，没了这棵树，站在村头视野突然开阔得有些信马由缰，有些放纵，令人惊喜，也令人找不到方向。好像这世间一下子什么约束都没有了，从此可以为所欲为了。

这一出乎预料的发现，让大家兴奋，也迷惘，一时不知该说什么好。

树桩没有流血，树干也没有。树桩上的年轮一圈一圈的，老芋头开始数年轮，一、二、三、四、五……数着数着老芋头就数乱了，只好从头再来，一、二、三、四、五……数着数着又数乱了。老芋头伤心起来，看来自己真的老了，眼睛不好使了。那些年轮，有的宽一点，有的窄一点，最窄的，两根年轮似乎要合在一起。再数的时候，老芋头逢十作一个记号，费了些力气，终于得出大概数字，在30到38年之间。老芋头又数了一遍，确实在30到38年之间。老芋头狐疑了。那么大的树，怎么才活了30来年呢？老芋头清楚记得，在他十七八岁的时候，一天夜里，原来祖宗栽的那棵遭了雷击，当时就烧得干干净净。第二天却在老树原来的位置上长出了一株一丈多高的树来。老芋头在心里拿自己的年龄来比对了一下，从那时候到现在，至少应该有50年了。“这怎么可能呢？就是我门前发生的事情呢！”老芋头心里说，“难道，我的记忆出了差错？”这样想，就更加坚定了他把树根刨了，看看树根底下到底有没有什么稀奇古怪的决心。

“树都砍了，干脆连树根也刨了。”老芋头看了儿子一眼说，“免得以后给打‘饮水思源’井的人添麻烦！”儿子听了这话，知道这话是有目标的，满肚子委屈，却没个说处。

刨树根不像砍树那么简单。以距离树桩两米为半径，挖开一个大坑，坑中央是树桩。刨下去了人们才发现，如此高大的树，主根还不到一米深，旁根伸向四面八方。把七八根碗口粗的旁根砍断，树根就彻底被刨掉了。

树桩被吊上来，挪到大坑边上。

老芋头拿了把铁铲跳到大坑里去，铲起土来。大坑边上的村民不明白老芋头要做什么。

铲下去一尺土，什么也没有发现。老芋头想，那两个作家为什么要这样设计结尾呢。现在重开边贸，为什么不用新闻节目习惯用的镜头，用写实的镜头，报道两国人民和好如初，从此各在各的土地上生息繁衍、相安无事，快快乐乐地生活呢？老芋头怪作家力气没有用在点子上，费力不讨好，设计了个莫名其妙的结尾。再说，他老芋头从来不记得自己曾经埋过什么与战争有关的东西。战争结束以后他从民兵排长干到乡武装部长，一直干到县人武部长，直到退休。在过去的日子里，除非迫不得已，老芋头一般不去回想那段每天脑海里都是殷红的血的日子。

是继续挖下去，还是就此罢休？望着大坑，老芋头一时拿不定主意了。他把铲子插到坑里，掀起衣襟来扇风，歇口气，再做打算。铲子下面却发出“当”的一声。老芋头知道，这是触到石头了。顾不得休息，老芋头拿起铲子，连铲了几铲，每一铲都感觉下面有石头。老芋头仰起头来喊：“儿子，下来帮帮阿爸！”

儿子早就想下去了。儿子知道老芋头一定是在找什么东西，但儿子没有跟那个电视剧的结尾联系起来。他女儿也许能，但女儿在学堂里读书，还没有放学。

儿子开始铲土。儿子健壮有力，像当年的老芋头。

老芋头靠在大坑边上，歇了一阵。

很快，土层下面露出一块石板。坎上的村民交头接耳。老芋头心想，这莫不是老祖宗当年埋下的什么宝贝？

老芋头让儿子揭开石板。石板沉，抬不动。又招呼了两个村民，三个人合力，才把石板挪开。原来是个四四方方的石板盒子。长宽高各约两尺。石盒子里有大量木炭，木炭中央有个楠木盒子。从木炭中取出盒子，盒子是个朴素的锦盒，一百多年前，村里常见这种木盒子。用于存放重要的书契凭证。盖子是抽拉式的。轻轻一抽，里面的东西就露出来了，是一包棉布包裹的东西。老芋头脸上升起神圣的表情。他现在脑子里已经没有那部电视剧，只有神圣。他以迎接祖宗馈赠的心情对儿子和两个村民说：“你们上去，让我来。”儿子和两个村民都上去了。

大坑边上围满了村民，都不说话。他们的心情也许跟老芋头差不多：这包裹里大概是祖宗留下的什么宝贝。脑子闪得快的，已经开始盘算宝贝的分配方案了。

包裹有些沉。棉布在木炭的保护下，没有受潮，颜色变成褐黄。时间长了，已经开始炭化。打开棉布，里面是个用绳子捆扎好的油布包裹。看到油布包裹，老芋头的手突然像被蝎子蜇了一下，停下来，开始颤抖。这怎么可能是祖宗留下的东西呢？祖宗那会儿，还不可能有这样的油布，军用油布。

缓缓神，老芋头揭开包裹的绳子，慢慢展开油布，就像展开一份久远的心情，或者一份珍贵的嘱托。老芋头的动作很慢，手颤抖着，影响他的动作的流畅度。

有风吹下来，在老芋头身上打了个旋，又吹走了。有白云从远处飘过来，飘过老芋头的头顶，顿也顿一下，就飘走了。正午的阳光跟往天此时的阳光没什么两样，旺旺的、辣辣的、明晃晃的，从天堂大门口泼下来。

但油布里包裹的东西似乎有寒气。这寒气先是让老芋头打了个寒噤。接着，站在坎上的所有人都打了寒噤。有几个胆小的，还转过头去看看，看身后有没有人打他们冷拳。终于，油布被彻底展开，里面的东西全部展现出来：两支成色不错的手枪，六发子弹，一枚纽扣和一沓写有字的纸。

坎上的村民发出各种各样的叹息声。有人在交谈，有人比画着，向别人表达自己的意见。村子里的人都看过《风水树》。此时都联想到那个结尾。他们不知道老芋头对那个结尾特别有意见，但他们此时特别佩服两个作家，说："那两个作家真神了！"

枪和子弹都是那样熟悉，老芋头认得它们。尤其是那枪，老芋头似乎还能从上面找出自己的掌纹来。多少次短兵相接，老芋头靠这两把短枪捡回性命。这是老芋头曾经的命根子。手枪上的编号显示，这两把枪，正是老芋头当年缴获、后来随身携带的那两把。老芋头清楚地记得，当年战争结束的时候，他按照要求把长枪上缴了。至于这两把手枪是怎么处理的，老芋头记不起来。可这手枪是自己当年用的手枪，这一点他确信无疑。当然，现在尤其关键的是，这两支手枪是怎么跑到这里来的？这是什么时候埋的？谁埋的？是他老芋头，还是别的什么人？一大堆问题，弄得老芋头一点头绪也没有。

而且，那扣子又是怎么回事呢？扣子的背后应该有故事，这里面一定会牵扯到一个不应该被忘记的人。是哪个民兵或者村民的？甚至可能还是三表弟衣服上的？

所有隐秘的故事都会聚到老芋头这里来，让他根本无法理出头绪。老芋头被往事紧紧地包围起来。那段特殊时期的往事，让他禁不住老泪纵横。他摇头叹气，真的老了，老到什么都想不起来了！他无可奈何地抹着泪。

儿子见状，从坎上跳下来，想把他扶上去。他根本不理睬。他打开那沓纸。纸是军用信笺纸，跟外层包裹的棉布一样，颜色变暗，发硬，开始炭化。纸上的字是毛笔书写的，工工整整，庄重严肃。笔迹老芋头也认得，那是一个部队文书写的。部队文书当时说他钢笔字写得比毛笔字好。他请文书一定要用毛笔，用墨汁。钢笔那蓝黑墨水，要不了几年就啥都看不见了。这一点他记得清清楚楚。那些年，他一直保存着这沓纸。后来，做乡武装部长、县人武部长，家里生活改善，退休以后砌了房子，辗转多个地方，搬来搬去，经历了不少事。是什么时候丢了这沓纸的，甚至就是他亲手埋的这沓纸，他怎么想，也想不起来。

儿子要帮他读，他不让。

第一张纸上写着：陈二狗，一九五六年农历五月初四生，一九七九年三月三日午后四时死于德厚山战斗（511 高地），安厝于德厚山之阴，乾山艮向，膝下有一儿一女。

第二张，边少文，一九六〇年农历四月二十二生，一九七九年三月三日午后四时死于德厚山战斗（511 高地），安厝于德厚山之阴，乾山艮向，膝下无子嗣。

第三张，余友南，一九五七年农历九月二十生……

第四张，余为成……

第五张，安山云……

……

老芋头一张一张地翻下去。每翻一张，熟悉的面孔就像老朋友那样，在他的面前掠过。陈二狗的媳妇、老芋头的妻妹子，一生守寡；边少文是独子，出事的时候还没结婚，他的双亲前些年才去世，连个端灵的人也没有；余友南的妻子在他出事后突然失踪，一个女儿靠大伯抚养成人；余为成和安山云是两个不满 18 岁的孩子……

老芋头翻到最后一张时，整个人惊呆了。他瞪大眼睛读上面的字：余三旺，一九四四年农历二月十九生，卒于（空白），安厝于（空白），（空白）向，妻子早夭，膝下一子。

余三旺，多么熟悉的名字！老芋头念叨着，这名字太熟悉了，可老芋头一时竟想不起是谁。过了一阵儿，“妻子早夭”这几个字让他感觉，“余三旺”好像就是自己的名字。儿子刚满五岁，一场莫名其妙的疾病从他身边永远带走了他的妻子。

老芋头抬起头。人们发现他苍老的脸上全是泪水，眼睛是那样浑浊，脸有些扭曲。老芋头问：“你们谁知道，谁，叫余三旺？”

村民你看看我，我看看你，都不晓得余三旺是谁。身边的儿子小声地说：“阿爸，这是你的名字！”

声音虽然小，村民们还是听见了。村民惊讶地议论起来，“芋头叔叫余三旺？”“芋头叔连自己的名字都不知道？”“芋头叔不可能连自己的名字都忘了吧！”

老芋头的身份证、医保卡、退休工资卡什么的，都由儿子保管。他好多年没有过问过这些东西了。那些证和卡上的名字都是余三旺。儿子不会错的。

老芋头相信这一张纸上写的余三旺就是他自己。“卒于”“安厝于”等后面的空白是当年特意留的。他有些恍惚。“妻子早夭”这几个字，是他特意叮嘱部队文书添上去的。部队文书当时好像说了一句“不简单，又当爹又当娘”之类的话。

他相信，他的灵魂和记忆，在那时候就埋掉了。

老芋头仔细辨认纸上的字，那每一个字好像都是自己用眼睛盯着写出来的。老芋头一辈子犟性，一辈子要强，可是这会儿，无论他怎么犟性，怎么要强，他都想不起自己是什么时候、通过什么办法把这些东西放进来的。

村子里跟他们一起参加过战斗的那几个，身体原本不比他好到哪里去，而且都已经永远地走了。再说，他们也不可能知道他的枪和那沓纸。至于那枚纽扣，更是个谜团。

老芋头开始相信那个故事的结尾，也可以这样说，他接受了那个结尾。令老芋头奇怪的是，那两个作家这样结尾，是巧合还是冥冥中真有鬼神的暗示？他记得根本没有讲过这样的故事。

老芋头开始嚎啕大哭。他非常委屈：这才刚刚过去几十年，竟然什么都想不起来了；历史的当事人都无法忆起过去的事情，后来者又怎么会把那段历史当回事呢？

老芋头大哭的另外一个原因是，风水树被砍掉了，时间留给他们的那一点仅有的印记彻底没有了。将来村子也没有了，很快像他这样的历史当事人也会没有了，那便一切都没有了。老芋头感到伤悲，既然历史最终都会像这样，尘归尘，土归土，一切都可以被忽略，一切都可以像仿古景点那样被“再造”和“重塑”，还有必要拼命哭着喊着去“创造历史”吗？历史真是被“创造”出来的吗？有这个必要吗？

还有，当年牺牲的兄弟，如果不因他砍树刨根，不可能再被后人提起，连他们的后人都不知道他们的前辈做过什么。当年活下来的兄弟，曾经流血流汗，留下伤痕，却因为自然老死家中，而被人永远忽略和遗忘。至于他，被提前写在纸上，完全是因为沾了部队文书的光。如今想来，这有“谋私”之嫌啊！好在他去日不多。他知道，还不待他去，他也早已被忽略和遗忘了。这是宿命。

老芋头抹着脸上的泪水，哭得比刚才更加伤悲。儿子手足无措，喊了声“爹”就不晓得该说啥了。老芋头知道儿子不明白他的内心，树坑周围所有人都不明白，全世界的人都不明白。他凄凉地坐下来，圪蹴成一块树桩，抽出右手来，把颤抖的指头塞到颤抖的嘴巴边，艰难地蘸一点口水，开始数那一沓纸，一张、两张、三张、四张……正数一遍，又倒过来数一遍，一张、两张、三张、四张……反反复复数了好多遍，像刚才数树干的年轮那样，老芋头怎么数，也数不出一个准确数字。

黄河大合唱

刚进大兴镇，曹公公就闻到一股熟悉而又陌生的气味，类似于包子又不止于包子。这气味夹杂着昔日某个朋友的气息，仿佛隔得很近，又好像隔得很远，恍恍惚惚，难以捉摸，让它无法一下确定是哪一个朋友，只是感觉熟悉，风吹过去，转瞬就没一点印象。曹公公耸起鼻子，准备再仔细闻一闻，辨一辨。可游走不定的风老跟它捣乱，把垃圾堆上的臭气，塞进它鼻腔和肺管。

曹公公对风有说不出的仇恨。八年前，主人刘一刀走的时候，牵着它的耳朵，让它站到跟前，拿掌心在它脊背上一下一下地抚摸，把它抚慰得舒舒服服的。刘一刀放下肩上鼓鼓囊囊的蛇皮口袋对它说，你是条难得的看家狗，老子要到东莞打工去了，东莞你晓不晓得在哪里?

曹公公是条听得懂人话的狗。它应答人的方式跟别的狗不一样，不是尾巴，而是眼睛。它眯起眼睛，眼神迷惘，表示它不晓得。

刘一刀说，不晓得就好，老实告诉你，老子也不晓得，在家（种地）靠天，出门（打工）由路，反正三百六十行老子能干好几十行，篾匠瓦匠泥水匠，红案白案曲直案，样样会点，这就是老子挣钱吃饭的本事。

这是事实。刘一刀外号小诸葛，聪明过人，在村里是出了名的能干，会计算，更会算计，样样都懂点，不懂的，一学就会，干啥活都帮得上手。人家办喜事或者丧事，他能够把红白案包下来，当总厨，一桌收五块钱工钱（后来涨成十五块）。人家砌房子，他有本事单凭曲尺和墨斗，用不超过两天的工夫，就把几间屋子要用的木料弹画完毕。木工操锯按他画的墨线，榫做榫、柱做柱地解出来，安插上去，就立起一幢房子的房架，不会多出一根料，也不会少，刚刚好。

刘一刀原本是不准备出去打工的。十多年前，当外出务工成为流行病的时候，刘一刀躺在村头大槐树的树荫下，跷起二郎腿得意地想，都是些没出息的货，在家里都混不好，到外面难道就能混得好了吗？要知道，在家千日好，出门时时难，看你几个龟儿子在外面受苦受气，老子凭手艺，照样在十里八乡吃香喝辣。后来刘一刀慌了。外出的人起初还限于青壮年，第一年回来，以前不抽烟的抽烟了，牌子跟他一样。第二年回来，牌子就是他没见过的了。过了三五年，把老婆孩子都带出去了。从此，在乡村便道上，再也见不到他们的身影了。

“看来外面好发财！”

这句话，像流行病的病毒，放倒了一个又一个的村落。到后来，只要还能担几十斤的，都像逐臭的绿头苍蝇，嗡一声飞得干干净净。村里只剩下不愿意离开的几个老头老太太。前来请他刘一刀去帮忙的人越来越少，后来连续大半年接不到一单生意。村里的人大多都是在东莞起家的，刘一刀决定到传说中的东莞去看看。

刘一刀对曹公公说，你帮老子把家门把好，老子要过年的时候才回来，留在屋头的两个，孤儿寡母，就靠你了，不管是谁，只要走进老子的地界，先把嗓子亮开，让人知道你的威风，你的响声我老婆孩子听辨得出来，听到你的响声，他们晓得防备。到过年时，有老子吃的肉，就少不了你啃的骨头！

那一年曹公公干得相当卖力，它严格遵守刘一刀的口令，从来没有走出刘一刀的地界。

刘一刀走后不久，春天就来了。春天是个美好的季节，能够带来各种各样的好处。曹公公本来不叫曹公公，它叫大曹，就是大草狗的谐音和简称。草狗是当地一种良种看家狗。它刚满三岁，长得非常周正，骨架开朗，毛色金黄，松软蓬松，昂头翘尾，倜傥英俊，四个蹄爪粗壮有力。那几天，隔壁的小花和赵家的红红，几次进入刘一刀的地界，尾巴高翘，特殊气味丝丝缕缕滑进大曹肺里去——狗是靠气味煽起情欲的动物，母狗一般在春天或者秋天发情，牙狗（公狗）靠母狗的气味产生兴奋，由此完成传宗接代的庄严使命——小花和红红都是张家坝的花魁，这季节多少牙狗围着它们转，它俩就是不理睬它们。小花和红红进入地界的时候，大曹不仅看到了，还闻到了它们散发出的诱人的味道。大曹扬起前爪追上去，前面的小花虽在向前奔跑，却不时扭过头来，递给它一个友好的眼神。它攒足劲跑起来，眼看就要跟上了，却听见刘一刀的老婆张红霞“哎哟”叫了一声。大曹突然想起刘一刀离家时的交代，慢跟了几步，极不情愿又相当顺从地掉头跑回来。原来刘一刀的老婆在门槛上崴了脚。大曹当时没往其他地方想，相信女主人真的是在门槛上崴了脚。从那天过后，每次小花和红红走进刘一刀的地界，它都害怕张红霞再崴脚，对小花和红红视若不见。这期间，大曹特别的举动，已经引起留守人群的关注，尤其是颗粒无收的小花和红红的老主人，两对老头老太，也不知道是人还是狗最先想出来的，反正大曹就这样无可争议地得了“曹公公”的绰号。

第二年春节，刘一刀回来了。肩上扛的不再是蛇皮口袋，而是一个能装下十岁孩子的牛仔包，里面装着一堆以前见都没见过的年货。刘一刀回来干了好多事情，包括把灶屋的烟囱加高，把堂屋的神龛挪到偏房的一个角落，在堂屋正中摆上一台新电视，还给孩子买了新书包、文具盒和几本老厚的书，说是字典词典。以前孩子发蒙入学，老师要学生带字典的时候，刘小毛哭着喊着要刘一刀买，刘一刀的回答是两个响亮的耳光。如今刘一刀买回来了，刘小毛不领情，说我都读四年级了，老师又不要求带字典了！意思是说你买来干什么。刘一刀说，有学问的人一辈子离不开字典。刘小毛说，让我天天背在书包里，像几块砖头，就是不怕把我累死，还不怕三下两下把书包磨穿？40 块钱呢！刘一刀听了，觉得更应该心痛书包，毕竟书包价钱贵。于是口气软下来说，爱带不带，随你羊上树狗爬墙！

刘一刀接着说："你跟我到东莞去，我开年大小能升个工头，你到工地上煮饭怎么样？一样有工钱，泥瓦工 100 元一天，你 50 块钱一天。"张红霞一笑，这一笑看得出，她对这个工价是满意的。她说，干一天才赶得上一顿快餐啊！刘一刀说，你不要不满意，比你窝在家里强十倍了！说罢，张红霞问，孩子咋办呢？刘一刀说，先寄在他外公外婆家，反正他舅舅舅妈也带着孩子在外头，家里有个孩子，才有人气。我们按月给伙食费。张红霞说，他舅舅舅妈不也把孩子带出去吗，我们为啥不能带？刘一刀说，他们出去几年了，我才出去几年？要是有他们一半的基础，你当我不想把孩子带出去啊！比如读书，一过去就开学了，我刚刚升个工头，正在需要好好表现的节骨眼上，哪有精力和时间三天两头去给他找学校？张红霞担心说，只怕这小子没人管会学坏。刘一刀说，这么小的娃娃，到时候两巴掌还不把他打回来？再说还有他外公外婆呢！张红霞依旧担心，却不好再说什么。

春节过后，刘一刀和张红霞先把刘小毛送到他外公外婆家。孩子没有哭，也不闹，装出一副乖娃娃的样子。大人嘱咐什么，他一概爽快答应。弄得张红霞悬在空中的心，落下来一半。其实，刘小毛心里特别高兴：学校旁边的那个破游戏机房从此对他大门敞开。他晓得他外公外婆连纸老虎都算不上，他说啥就是啥。

刘一刀和张红霞收拾好东西，锁上门就出发了。刘一刀的家不在当路，整个张家坝都不在当路，要在丘陵中间的小路上走三四个小时，才能上大公路。上了大公路就好走了，只是还不能马上乘汽车，还要走上一个多小时，在一个叫梅山镇的大集镇才能赶汽车。那地方，以前一天有六趟公共汽车，上午下午各三趟。如今乘客严重短缺，改成上下午各一趟。

两个人一前一后走了一阵，走出好几个丘陵包包，张红霞有点舍不得，偶然转过身去看了一下，发现了跟在他们身后的曹公公。张红霞说："这条狗还跟着我们。"意思是说孩子倒有地方送，这条狗怎么办？刘一刀说我来给它交代几句。

刘一刀牵着曹公公的耳朵让它走到跟前，用手掌一下一下地抚慰它背脊上的毛。手还是那双手，跟一年前比起来，更有蛮力，却少了许多柔和，没以前舒服。刘一刀自语，像对曹公公又像对张红霞说：门都锁掉了，只好委屈蹲屋檐了。张红霞插了句什么话，曹公公没听清楚，估计刘一刀也没听清楚。刘一刀看着曹公公无助的眼神说，你真是条难得的看家狗，听说你为此还得了"曹公公"的雅号，委屈你了。其实公公有什么不好？皇帝身边的红人！等开春了，你放心大胆地搞——反正我门上加了锁，白天你只管出去浪荡，晚上记住还回来照看照看，有你在，谁敢靠近我的房子啊！你那么英武，吼上一嗓子，贼娃子三魂都要落掉两魂——好好地表现噢，莫给我刘家丢脸！

不等兴奋劲儿消退，曹公公碰上了实实在在的问题：没有主人，它吃不上狗食。

连续饿了几天肚皮，它发现自己这高兴，等于老鸦打破蛋。看家狗是什么，看家狗是靠看家来换取食物的狗。主人走了，大门上锁，看家狗失去原有的身份，无所依靠，活该口粮断绝。

起初，它偶尔还能上主人刘一刀娃娃的外公外婆家蹭上几口，后来刘一刀娃娃的外公外婆见它食量太大——好几天才吃一顿，食量当然大——嫌供养不起，看见它去了，故意不给它吃狗食，搞得它饿起肚皮去，瘪着更饿的肚皮回来。如是几次，它就知趣，不再去了。好在春天很快就来了，出来活动的耗子渐渐多起来。曹公公这时候恨自己不是猫，是猫多好，猫拿耗子，天职。可自己身为看家狗。不管是什么狗，狗拿耗子，都是坏名声的事，稍微有点自尊的狗，都不屑，都以此为耻。曹公公坚持了几天，看见耗子在眼前跑来跑去，咽了几百回口水，终于决定要命，自尊暂时搁到一边。

一天下午，它搞到两只肥硕的耗子，趁天黑，三下五除二就解决了。此后，傍晚的时候就是它进餐的时间。傍晚的好处是光线昏暗，不容易被发现。耗子味道其实真不错，甚至可以说太好了。在人烟日渐稀少的乡村，耗子可算绿色食品，不施肥，不打药，不接触各种催长激素和添加剂，吃的是各种天然食品，又喜欢打闹，肌体健康，纯天然还无污染，又那么肥硕健壮，差不多的猫不敢惹，就是差得多的猫，也不敢轻易出手，耗子那么多，万一群起而攻之，眨眼之间，一条壮猫就可能只剩一堆碎毛了。

到菜籽花开的时候，曹公公四处游荡，所向披靡。为此，它在张家坝的狗群中获得了极高的赞誉，还有尊敬。无论它走到哪里，都有张家坝的狗前呼后拥，每条狗都以接近它为荣。有点遗憾的是，大家还管它叫曹公公。它也无所谓。它认为，不管公公还是母母，拿得出本事，就是事实上至高无上的英雄。

张家坝是中国典型的丘陵地区。丘陵，也可叫丘林，小丘组成森林。无数的小丘就像放大若干倍的馒头，一个紧挨一个，大小高矮都差不多，形状跟孪生兄弟有一拼。以前能供种庄稼的土地很少，这里一小块苞谷，那里一小块红苕，人均也就两三分土地，劳碌一年，只是将就果腹。张家坝的丘陵尤其密集。在这密集的丘陵中，都不能说交通不便，那样说是抬举张家坝，简直就叫没有交通。一条小路，像鸡肠子，在丘陵上面上上下下、弯弯拐拐、九曲回肠。即使种点水果出来，倘若拿到市场上去，豆腐都能换成肉价钱。这恐怕是张家坝人争先恐后离开的直接原因，也是那些人在外面找到了钱，也不想回来的根本原因。如今跑得不剩几个人以后，以前仅有的那点庄稼地，无一例外地长上了荒草。张家坝的每一个角落都是蓊郁的树，蓬盛的草，怒放的花，都是狗类无忧无虑的撒欢之地。所有这些角落组成张家坝狗类的天堂。

曹公公迷恋张家坝，还有个特别的原因，这里埋葬着它的母亲。它母亲在它出世前不久，传染上当年非常流行的疾病。十条狗被传染，九条半都会死掉。狗类沿袭了祖先传下来的习惯，一旦染病，就悄悄地脱离狗群，躲到一个僻静的角落，静静地待着，待上三五天，或者十来天，熬过来，就继续回到狗群中去，继续为主人看家护院；熬不过，就独自死去，不会给别的狗、给主人带来麻烦。那时候刘一刀的父亲还在，他知道狗得那种病的厉害，照圆毛传圆毛（哺乳类）、扁毛传扁毛（如家禽）的原理，狗身上的传染病有可能传染给人。可这位年迈的老人，觉得曹公公的母亲在他家劳碌了一辈子，不能让它抛尸荒野，拄着拐杖，爬坡下坎，不但找到它的母亲，还天天去给它的母亲送半碗混了一些药物的苞谷糨。它的母亲和它就这样保住了性命，可惜它母亲经历了这次疾病以后，体质虚弱，生下它不久就死了。刘一刀的父亲用土葬的方式，埋了它的母亲。埋葬它母亲的那块地，自此以后没种过庄稼。曹公公四岁以前，只要想母亲了，就独自跑到埋葬母亲的地方待上一会儿。

如今，那个小小的土堆早就长满荒草，已经找不出准确的位置。这让它时常感到遗憾，这成了它迷恋张家坝的原因。在曹公公的意识里，找不到属于母亲的土堆，并不等于母亲不在这里。它守着张家坝，就等于守在母亲身边。

它是刘一刀的父亲一口米汤一口苞谷糊喂大的。

刘一刀的父亲也在早几年过世了，埋葬在离刘一刀家不远的野猪湾，旁边是刘一刀的母亲。刘一刀没去打工的时候，每年清明和除夕，都要去上香烧纸。曹公公感念这位老人的恩德，每次跑过那冢坟的时候，都要把脚步停下一会儿。如今已经好几年不见刘一刀烧纸，坟冢上长满荒草，年复一年，竟找不出准确的位置。曹公公不晓得刘一刀是怎么想的。

到了第三年春节，刘一刀跟张红霞又回来了。

这回更阔气了，两口子皮鞋都穿上了，上边羽绒服，下边精纺牛仔裤。这在从前没有出去打工的时候，不但刘一刀不敢想，整个张家坝的人都不敢想。

曹公公还注意到，刘一刀脖子上套了条拇指粗的金项链。张红霞涂了口红，脸上擦了粉，身上喷了香水，香喷喷的，从头到脚光鲜时髦，仿佛一年不见就活转去二十岁，还可以拿出来嫁上一回。

按照曹公公的逻辑，既然有了钱，就该回到农村来，把撂荒的土地重新种好，养一群鸡鸭鹅猪，好好享受从城市打工换来的清闲。

刘一刀却不，跟村子里出去多年的人一样，第一天晚上，先是嫌没有淋浴，洗澡不方便。接下来嫌木板床硬，没有席梦思舒服，睡不着。第二天，就闹着要回城去。张红霞也说再不回去，“日子没法过”。两口子盘算着把儿子接到城里去。

一年不见，儿子刘小毛变得让刘一刀和张红霞都快认不出来了。最显眼的是个子，猛地从 1 米 40 蹿到 1 米 70 以上，嘴唇上长出淡淡的绒毛，声音变粗了，瓮声瓮气的，像对着土陶泡菜坛说话。知道爸妈回来了，他没显出特别的高兴，甚至还有些遗憾。不是外公到好几里外一个破游戏机房喊，他根本不想回来。

刘一刀的老丈人对刘一刀两口子说：“平时周末待在游戏机房。现在放寒假，天天都待在里面。”事实上，刘一刀的老丈人在为自己开脱责任。这小子这一年，除了回家吃饭睡觉，大部分时间都待在游戏机房。班主任和科任老师姓啥，该读几年级，一概说不清楚。还有一个情况，刘小毛他们班，一年级的时候有 39 个学生，到他整天泡到游戏机房的时候，只剩 17 个，大多数跟随父母出去了。另外的，谁也说不清楚。县教育局本来有硬杠子，考核每个学校的学生在籍数，考核结果体现在教学经费上。在可耕土地面积比较多的地方，比如人均两亩地的那些乡镇，学生撵都撵不走，人家不怕你考核。在张家坝这类人均耕地少的地方，照样不怕你考核，为什么？法不责众，个个班都这样，个个学校都这样。现在老师的工资还行，有财政保障。要换早些年，你别说在教学经费上有体现，就是给他个校长干，如果工资不能及时兑现，他都一拍屁股，朝东莞深圳跑了。

刘一刀气不打一处来，举起巴掌就要教训刘小毛，他当年曾经气壮山河地说过“到时候两巴掌还不把他打转来”。那小子见到他的巴掌毫无惧色，把脖子往他面前一伸，说：“你打！你打了试试看，假如你不怕我告你虐待未成年人！我们现在是法治国家，人人都要学法、依法、用法。”口气像政治课老师。张红霞骂刘一刀：“都怪你，当初我让你带上这小子的，你说带了小子不方便，看，落到这地步都是你的功劳！”刘一刀也骂：“难道这不是你老爹老妈的功劳？”

两口子就交上火了，不等硬招出来，一下又终止了。

他们中止的原因，不是因为他们有多高的修养，而是刘小毛把一张存折“啪”一声甩到他们面前。

儿子刘小毛说：“你们当刘一刀张红霞的儿子是孬种？你们当玩游戏就不能挣钱？土八路！”

刘一刀和张红霞看看存折上一行一行累加的数字，翻到第三页就六位数了，两人吓得气都不晓得该怎么喘。

玩游戏，还能挣钱？张红霞诧异：“儿子你……这都是你挣的？”

儿子刘小毛等待的就是这种表情，他脸上的得意，刮下来称称少说也有五公斤。他指着其中一笔最小的数字说：“这三百块是我卖SQ冲锋枪得的。又指着一笔最大的数字说，这五千块是我卖战斧巡航导弹得的。小子把存折翻得像书一样哗啦响，说这些都是卖装备得的。”

刘一刀惊得半天回过神来，说：“小子，你，贩卖军火？”

儿子刘小毛哈哈大笑说：“你刘一刀简直是出土文物，这些都是网络上的，虚拟的，虚拟你晓不晓得？就是不存在的。”

张红霞对小子说：“你该喊刘一刀叫爹。”

刘小毛说：“名字是拿来做什么的？不是拿来胀干饭的，是拿来喊的，刘一刀如今不是项目部经理吗？项目经理大小也算是个官，刘家祖坟冒青烟，第一个呢！我要是到你们公司去，我说找刘一刀刘经理，谁不认识？我要说找爹，谁知道你爹是谁呀！”

张红霞说：“胡说八道，你爹不是你爹？是爹就得好好喊爹！”

刘一刀是个见钱眼开的人，他已经没工夫理会刘小毛喊不喊他爹，只要有钱，他就佩服，儿子的存款超过他跟他老婆一年辛苦的总和，他对儿子表示由衷的敬佩。到这时候，刘一刀的思路十分清晰：读书的目的是什么，在某些国家某些地方，算得上享受，算得上提高修养、提高素质，在我们这块儿，就是一个变现谋职的工具，一切为了吃饭，只要能吃饭，且能把饭吃好，不为修养和素质的书，不读也罢……

三个人的谈话出现了国与国互访时，才会出现的对等的和谐的氛围。从他们的交谈中，曹公公模模糊糊听出刘一刀和张红霞已经不在东莞，而是到了一个叫什么兴的镇，刘一刀的机灵能干帮助了他，他已经做上了项目经理，即分包工头。

第二天，他们三个就出发了。出门的时候，刘一刀和张红霞又看见曹公公，就让它在后面跟了一段。曹公公仿佛送行的亲人，陪他们走出村子。刘一刀对张红霞说，“这条狗神了，两年不喂还那么强壮，莫非喝空气都能长?”

到该分手的时候，刘一刀牵着它的耳朵让它走到跟前，用手掌一下一下地摸它脊背上的毛。曹公公感到刘一刀的手跟刘一刀身上的肉一样肥实，少了力道，多了男人不该有的绵软。

它用眼神把问题传递给刘一刀。刘一刀看出它的疑问，得意地说：“明年老子要是还回来，就不要给你带什么骨头了，一年不喂你，你不是照样膘肥体壮?”

刘一刀回头见曹公公还跟在身后，就说：“你回去吧，用不着再看家了，你想怎么耍就怎么耍，如今，你是你自己的主子。”说完转身走了，再也没有回头。

这一年，刘一刀、张红霞和他们的孩子刘小毛没有回来过春节。曹公公想，到清明的时候，这家人总该回来，这里还有他们的祖坟呢，刘一刀的父亲母亲都还躺在野猪湾那片青枫林边上呢。前两年都是张红霞去象征性地烧几张纸。到了清明，村子里仅有几个老头老太去给自己的亲人挂了一些招魂幡，冷冷清清的。走在回来的路上，有个老太失声痛哭：“这怎么得了啊，连上坟都不回来！不要以为挣到钞票就是你们的本事，没有祖宗哪有你们呢！照这个样子，我到了那边……我，不保佑你们！呜呜呜！我就是不保佑你们！就是不保佑！”

又过了一年，刘一刀、张红霞和他们的孩子刘小毛还是没有回来过春节。于是，在一个全村其他狗都还在迷糊的黎明，这条叫曹公公的狗，沿着刘一刀离开的乡村公路，狂奔而去。

以前曹公公做看家狗的时候，跟刘一刀到附近几个村庄的亲戚家走动过，这一段路还算熟。再远就不熟悉了。曹公公后悔当初连梅山镇都没去过。曹公公是有分析判断能力的。它沿着丘陵上唯一的小道跑，它想，小道只有一条，只要顺着这条小道跑，就能躲到一个离张家坝比较远的地方。路都是通向远方的。

起初一段路上，还残留着一些刘一刀的气息，顺着若有若无的气息跑起来容易。后来刘一刀的气息就不太容易捕捉到了。都怪那害瘟的风，曹公公刚刚捕捉到一点，立即被风吹得干干净净。它对风充满仇恨的另一个原因是，这害瘟的风该帮的忙不帮，不该帮的，却热情到无耻的地步。它跑了一天的路，累得刚躲到丘陵顶上准备打盹，却看见张家坝四五条母狗，循着它留下的气味向它跑来，害得它不得不拖着疲惫的身子强打精神再次狂奔。

它对风无比仇恨。更可狠的是，风又是那么无赖，看又看不见，抓又抓不着，冲天空狂咬几口，只听见上下牙齿咔咔的碰撞声，劲使大了，腮帮痛。

曹公公这才想起来，之所以甩不脱那几条母狗，是因为它跑上一段路，就习惯性地抬起一条后腿，撒上一点小便。这是狗与生俱来的习惯。曹公公意识到，不改掉这个习惯，它就别想甩掉母狗。它决定改，改起来很难，刚才想起，改了，没跑多远，又忘了。因此那几条母狗它总是甩也甩不脱。

吃了不少苦头，曹公公在改掉不时抬腿小便的习惯后，终于甩掉母狗的追踪。曹公公舒一口气，感觉些许轻松。

它这样轻轻松松又跑了几天之后，发现改掉用小便做标记这习惯给它带来了大麻烦。这些天只顾奔跑，竟跑得方向都不知道，远近也不知道。现在它不晓得自己身处何方，在张家坝之外的哪个方位。

曹公公感到前所未有的恐慌。这时候，它最依赖气味。它奇怪刘一刀走了那么几年时间，还能隐约嗅到他的味道。

后来，在看见一个背起蛇皮口袋行李的小伙子脚上的胶鞋，跟刘一刀第一次出门时穿的胶鞋一模一样的时候，它开始怀疑它的鼻子欺骗了它。它模模糊糊感觉到，人类身上的某些气味是一样的，比如鞋子、衣服、当行李包用的蛇皮袋等等。

如今，要想循着自己留下的气味回到张家坝，是不可能的了；继续跟踪类似于刘一刀胶鞋的气味，更是毫无意义。

这时候，在它聪明并且还算清醒的简单头脑里，它认为，在这世界上，它只认识刘一刀和张红霞。只有不断往前跑，才有可能与刘一刀、张红霞相遇。只要跟他们相遇，它就在这世上找到了一个支点。有了这个支点，它要么留在刘一刀和张红霞身边，要么让刘一刀带它回张家坝。两者比较起来，它更愿意回到张家坝。

曹公公就这样继续它只有目标没有方向的奔跑。

它白天跑路，傍晚进食。耗子是它的主食，有时也吃其他东西。桃花开过三次，意味着三年过去了。

有些东西不想还罢，一想就欲罢不能。有几个晚上，它梦到在张家坝的田野上纵情奔跑。醒来，眼前是陌生的旷野，再睡就睡不着了。它想念张家坝的丘陵，母亲的小土丘，张家坝的狗群，它的看家狗身份，刘一刀多年不曾光顾的老房子，张家坝的日出日落，张家坝寂静的夜晚，张家坝的气息，张家坝口味纯正的耗子……它特别想回去，“要是明天就能回去多好!”可它无法靠自己的力量来实现自己的愿望，它得找到刘一刀，只有找到他，才能回到张家坝。

曹公公就这样来到大兴镇。

它以为这个镇跟它以前经过的镇没什么两样，不晓得这里叫大兴镇，更没有想到会在这里停留。

刚到大兴镇那天，熟悉而陌生的同类的味道让它产生一探究竟的想法，风依旧戏耍它，可钻进鼻子来的气味是那样真实。它追着气味一路跑来，到离包子店不远的地方停下来。这时，一辆钛金灰的面包车开到小镇包子店前面停下来，左前方的车窗匀速滑下来，钻出一个戴墨镜的秃顶大脑壳，问村口卖包子的人："大兴镇怎么走?"

卖包子的人也是秃顶，比驾驶员秃得轻点，还能勉强让"地方"支持"中央"，快六十岁的样子，身材还说得过去，年轻的时候算得上魁梧，脸过分地长了点，明显不成比例，给人感觉像把生锈的三棱刮刀。没戴围裙，一身油渍斑斑的衣服毫无遮拦地招摇在小镇的天地间。他说："远在天边，近在眼前。"

开车的说："老哥，你莫骗我哟，这镇子咋荒凉得可以演西部电影呢?"

卖包子的人说："你也不去打听打听我胡大峦是什么人，啥时骗过人了? 这小镇哪还能留得住人? 只要长了两个脚的，差不多都跑到城里去了。"

曹公公听了，才知道这地方叫大兴镇。它记得刘一刀跟张红霞说过他在一个叫什么兴的镇做包工头。"大兴镇"这名字跟刘一刀说的名字很相近，说不定就是一个地方。

曹公公甚至笑了一下。它把胡大峦听成胡大卵，"那么有趣的名字，比我曹公公还难听!"在狗的世界里，只认发音，才不管字怎么写呢! 于是，它昂首挺胸地向包子店靠近。

曹公公想把包子店飘出来的气味搞清楚。这一次风没跟它耍流氓，让它清晰地分辨出，胡大峦的包子除了面粉的味道，还有它同类的气味，有一些是它在寻找刘一刀途中结交的朋友的气味，有一些比较陌生。在这人烟稀少的镇上，曹公公想搞个包子尝尝也许不那么费事。一方面能确认一下它的推测，如果不出意外，胡大卵的包子馅用的是狗肉；另一方面也想换换口味。进入这个镇子以后，每天傍晚的进餐还是那么准点准时，只是这个镇子的耗子跟它经过的所有其他镇子的耗子一样，没有乡下耗子的味道好，有垃圾堆和下水道的气味。

开车的停了汽车，跳下来跟胡大峦握手说：“我们老板听说你这里的货色新鲜，就派我来了。”

胡大峦说：“不但新鲜，还是散放养出来的呢！你们要几条?”

开车的递给胡大峦一根香烟说：“老板也是图新鲜，想补一下，天气快热了，可不敢多吃，价由你开。”

胡大峦嘟囔说：“在电话里我还以为你们是搞餐饮的呢，我这里一天能搞到十条八条！”

说完进屋去，搬出一个塑料袋装的肉块递给开车的。曹公公立即分辨出那是同类的味道。开车的打开面包车车门，面包车里面没有椅子，是个冷飕飕的柜子。开车的要把那团肉放进柜子，胡大峦问：“你这是保鲜还是冷冻?”开车的说：“保鲜。”胡大峦说：“保鲜好，要是冷冻，效果就不好了。”

等车子走远了，胡大峦转身，抱起膀子回到他包子店的屋檐下。回头看了一眼灰蒙蒙的天，向马路中间吐了口水，把包子蒸笼上面的小电风扇关掉。电风扇下面一尺多长哗啦哗啦响着的塑料纸条停下来。没有买主，省下一点是一点。包子店立即安静下来，几只苍蝇不声不响飞落到蒸笼上，胡大峦看见了，懒得赶它们。蒸笼那么厚，苍蝇要搞到里面的东西，先得花几亿年时间进化。

胡大峦的包子店以前是有名气的，秀水包子店，生意红火得很。大兴镇及其周边赶集的人只要经过秀水包子店，都要来买几个包子。胡大峦的太公曾经是宫廷御厨。八国联军进北京的时候，带着一家老小躲到了这只有一条山路通向外界的大兴镇，在此开起包子店。宫廷里出来的，都有绝活儿，一样的面粉，一样的馅儿，秀水包子店的口味就是比别的包子店好吃。曾经有别的地方的包子店的伙计混进来做卧底，帮了三年厨，还是不得要领。到胡大峦的爹接收包子店的时候，国家以公私合营的方式，让胡老板成了大兴镇国营包子店的伙计。干到退休，还是伙计。好好的一个包子店越办越差劲，胡大峦刚刚初中毕业的时候，国营包子店寿终正寝。其实那时候不止包子店，凡是带“国营”两个字的，诸如商店、理发店、食堂、旅社……都像得了绝症，纷纷垮台。又过了几年，允许私人经营商店、理发店、食堂、旅社什么了，胡大峦的爹对胡大峦说，“儿子，老子退了但不想马上就休，老子手上还有从你太公那里传下来的手艺，宫廷御厨，了不得的，你去盘一个店子下来，秀水包子店重新开张，不用五年，你就能讨上媳妇，砌最漂亮的房子，干不干?”胡大峦就在大兴镇靠路口的地方盘下三间屋来，三间屋都当路，进出乡镇的人都要经过这里，市口好。胡大峦的爹一看这地儿，立即感觉出胡大峦是个有眼光有前途的未来老板。父子俩把摊在自家茅厕上的那块硕大的木板抬出来，翻了个面，是块牌匾。是当年跟胡大峦的太公一起逃出来的翰林写的“秀水包子店”。洗刷干净，挂到门额上，一个全新的秀水包子店就诞生了。秀水包子店的名声很快就走进了大兴镇的千家万户，不到一年时间，就在大兴镇人心中稳稳站稳脚跟。胡大峦成了镇上第一个修别墅的人。二十年前，胡大峦三个儿子各自拥有一幢别墅，都在大兴镇最好的位置上，老大经营五金农具，老二经营化肥农药，老三经营百货。最辉煌的时候，他胡大峦在大兴镇上吼一嗓子，大兴镇的人心里就会想，大兴镇可能有大事情要发生。

可最近十年，镇上的人都随乡下外出的人一去不复返了。只知道他们打工去了，不晓得具体做什么，反正大兴镇从此看不到他们的影子。每逢三六九赶集的日子，集市上的人少得让人感到凄凉。

五年前，三个儿子带上家小搬进城市，说是进城去陪孩子读书，其实在城市里开起了汽车美容店。

秀水包子店的生意一天不如一天。最忙的时候十个跑堂伙计忙不过来，如今就剩下胡大峦一个人。老婆一年前被城里三个孩子接了去住了一阵。回来了一趟，不是嫌通往大兴镇的公路危险，就是嫌大兴镇的电视信号不好，屏幕上的雪花比人多。后来干脆住在城里就不回来了。

胡大峦也进城，感觉城市确实好，银行、超市、露天公园、歌舞厅、茶馆……不但丰富多彩，还特别方便。对上了年纪的人，离医院近就特别好，这头120电话刚拨完搁下，那头救护车就已经上路了，几分钟就能跑到楼底下。

每次进城，胡大峦都要上茶楼“赌几把运气”。他不晓得城里茶楼上的赌徒一年望到头，单等胡大峦这种乡巴佬来上菜，几个人联合起来，先让胡大峦赢得自己都不相信，差不多的时候，再让胡大峦输得连他自己都不敢相信。

老婆儿子劝他好多回，他不但不听，脾气大得很，口口声声“反正是老子辛苦挣来的”，其实他是想翻本，结果越翻本钱越少。他呢，本钱越少，越想翻。就这样，他在大兴镇，还算是秀水包子店的老板兼白案师傅和伙计，进了城就是烂赌棍。

老婆和儿子劝他不动，端起脸吵也无济于事，胡大峦还在城里三个儿子家里撒泼，摔家具，砸摆设。如是多次，也不明说断绝什么关系，就当他是空气，视而不见，胡大峦进城赌，他赌赌他的，他们该干啥还干啥，互不相干。不到两年工夫，进城二十次不到，胡大峦的别墅就成了别人的。

好歹还剩这个包子店，胡大峦不敢把包子店压上，他知道要是这也输掉了，他就会成为无家可归的狗。再说，要攒赌资，得靠这包子店。可包子店的生意也越来越难做了。多数时候，胡大峦做五十个包子，有时卖三天都卖不完。多少次胡大峦都想关门歇店，可看见那块曾经翻过来当屎桥板才逃过“破四旧”红卫兵破坏的翰林墨宝，他期盼某一天生意会突然好起来。他想坚持一天算一天，实在坚持不下去了再说。

最近半年在经营包子店的同时，他开始经营起狗肉买卖。狗都是他自己弄来的，狗肉也是他自己打理出来的。小广告是城里的儿子替他制作分发的。在这点上，他很感激几个儿子还认他这个爹。

胡大峦的狗肉，有时候一个月能卖出七八十斤，有时候要少一点。

所有慕名而来的买主，来过之后都说，大兴镇的马路可以直接通向阴间，史上再找不出那么烂的路。有的买主来过一趟，第二趟就不敢来，毕竟跟性命比较起来，什么也抵不上性命重要。

胡大峦用传统的方式处理剩下的狗肉，家里到处都是腌狗肉、腊狗肉、熏狗肉。胡大峦尝试用狗肉做包子馅儿，自己尝了一下，口味确实比猪肉馅儿味道还好，于是，他开始卖狗肉包子。

看见曹公公的时候，胡大峦刚把一个大大的哈欠结束，他不抽烟，犯困的时候，哈欠一个接一个，鼻涕眼泪都溢出来了。他手头的钱还没有凑够，凑够了他准备进城。今天才做了三十个包子，到现在十个都没卖出去。他凄惶地想，照这样下去，总有一天得歇了包子，单卖狗肉。

曹公公耸起鼻子辨别气味的样子，让胡大峦有些意外，感觉这条狗有些特别。按说他这样一个背负着上百条狗的命债的人，身上必有杀气。可这狗不但不怕，还和他的蒸笼靠得那样近。要换以前，他从柜下摸出自制的“洋油弹”，甩到狗跟前。这洋油弹是胡大峦的发明，外面包了一层特别香的食物，里面埋个雷管，狗一嚼就爆炸。他店里的狗都是这么搞来的。今天他没去摸洋油弹，因为家里已经没有地方放狗肉了。他突然想起一个歇后语：肉包子打狗。心想千百年来，人家都说“肉包子打狗有去无回”，只有傻瓜才那么做，老子今天偏做一回，有什么了不起，不就肉包子打狗吗？没有人来吃，还不兴老子拿来打狗！

他揭开蒸笼，取了个模样好看的包子朝曹公公扔过去，曹公公向旁边躲了一下，等包子在地上翻了几个身，停下来，上前用鼻子嗅了嗅包子，果然是同类的味道，用爪子把包子掰开，刨干净里面的馅儿，两口就把包子皮吃了下去。

这个动作在胡大峦看来，觉得不可思议，他不晓得是因为这条狗讲情义不食自己的同类，还是嫌包子馅儿不新鲜。于是他又甩出一个包子。曹公公的处理方式跟第一个包子一样。

吃完包子后，曹公公抬起头来，依然耸起鼻子嗅着。它表情复杂，对这个用它的同类做包子的家伙，心头无比愤恨，可又对他莫名其妙投给它两个包子表示感激。它已经好多年没有吃过熟食了。两张包子皮让它想起在刘一刀家的情景，温馨和酸楚一齐涌上心头。此时，离傍晚进餐还有一段时间，肚子正饿，两张包子皮下去，饥饿得到缓解。曹公公不知道下一步该做点什么，是离开，还是等待下一个包子来临？一时没了决断。

胡大峦懒得继续表演“肉包子打狗”，反正没人看，而且刚才干了，也没带来预想中的快感。唯一的好处，是少打了几个哈欠。此时他想把这条狗搞到手，送上门的菜，岂有不收的理。以前他都得跑一段路，到镇子外去投洋油弹。

他弯下身去摸洋油弹。

在曹公公犹豫的当儿，胡大峦的洋油弹投了过来。

曹公公还是嗅了嗅，没有同类的味道，香，香得令它恨不得一口把洋油弹整个儿吞下去。

曹公公不是条特别谨慎的狗，只是出于习惯，或者怕里面还包有同类的肉，用爪子把洋油弹刨开，发现里面有一截比筷子粗一点、鞭炮那样的一截东西，顿生疑惑：这是什么东西？

就在这时候，一辆满是灰尘的轿车开了过来，方向正对曹公公，曹公公往旁边跳了几步，闪到一边。

车还没停稳，左边车窗滑下来，随即一个清秀的小伙子把头伸出来，冲着胡大峦打了声口哨。胡大峦从里面出来，满脸堆笑，一边走一边招手说着什么。

就在这时候，“砰”的一声巨响，汽车的左前角掀起巨大的灰尘，整个车子都跳起来，左前方跳得最高。又“砰”的一声落到地上。汽车熄火。胡大峦被气浪推得一屁股坐到地上。店面前面的两叠蒸笼翻到地上，一层一层散开，变成了六七个蒸笼圈，包子滚了一地。

待尘埃落定，又过了一会儿，车门打开，小伙子从里面钻出来，满脸是血。“我的娘哟！”小伙子惨叫着，操着外地的口音。

胡大峦知道，汽车轮胎碾到他投的洋油弹上，把雷管搞爆了。他从地上爬起来，向小伙子跑去，装出一副什么也不知道的样子，嘴巴乱喊着：“怎么回事？怎么回事？爆胎了？伤到哪里了？看起来很严重！你快躺下，我去喊医生，你得坚持个二十分钟哦！”

小伙子抱着头说了句什么。

胡大峦说：“对对对，手机，可以打手机。”

胡大峦摸出手机，手抖得半天找不到医生的电话，看看小伙子伤成这个样子，不晓得是非常严重，还是一般严重，心里就有自己的打算了。他对小伙子说：“不巧得很，我没有医生的电话。我跑去帮你把医生喊过来，不远，在镇街道办。你等一会，最多二十分钟！”说完转身，向镇子外面跑了。转身跑的时候，胡大峦忙里偷闲，恶毒地看了一眼曹公公。曹公公感到那两束惊恐而仇恨的目光像锋利的刀片，唰地在它身上划了一下，让它打了个冷战。

小伙子蹲在地上哼哼着，呻吟了一阵，缓过劲儿来，从地上爬起来了，把衬衫扯成条，根据需要裹在头上。

血是流了不少，没有伤及关键部位，问题不算太严重。

小伙子打开车门，驾驶位上的气囊救了他。副驾驶上的气囊也是打开的。他从车里取出一瓶矿泉水，咕嘟咕嘟灌了一气。头上的出血已经止住了。他从包里摸出手机：“胡老板，你给我请的医生呢？什么？掉茅坑里了？没淹死吧？吃到屎没有？那你自己慢慢爬起来吧！我心想你多半逃跑了。没有就好。对，就是爆胎。嗨，你们这破地方。就破了点皮，问题不大，问题真的不大！你回来吧，我今天得在你这里吃晚饭。”

挂了胡大峦的电话，小伙子拨打了110。

小伙子的车胎好好的，一点爆胎的迹象都没有。自然，他不知道轮胎压爆了雷管，可再笨的人都晓得这里面一定有文章，这文章跟去了半个下午没把医生请来的胡大峦有关系——心中无冷病，不怕吃西瓜。“掉茅坑里，哄鬼吧！”小伙子哼了一声，他坚信胡大峦是跑出去躲起来了。他从胡大峦屋子里拖出一张凳子，坐到汽车旁边，掏出香烟来抽。

抽了一阵烟，小伙子飞跑的灵魂重新回到身上，他才感觉有些奇怪，这镇子发生如此惊天动地的事情，居然没个看热闹的。人都到哪里去了呢？

他不知道在这里，越是靠近集镇的地方，往外跑的人越早。偏僻的张家坝都这样，信息比张家坝灵通便捷的大兴镇，早就完成了“空村”的任务。

“真是个鬼地方！”小伙子恶毒地冲着空荡荡的街道骂了一句。

傍晚时分，吃完两只耗子的曹公公，经过胡大峦的包子店的时候，看见胡大峦正跟小伙子说着什么，话题似乎很轻松，夹杂着笑声，勾肩搭背的，像一对多年不见的父子。他们谈得正高兴，过来一辆警车，三个大盖帽从车里钻出来，小伙子跟胡大峦说话的神情，不再像刚才那么亲密，他几大步迎上前去，指着胡大峦对大盖帽说：“就是他，刚才报警说的就是他！”胡大峦立即明白事情不妙，转身想溜，还没跑出十几步，几个大盖帽赶上去，把他按在地上。胡大峦在地上惨叫：“不是我干的，跟我没关系，我什么都不知道！”大盖帽说：“跟你没关系，你跑什么跑？别浪费力气了，老实点！”

胡大峦的秀水包子店从此门户紧闭。

曹公公花了几天的时间，仔仔细细找遍了整个镇子，不见刘一刀和张红霞的影子。大兴镇说是个镇，一点镇的气派都没有，关键是没有人气，顶多数得出二三十个老头老太，还有十多个年龄参差不齐的留守孩子，没有看见学校，中学小学都没有看见，不清楚这些孩子是不是学生，他们整日从这间屋子跑进另一间屋子，不晓得在忙碌还是闲得无聊。

唯一看得出头绪的地方，是小镇另一头的几间房子，门口还挂了块牌子，牌子上黑色的“大兴镇街道办”几个字，曹公公若要认得，再进化几十亿年恐怕都办不到。里面有三个人进出，一个年纪大一点，四十来岁，中等个子，四方脸，留板寸，头发白了大半，浓眉大眼。此人以前是兽医，镇卫生所的专职医生出去打工以后，他就成了人医，院长、医生、护士都是他一个。在他眼里，人跟牛马畜生一样，统称为动物，处理方法大同小异。另外两个是大学生村官，一个是副书记兼治保主任，一个是副主任，书记和主任他们从来没见过，听说带了一帮人在新疆乌鲁木齐建筑工地上承包土建。他俩分下来大半年，全镇人找不到几个年轻人，不要说折腾几个工业项目出来充政绩，面对满街的垃圾，他们都没办法，花钱请不到工人，搞得再干净也派不上用场。干脆替国家节省钞票，整天闭门读书，立志考个国家机关公务员。

缺少人气的镇子，连垃圾都陈旧得没点新意，气味像百年老宅从不打扫的厕所。散发出来的气味，让曹公公的气管和肺经常难受得痉挛。耗子又多又肥，可惜口味太差。几只流浪猫瘦得连肋骨都看得见。曹公公有时候多咬几只耗子，故意做出不想吃的样子，丢到一边，然后离开。几只猫迅速四下观察一下，没看见有耗子在注意它们，才冲上去，三下两下把耗子分食完毕，立刻四散而逃。以前，耗子贼头贼脑，如今，恰好反过来。开头曹公公还觉得这些猫真是滑稽好笑，后来才明白那些猫是怕引起耗子的仇杀。自古狗和猫势不两立，见面不打架就吵架。镇上的猫得了它的好处以后，见了它，就露出一副可怜巴巴的讨好表情。那表情一看就懂，是恳求它下次咬耗子的时候，帮它们也咬几只。

它在心里把这些猫骂了几万遍：孬种，孬种……

找不到刘一刀和张红霞，又不愿意跟一群没出息的猫生活在一个地界上，曹公公想换个地方。几天跑下来，一条狗也没见到，大概给胡大峦的洋油弹收拾干净了，或者被胡大峦炸怕了，就逃离了大兴镇。

曹公公琢磨了一阵，它决定从某条通向镇子的小路跑出去。根据它过去三年奔跑的经验，像这样一直跑下去，最后可能一点结果也没有，可有时候又是说不清楚的，既然刘一刀曾说他在什么兴镇，现在好不容易找到这个带兴的镇，在这里待上一段时间，说不定就瞎猫撞上死耗子呢！

大兴镇通往乡下的毛路只有一条。以前还有行人、拖拉机、自行车，如今长时间没人走，路上长满荒草，一条细若鸡肠的小路，夹在长在路上的荒草中间。路两边的田地上，到处是高大茂密的蒿草。野鸡、鹌鹑、鹁鸪在草丛中飞窜。大白鹭在有河沟的地方飞翔。飞一阵，重重地落在树枝上，把树枝压弯下来。松鼠在树上跳上跳下，灰毛狸也不闲着，还有一些不知名的小动物在忙着它们各自的事情。除了野鸡、鹌鹑、鹁鸪在草丛中活动，其他动物都在树上。老鼠不多，曹公公从镇上跑出好远，也没碰到老鼠。野兔倒是见到几只，天上的老鹰一出现，立即嗖地逃得无影无踪。其实天上的老鹰并没有俯冲下来的意思。

这景象比张家坝原始多了。

接近中午，曹公公看见一条白毛狗带了一群狗在河里抓鱼。

这是它离开大兴镇，看到的第一个狗群。曹公公有些兴奋，它善于跟陌生的狗群交朋友。

从水切出来的河床的宽度和深度判断，这曾经是一条好大的河，河水却不深，大片河滩裸露出来。往河水里瞄一眼，水里大大小小的鱼清晰可见。

白毛狗是一条体格健壮的大草狗，全身雪白，身后带了十多条狗，颜色有黄有黑，还有四五条小狗是黑白相间或者黄白相间的。一看就知道，小狗是白毛狗的后代。

白毛狗带头冲到河水里去，看准了，一张嘴把头冲下去，就咬起一条来。其他狗学它的样子，也加入了捕鱼的行列。

河面上一下热闹起来，狗声欢腾，鱼在跳跃，水花飞溅，有的鱼飞跃起来，射到岸上，立即成了岸上观战小狗的猎物。

热闹只持续了一会儿工夫，鱼逃出危险地段，狗所在的河段一条鱼也没有，抓到鱼的狗在兴奋地狂嚼，没抓到鱼的失望地摇了几下尾巴上岸。

这时河对面来了一群狗，冲着河这面的狗汪汪地叫。

河那边的全是成年大狗。两群狗相对狂吠起来。曹公公听出来，河这边的狗来自船形村，河那面的自称来自大兴镇——大兴镇的狗，果然没被胡大峦炸绝种。

河这边的骂河那边的强盗，不好好地在镇上生活，跑到乡下来抢它们的口粮。

河那面的骂河这边的是乡巴佬，河里的鱼都是它们的，再下河抓鱼，就撕碎它们。

吵着吵着，就打起来。

白毛狗十分凶猛，咬、掏、抓、扑，每个动作都完成得既准确，又漂亮。它手下的那些狗，拼搏程度一点不像它，加上还要保护小狗，河对岸的狗群很快占据了优势。河这面的狗节节败退，小狗们也受到攻击。对岸的一条大狗凶狠地冲向一条小狗，张开大口向小狗的脖子咬去。曹公公腾空而起，凭借自己高大壮实的身子，没费多大气力，就把那条大狗撞翻在地上。对岸的狗一看有新的帮手介入，立即把它当河这边的一员。曹公公刚才只想救河这面的无辜小狗，却被迫卷入这场跟它毫不相干的战争，不得不积极应战。曹公公毕竟在路上奔跑三年多，健壮、灵活、见过世面，格斗起来，优势一下就凸显出来。因它的加入，河这面的狗群逐渐占了上风，把对岸那群打得逃回到河对岸。

河这边的狗群撵了一段，撤了回来。

狗群感激曹公公，从白毛狗起，船形村的狗依次用鼻子来触摸曹公公的鼻子。白毛狗谈起它们的遭遇，跟曹公公一样，它们原本是船形村的看家狗。船形村的村民，也就是它们的主人，纷纷离开船形村。这些人说走就走，想都没想过怎么处置它们，它们就成了流浪狗。

以前它们谁都不尿谁，狗仗人势嘛，有钱人家的看不起没钱人家的，没钱的更看不起有钱的，见面非常不友好，各自有自己的领地，决不允许别的狗进入自己的领地。

等大家都成了流浪狗，它们发现，自己根本没有领地，更没有高低贵贱的分别，它们都是被主人抛弃了的流浪狗。到这地步，要是单独出去混，很容易被别村的狗群欺负，别村的狗是结成帮派的，于是它们也就结成船形帮。

白毛狗告诉曹公公，如今每个村的狗帮各有领地，帮派与帮派之间既有联合，更有争斗。白毛狗表示，欢迎曹公公加入它们船形帮来。

曹公公想告诉白毛狗，它要去找主人刘一刀、张红霞，它想回张家坝。转念又想，万一人家认为它看不起它们，把它收拾掉呢？所以它就用身子蹭蹭白毛狗，表示它愿意。

之后，曹公公跟随船形帮的狗在船形村活动。

这里的狗沿袭狗的优良传统，从来不吃耗子，因此曹公公不好意思再捉耗子了，怕暴露了给自己丢脸。

船形村的狗群真是了不得，不仅能下河抓鱼，还能上树掏鸟蛋，有时候还能捉鸟。有一次，白毛狗教曹公公跟它搞了次配合，捉鹌鹑。白毛狗跟它在鹌鹑出没的路两边，面对面蹲着，两条前腿举起来，长时间不动。鹌鹑喜欢低飞，更喜欢成群奔跑，每次跑的路径不变。等鹌鹑经过它们中间，它俩前后拦截，四个爪子分工配合，一下子就能搞到好几只鹌鹑。

冬天来临的时候，鸟兽们飞的飞，藏的藏。河水冰冷刺骨，跳下水去爬起来，不一会儿，毛上全是冰渣。狗群的日子难过起来，不再成群结队游荡，而是各找各的出路。

船形村跟张家坝一样，也是丘陵。那条它们捉过鱼的大河，从船形村中间穿过，河床很宽。雨季刚过，按道理，应该水量丰沛。可现在，只是几股浅浅的小溪。船形村的丘陵是连成片的，相互组合起来像盆沿，把船形村装在盆子中间，可见船形村地势相当低。

曹公公抬头就看见盆沿，低头看见的是荒草，感觉单调无聊。它想它的张家坝。它打算到来年桃花开了，再上路去找主人刘一刀、张红霞。其他的狗白天外出找东西吃，晚上还习惯性地回到各自主人家的屋檐下。曹公公在船形村没有属于它的屋檐。

在这季节，它独来独往，晚上找个背风的角落将就一下。有时候晚上太冷了，它得奔跑一下，制造一些热气。其实单独行动有单独行动的好处，每次天黑的时候，它都能享受一两只肥美的耗子。这里的耗子味道不错，跟张家坝的没啥区别。村里其他狗都瘦得皮包骨头，一身皮毛在风中发抖，见到它，都对它膘肥体壮感到奇怪。

一天夜里，曹公公经过一幢被高大的水杉团团围住的房子，这是一幢相当矮小的平房，一进三间，没有院子。如果窗户上没有灯光，不容易被发现。曹公公听见屋里有人在争吵。

一个男的说："谁不晓得你陈阿婆有钱？儿子工程师，女儿在美国。算起来我们也算亲戚，我不是喊你干妈吗？这是最后一次，只借一千块！"

听声音，那男的五十多岁的人，有点耳熟。曹公公一时没想起是谁。

一个老太太说："这半年你自己算算总共借过几次了？次次都是肉包子打狗有去无回。总是赌，总是赌！赌得家没有个家，儿子媳妇跟你割裂，你爹你妈要是还能活过来，都要给你气死回去。"

那男的声音不耐烦起来："干妈，我是来跟你借钱的，不是来接受你教育的。我晓得你有钱，反正你一把老骨头肯定用不完，你就把我当你儿子，我帮你花出去，等于替国家作贡献。"

老太太说："借你？借你就等于支持你赌博。你不看看你几个儿子，各做各的生意，各发各的财。你不就被警察关了几天，罚了点款吗？你还有包子店，你还有力气，没必要来盘剥我老太婆这几个养命钱。"

说到包子店，曹公公突然记起，说话的那男的是胡大峦。门没有关紧，虚掩着，曹公公轻轻一拱，就钻进去了。堂屋中央站着胡大峦，一身黑色的皮衣皮裤，手上拿着把刀，一脸杀气。他身后是个电视机，屏幕上雪花下得正热闹，噪声很大，可能是胡大峦进来以后，故意调大的，一般人看电视不会调那么大的声音。胡大峦的对面是个条形茶几，茶几上有水壶、茶杯等，茶几后面是张长条形的沙发，一个七十多岁的老太太坐在沙发上。

胡大峦暴躁地说："干妈，再跟你说一遍，我是来借钱的。借钱，你懂不懂?"

老太太说："没钱借给你！"声音很坚决。

胡大峦的声音阴阳怪气起来："没钱? 那我自己找……"说罢，他向堂屋左侧的房间门走去。

老太太从沙发上站起来，大声说："干什么? 你还抢人啦? 你还真抢人！强盗！"说着上前去想阻止他开房间门。

胡大峦一反手，把老太太再次推倒在沙发上，说："你吼吧，吼破喉咙也没人听得见。你最好躲远点，不然我手上的家伙不客气，白的进去，红的出来，一年半载也没人发现，等发现了，只剩下一堆骨头了，谁知道你是老死的还是怎么死的！"

说完，胡大峦进了房间，轻车熟路地打开老太太床头上的箱子，翻开遮蔽的衣物，找到四叠钱，每叠大概一万。胡大峦愣了一下，没想到会有那么多，就用箱子里面的一件衣服，把四叠钱包起来揣进怀里。转身对站在身后的老太太说："干妈，本来你只要借我一千块钱，什么事情都没有。可惜……今天看来我不能不……啊，不能不……你懂的！"说完一步步靠近老太太。

老太太声音绝望："钱你都拿去了，你还想干啥?"

胡大峦说："就因为拿了钱，我必须干那个啥！"

老太太更加绝望地说："四万，当我送给你还不行吗?"

胡大峦继续靠近老太太："送? 当着面说送，一转身就拨110。你晓得我是吃过亏的，再傻不可能傻第二次！"

胡大峦的刀子划过一道寒光。曹公公腾空而起，准确无误地咬在胡大峦的右手上。曹公公从来没真正得对人下过口，看家狗的地位不是靠牙齿树立起来的，靠的是响声，谁叫得具有震慑力，谁就有本事，所以在咬胡大峦的时候，口下得浅。胡大峦只感到痛，并没有受伤。

对胡大峦来说，这来得太突然。这一惊，吃得不小。胡大峦惨叫一声，刀当啷一声落到地上。胡大峦转过身来，看清咬他的正是上半年在他的包子店，让他吃了半个月官司外加一万元罚款的狗。顿时就忘记了疼痛，发疯一般向刀子冲去。曹公公知道它不出狠招，后果不堪设想。再说，这家伙身上还有那么多同类的命债。它在胡大峦亮出的屁股上咬了一口，鲜血的气味顿时弥漫了整个屋子。胡大峦再次惨叫，到底知道了这条狗的厉害，顾不得捡地上的刀子，转身往门外逃窜。曹公公一闪身，堵到门口，喉咙里发出愤怒低沉的呜呜声，听起来让人汗毛倒竖。

胡大峦说："好狗不挡道，让开！"

曹公公一动不动，门神一样堵在门口。

胡大峦懂了，这是叫他把钱放下。胡大峦叹了口气对曹公公说："你狗日的，将来千万别撞在老子手上，最起码是凌迟！"于是，他从怀里一叠一叠地掏，掏出三叠，抬头看了一眼曹公公，曹公公没有让开的意思，喉咙里继续发出令人胆寒的声音，胡大峦把最后一沓钞票连同那件衣服掏出来，曹公公往屋里走了几步，闪开一条道。

胡大峦扭头对老太太说："这狗是你家祖宗！"说完捂起屁股，逃出门去。

惊魂未定的老太太跌坐到床头边的单人沙发上痛哭起来，起初小声小气，后来号啕大哭，断断续续地叙述，在寒冷的深夜，听起来瘆人而且惨烈："什么儿啊女儿哦，小的时候都是心肝宝贝，一长大，翅膀硬了就飞，谁管你爹呀娘的！死鬼啊，你早早眼睛一闭，什么心也不操，我还把你挂到墙上。他们寄钱来给我，有什么用？一天超出20块我就不晓得该怎么用。看嘛，贼也偷，贼也惦记。今天，哦今天，呜呜呜呜！"

老太太哭累了，歪在沙发上歇气，看上去像睡着了。

曹公公从房间退到堂屋，又从堂屋退出来，在屋檐底下找了个背风的草窝睡下。离开张家坝刘一刀家的屋檐，这么多年，它第一次睡在屋檐下。屋檐下温暖啊，它在守护一份安全的同时，自己也获得了一份安全感。有人气的家，就是不一样。出来闯荡了那么多年，它的心仍旧在张家坝。它思念让它情欲萌动的红红和小花。张家坝是多么美妙的地方，田野是那样迷人，空气是那样清新，菜花开的时候，又是那样的疯狂热烈、激情飞扬。它在想，它留在张家坝的孩子应该成年了，它们都长成什么模样呢？它们一定不认得它这个做父亲的。它想它的孩子们会不会责怪睁开眼睛就没见过父亲的面呢？“刘一刀啊刘一刀，我的主人！我要是一辈子都找不到你呢，难道我一辈子就回不到张家坝了吗？”曹公公想到这里，难免心酸和惘然。

这一夜它睡得非常不好。

天蒙蒙亮的时候，曹公公被开门的声音惊醒。老太太已经收拾停当，端了一碗拌了碎腊肉的油饭，走到离它七八步远的地方，把碗放在地上，示意它吃。从距离上看，老太太跟曹公公之间还没有建立起充分的信任。

此时，曹公公还不想进食，昨天傍晚的耗子还没有消化完。

在外面混了这么多年，曹公公晓得这时候如果不领情，不吃一点的话，老太太会难受的。以后见了它，距离会隔得更远。

曹公公在低头的一瞬间也考虑老太太会不会在食物里下药，就像胡大峦炸狗那样。也就一瞬，它相信老太太是真诚的。如果一个人对救命恩人都下毒手的话，迟早要落下万劫不复的深渊。

熟食的滋味真是太好了。这碗油饭让曹公公再次想起张家坝，想起刘一刀。在刘一刀家，过年的时候，它常常吃这样的油饭。吃上油饭的时候，村子里大人娃娃都穿新衣服，衣服口袋里随时都有新炒的葵花籽，他们还贴春联，放鞭炮，热热闹闹。嫁女儿娶媳妇的，也选在那阵子，酒席一台连一台，它们啃骨头，啃得腮帮酸疼。有时候，晚上还在村口的一个小平坝上演戏，都是村里的农民，自己演，自己看，演得不对，穿帮了，重新来一遍。台下的人哄笑一阵，然后嗑着瓜子，耐心等待。可惜这样的日子一去不复返了。张家坝、大兴镇、船形村，无一例外，一个比一个空。只要长两个脚的，能喘气，争着抢着朝着城市的方向跑。

在大兴镇街道办，曹公公曾听到这样一场议论。

村官甲说："多好的土地呀，都撂荒了，太可惜了！"

村官乙说："就是，没文化没技术，到城里只能捡垃圾收废品，被城管动不动撵来撵去！"

村官甲说："何况如今国家不收农业税，还对种植进行补助，你说，多好的事。当年我读书那阵，我爹我妈可没摊上这样的好事，一棵果树刚栽活，生产队长就来收农业特产税，一棵树五角，气得我爹一锄下去……"

村官乙说："怎么样？把生产队长给开了？"村官乙一脸坏笑，拿村官甲开玩笑。他脸上总是一副玩世不恭的表情。

村官甲说："你当我爹像你爹那样是近亲结婚的结果？一锄下去，把树刨了！"

村官乙说："你爹才近亲结婚呢，换了我爹……"

村官甲说："怎么样？能不把树铲了？"

村官乙翻了几下眼皮说："当初就别种！"村官乙说完继续一脸坏笑，脸上的表情越发的玩世不恭。

两个人在说笑的时候，手不释卷，一个手上拿的是《申论》，另一个拿的是《行政能力测试》。

兽医就在旁边，也跟着笑，已经有半年没有人来看病了。这兽医接过话说："也难为他们，我们大兴镇，人均只有五分耕地，也就是你们说的半亩耕地，半亩耕地能做什么呢？累死累活，老天照应，一年顶天收入两千块钱，还别扣种子化肥农药、栽种和收割的花费。要是老天爷不帮忙，连辛苦钱都搞不到。一亩地补贴几十元，背心扯水啊！（村官甲纠正说：杯水车薪。）是'杯水车薪'？（村官甲说：意思是用一杯水去救一车着了火的柴草。）对对对，跟你们我学到不少知识呢，意思就是屁事不顶。'背心扯水'的意思也跟那个什么杯水……杯水车薪差不多，你把背心拿到井里去扯水试试？嘿嘿，我造的，不算数。"

兽医拿起搪瓷缸子，喝了一口水说："到城里呢？如果进厂，那再好不过，只要不遇上黑心老板——都是老乡带老乡出去的，遇到黑心老板的机会比刚出去那阵少——一个月两千块钱的工资还是有的。两千块钱，妈的，你在家得挣一年！你们别看不起捡垃圾的，据我了解，他们收入不低。脏是脏了点，还被人看不起，人家的收入是进厂的一倍。当初出门的时候背蛇皮口袋，睡火车凳子底下。回来，嘿嘿，那回来人家一家子都坐飞机！再说啦，他们在为人类节约资源作贡献呢！”

村官甲说：“照你这么说，农村就该荒下去啰?”

村官乙说：“如果让我来出申论题，我就出个关于这方面的题，让全国的准公务员都来回答。”

村官甲对村官乙唯恐天下不乱的玩世不恭表情非常不满：“乌鸦嘴！莫非你有本事答上来?”

兽医说：“要我说呢，弄这个题来考你们还真有必要。每年都有上百万人参加公务员考试，不相信就没那么几个特别有主意的。”

吃完油饭，曹公公伸了伸懒腰，准备离开老太太家屋檐。

这时，小路上传来马蹄声，悠悠缓缓地向老太太的小屋走来。赶马的是个快六十岁的老头，又干又瘦又矮小。头发都白了，眼睛异常明亮，整个人看起来精神抖擞。走到老太太屋子跟前，把马喝住。那马已经有些年纪了，可驮得并不少。马驮子上，一边架着一个大麻袋，上面还各挂了两个鼓鼓囊囊的蛇皮袋。

老太太迎上去说：“吴瑞荣，辛苦你啦！”

吴瑞荣从马背上卸下两个沉甸甸的蛇皮袋说：“最近没活路，天又冷，迟几天上你这儿，不缺什么吧?”

老太太说：“我节约起用，将就够，真是太辛苦你了！”

吴瑞荣说：“陈家阿婆，你年纪大了，该去跟儿女们生活在一起，和有个照顾！你儿子托我的事情，我做得有一趟没一趟的，岁数大了，走不动了，轻易不想出门。”

老太太说：“两个娃儿那里都去过了，不习惯。”

“儿子不孝顺?”

“不是这意思，儿子在黄海边的电厂工作，火车要坐两天两夜，下了火车还要坐好几个小时的汽车。那块地方靠近大海，湿气重，去了总爱生病。”

“你女儿不是在美国吗？”

“也去过，更不习惯，除了女儿跟我说中国话，女婿外孙都没法跟我说话，能把人憋死。再说我都是快老的人了，到那些地方去，万一哪天老了，就回不来了。”

“想那么多做啥？你有儿有女，福分比我好。我啥都没有。到现在一副棺材钱都还没挣够呢。”

“你儿子还是没有找到？”

“从十三四岁跑出去，二十多年不晓得死活。最近听在上海打工的吴振华说，看到他在一个什么电子厂上班。人长得高高大大的，工资不错，三四千块一个月，还是个小工头。相互还留了电话号码。”

“吴振华把电话号码给你没有？”

“给了。”

“联系上没有？”

“联系是联系过几回，不晓得该说啥，不痛不痒说几句就挂了。”

“他还回来不？”

“你看哪个村子出去的人最后还回来的？”吴瑞荣叹息，“将来老了，抬棺材的人都找不到，难不成我们还自己爬进坑里去？我就搞不懂，他们就不想这里的房子，这里的庄稼地啊？”闷了一阵又说：“再说还有他们的祖坟呢，将来给人扒了，都不回来放个屁吗？”

老太太说：“都怪我不好。”这句话的内涵是丰富的，当年，就是老太太撺掇吴瑞荣的婆娘跟她侄儿跑的。当初吴瑞荣把老太太恨了几十年，直诅咒老太太喝水呛死，吃饭噎死。

“不是说好不提那些陈谷子烂芝麻的事情吗？”吴瑞荣说，“几十年了，我也想通了，不是那家人不上那家门。我们本身就不配，一个属于乡下，一个属于城市。你见过哪个农村媳妇整天把自己打扮得花枝招展，不喜欢做农活，单喜欢唱歌跳舞的？你那城里的侄子，正好可以让她又不做农活，又能唱歌跳舞。”

老太太说：“你大人大量。”

“单单苦了我那儿子，从小就没娘带。我也后悔当年没好好教育他，不听话就打，结果把他打跑了。”吴瑞荣说，“以前想起来挺气人的。如今，几个村就那么几个人，我们要是还老记恨那些事，还有什么意思？我们不相互关照，谁还来关照我们呢？”

老太太向吴瑞荣讲述了昨夜发生的事情，老太太把曹公公描绘得如同天犬下凡，出于某些考虑，她只说胡大峦是个黑衣强盗，具体哪个人不认识。

“太危险了！那条狗呢？你很有必要养条狗，你干脆收养这条狗算了，我看它也像条流浪狗。”吴瑞荣说，“现在流浪狗到处都是。人比狗野，狗晓得念家，人却不一定。前一段时间，大兴镇上秀水包子店的老板造洋油弹炸狗，把人家车给炸了，逮进去关了一阵，听说跟一条狗有关。唉，乡下的狗比留下来的人还多。”

吴瑞荣忙着赶路，说话拉拉杂杂的。老太太对着他的背影问：“接到哪儿的活儿了？”

吴瑞荣的背影回答：“上游在修补船形水库，水坝子打在半坡子上，车子上不去，我负责给工地送榨菜。”

老太太望着吴瑞荣远去的背影说：“你不是要绕道才到我这里来吧？辛苦你了！”

吴瑞荣答了一句什么，隔得远，被风卷走了，谁也没听清楚。

老太太自语：“好人啊！可惜一辈子没遇上好人！”说罢叹了一口气。

老太太俯下身来呼唤曹公公。曹公公友好地摇着尾巴，小心地靠近老太太。老太太伸出手来，准备摸摸它的脊背。曹公公主动亮出脊背。老太太的抚摸是轻柔的，手掌薄得像张纸，这是一双内容丰富的手，种过水稻、玉米、高粱，拉扯过儿女，送别过丈夫。老太太的手给曹公公的感受是复杂的，从这几下简单的抚摸中，曹公公感受到老人无言的孤独和悲伤，昨晚的恐惧还残留在老太太的手上。曹公公决定，留下来给老太太作个伴儿。

这样的抚摸，是狗与人类之间的契约。一旦接受，就等于认可相互间的主仆关系了。

曹公公在认可这种关系的时候，并没有忘记刘一刀，更没有忘记张家坝。陪伴老太太，时间应该是有限的；寻找刘一刀，回到张家坝，是永恒的，也是终极的目标。这意思，它用眼神对老太太说了。可老太太年纪大了，眼神不好，又不懂狗用眼神说的话，如是了几次，曹公公只得放弃努力。

这并没有影响他们之间的主仆关系。老太太常常走出水杉林子，到田野里走走，曹公公就陪着；老太太在堂屋右侧的厨房里做饭的时候，它也在身边陪着。老太太闲下来就跟它说话，说她的儿子在一个叫大唐吕四港电厂的地方做工程师。她对曹公公解释说："吕四你知不知道？传说吕洞宾去过四次，就叫吕四了。吕洞宾跟狗是有关系的，那句话怎么说来着，狗咬吕洞宾，不识好人心。那地方在汪洋大海边上，有海鸥，有海潮，还有满船的鱼虾……"她说，她在火电厂外面参观过火电厂的样子，好大几排房子，好大一块地，只有两三百号工程技术人员在里面。她说她孙子聪明可爱，都上高中了，在启东中学。"启东中学可不得了，每年有二三十个学生考上清华北大呢。"她说她孙子成绩不拔尖，但很优秀……可惜那地方，夏天太热，冬天太冷，一年四季潮乎乎的，到那里总生病，给儿子媳妇总添麻烦。

老太太还给它讲她的女儿。女儿很爱她，她也很爱女儿。说到女儿的时候，老太太的眼窝里满是泪花。她说她女儿自小就柔弱，身体不好，却爱读书，成绩出奇得好，考过托福到美国读书那年，她的丈夫，也就是那两个孩子的父亲，在一场突发的疾病中丧生，她的女儿学的就是医学专业……说到这儿，老太太长久地抽泣。那是一个遥远的地方，老太太说，她的女儿如今是个优秀的医科大学教授。她曾经去过美国，“在洛杉矶，洛杉矶是美国的大城市，不是落山鸡，嘿嘿，我刚听说的时候，以为那里到处都是山鸡……”如果不是语言不通，那真是个不错的国家，环境好，医疗条件更好。有一次，她生病住院，从抵达医院到住院结束，护士全程护理，为提供更好的照顾，医院还为她专门请了翻译……

故事就这些，老太太每隔几天就要重复一遍。有时候刚说着儿子，突然会扯到老头子身上，或者刚才还在谈论孩子的事情，突然想起村子里过去的老朋友。

曹公公是个合格的听众。这种叙述是漫长的。对于漫长的叙述，缺乏足够的耐心，是桩非常折磨人的事情。

老太太脸上忧郁的情绪在一天一天减少。心情愉快的时候，老太太开一会儿电视，或者给儿子打个电话。她只给儿子打电话，不给女儿打——她想不通，都生活在地球上，为什么我这里是白天，女儿那里是黑夜，怎么恰好相反呢？儿子似乎一直都很忙，说不上几句就挂了。老太太放下话筒，一副心欠欠的样子。如果能接到女儿的电话，老太太就能聊上好一阵，特别开心。可女儿好像也很忙，一个月最多通两次电话。有时候，老太太望着电话发愣，自言自语，不晓得在说什么。

中途吴瑞荣来过两次，给老太太送一些日常用品。老太太要给他钱，他说她儿子早就把钱给足了的。从吴瑞荣和老太太的交谈中，曹公公得知，那个位于上游的船形水库前年出了漏洞，正组织人工加固修补，要保证明年上半年雨季来临之前完工。

吴瑞荣说：“在那里干活的工人生活惨得很，榨菜当菜吃。早上榨菜汤下馒头，中午晚上榨菜炒肥肉丁儿，打嗝都是榨菜的味道。”

他说：“不晓得是工人的问题，还是受包工头的指使，工程马虎到想想都害怕的地步，该加钢筋的地方，只有混凝土；该现浇的大坝，砌上石墙了事。”

老太太问：“工程的监理呢？”吴瑞荣说，工程监理老窝在山下不上去，也不晓得这里面是不是有猫腻，是不是跟谁达成了某种默契？他说等整个工程完工，谁还知道里面是石墙还是钢筋？工程的名字倒是噱头得很，先在工地的大牌牌上说这是什么“浆砌石结构”，后来又把这块牌子换了，换成“混凝土面板混合堆石坝”，下面还加注几行字说，这是本省首次使用的加固工程，“长坝、后坡、高挡墙坝”“能承受五十年一遇的洪涝灾害”“最大蓄水量 32 米”什么的，其实就是砌两堵混凝土石墙，在中间填土。“这坝迟早要出大事情！”吴瑞荣说。

到了晚上，曹公公睡在老太太在门边给它搭的窝里。特别冷的那几天晚上，寒风像持刀的鬼子，尖利地从狗窝外面经过，发出凄厉苍白的怪叫。老太太怕把它冻着了，还招呼它到屋子里去，睡在一张草垫上。曹公公感到特别温暖，特别幸福，由衷地感激老太太。每当想念张家坝的时候，它就立起身来，让身上感受到一些寒冷，整个身子一激灵，把刚冒出的念头打跑。

有一天晚上，没有吹风，天上冰凉的月亮，安静地笼罩着整个村庄，它睡在屋外的狗窝里，又想起张家坝。这一次它站起来，狗窝外的寒冷及时地浸进来了，却怎么赶也把这个念头赶不跑。它考虑什么时候去找刘一刀。它感觉到选择的困难，感觉到矛盾，老太太现在需要它，离不开它。如果它跑去找刘一刀，老太太会怎么想，背信弃义？或者以为它失踪了？死了？要么，再等一等，过一些时候再说。可要等到什么时候呢？还有，照吴瑞荣的说法，走出村子的人都不愿意回村子，那么它即使找到刘一刀，要是刘一刀不想回张家坝呢，它岂不永远也别想回到张家坝了？曹公公越想越失魂落魄。

这样难熬的夜晚，陪伴了曹公公整个冬天。

有老太太的苞谷糊支撑着，春天来临的时候，曹公公比以前更壮实了。田野里开花的时候，曹公公又想起张家坝刘一刀隔壁的小花和赵家的红红。天气逐渐暖和起来了，狗群再次聚集到一起。狗群里少了几只老狗和小狗，它们没有熬过寒冷的冬天。白毛狗变老了，它们在用鼻子互碰表示友好的时候，曹公公明显感到白毛狗的力道大不如前。到油菜花开的时候，白毛狗的劣势凸显出来，狗群中的母狗主动选择曹公公。白毛狗不甘心就此失势，与曹公公来了一次对抗格斗，一交手，白毛狗就体力不济。曹公公冬天在老太太家吃的苞谷糊，不是白吃的。那一阵，曹公公除了晚上回到老太太家，白天都在船形村的田野上撒欢。它暗自得意的是，不久船形村的田野上，将有无数它曹公公的后代奔跑。

有一天，曹公公白天回到老太太家。才十多天没跟老太太打照面，老太太病倒了，全身滚烫，呼吸急促，咳嗽不止，脸上布满绝望的神情，一言不发地躺在床上。

前面介绍过，在狗的社会中，狗的治病原则是自愈。经历过世事的曹公公知道，人生病以后都会去找医生。它曾经在大兴镇上，看到兽医给人治过病。它想它应该替老太太去喊兽医。

凭曹公公的第六感，它感觉不出老太太有死的迹象。狗的第六感最灵敏，它能在一个人将死前几天，嗅出这个人身上散发出来的死亡气味。过去，一旦嗅到这股气味，它们会用祖上传下来的做法，夜里哭泣，在狗窝前面掏一个碗大的深坑，提醒主人家及早做好准备。

老太太看见它，眼睛里闪过一丝希望。她向曹公公指了一下电话机，艰难地用右手比了个六字到耳朵边——她要打电话。曹公公把电话机叼到她床头。老太太取下话筒，用颤抖的手拨了一个电话，嘟嘟嘟响了半天，没人接。老太太说："这孩子，这么忙?"老太太搁下话筒。过了一会儿又拨一次，还是没人接。老太太刚说了句"这孩子"，泪水就下来了。

曹公公在老太太的眼泪滑过脸庞的时候，出门了。它沿着从前来的道，向大兴镇飞奔。

街道办的门开着，两个大学生不在屋里。他们参加公务员考试辅导去了。去年年底的国家公务员考试，给他们兜头泼了盆冷水，使他们认识到，闭门自学是有局限性的。

兽医手持搪瓷茶缸，无聊地窝在沙发上看一档以"快乐"为主题的娱乐节目，不时发出一阵莫名其妙的狂笑。笑完了，揭开茶缸盖子，抿一口茶，嘴巴上似骂非骂地冒出一句："搞笑，穷凶极恶地搞，恬不知耻地笑！"

曹公公进了门，冲着兽医摇尾巴。兽医说："怎么啦？饿啦？我这里没啥好吃的。"曹公公用身子在兽医身上蹭了两下，表示友好，然后含着他的裤脚往门外扯。兽医毕竟是兽医，他一下就懂曹公公的意思，这是来替主人求救的。立马站起身子来，拔掉电视机电源，从柜子上取下药箱。当方形药箱挎到肩上的时候，人已经出门了。带上门，从屋檐底下推出一辆自行车，一翘脚上去，人还没坐稳，车已经出去了。

曹公公在前，兽医骑着他的自行车在后。

刚出镇子，三四十条狗堵在路中央。曹公公发现，狗群大部分都是去年交战过的，立即明白仇家报仇来了。它嘶吼着向它们表示：让开一条道，它请医生去救它的主人，我们后会有期！对面狗群冷嘲热讽：你一条外乡狗，这儿哪有你的主人？分明在撒谎！什么后会有期，今天会上了，你就是无期！曹公公暴怒，做好决死搏斗的准备。兽医停下自行车，从地上捡起四五块石头，冲着狗群一阵乱打，嘴里骂道："造反了你们！没人收，没人管，怕你们还占山为王，收我买路钱不成！"

狗是怕人的动物。四五块石头打出去，虽然没有打中哪条狗，但狗群闪开一条道。有人的参与，大兴帮的狗积聚的仇恨无处发泄，更增加了整个狗群对曹公公的仇恨。

大兴帮眼看曹公公带着兽医远去。

兽医进门，取下药箱说，陈家阿婆，我以为你跟你的孩子在大海边呢。你一个人住在这荒郊野外——如今大兴镇哪里不是荒郊野外——若没这条狗，才真叫个叫天天不应，叫地地不灵！

兽医给老太太量体温，让老太太张开嘴巴大声喊"啊"。他眯起一双从前打量牛嘴巴的眼睛看了看，说："炎症不轻！"又用听诊器听老太太的前胸后背，说："肺上还好，问题集中在支气管上。先给你挂几天水，"说到这，顿了一下，改口说，"还是打针算了。又没人照管，你怎么好挂水呢？我不可能一天到晚守在你这里，我还得在镇上上班呢。”

兽医配好针药，准备打针。突然想起什么，问老太太：“吃饭没有？”得到否定得回答。又问：“你通知你儿子没有？”老太太说电话打了几十个了，打不通。兽医说：“忠孝难两全啊！”放下手头活，下厨房替老太太煮了面条。

水刚刚开，吴瑞荣闯进来，急火火地问老太太怎么样了，说接到老太太的电话，马不停蹄找兽医，寻不着就赶过来了。

兽医从厨房里探出头来，满是委屈地对吴瑞荣吼了一声：“如今我不也是人医吗？以后别老喊我兽医兽医的，说不定哪天我要替你治疗一下呢！”

吴瑞荣哈一声笑出来，他没有想到兽医会在这儿，说：“老哥，兽医人医只要有医术就是神医。以后喊你神医好不好？你怎么晓得陈家阿婆危险呢？你真神了！”

兽医指了一下身边的曹公公说：“这条狗，到镇上把我请来的。”

兽医把“请”字的音说重了点，似乎有点得意。吴瑞荣笑得抽气，说：“看，还是兽医嘛！狗咋个不请我呢？”

兽医转身指着吴瑞荣笑着对曹公公说：“下次陈家阿婆需要帮助，你就去请你家这个大哥！好找得很，你只要记住他那匹马的气味。”

吴瑞荣也笑了，指着兽医对曹公公说：“以后你要是有什么不方便，尽管去找你这神医舅舅，尤其是背上风流债的时候。”

兽医不服气：“嗨嗨嗨，我啥时候管过风流债了？”

两个人说说笑笑，服侍老太太吃了面条，帮她把屋子收拾了一下。家里有人说话，老太太的气色也好了不少，偶尔也跟他们搭几句。两个人商量，吴瑞荣今天留下来陪老太太挂水，剂量可以用大点，冲击疗法，明天后天吴瑞荣忙着向工地送榨菜，由兽医上下午各来给老太太打一次针。如果还需要，大后天吴瑞荣再来陪老太太挂水，反正大后天他不需要向工地送榨菜。

一切商量停当，药水一滴一滴注入老太太静脉的时候，曹公公帮老太太叼到床边的电话机响了起来，老太太拿起话筒，一句“儿呀”，泪水便牵起线地落下来。

吴瑞荣觉得电话铃声很有意思，悄悄问兽医：“耳熟得很，什么名儿?”

兽医悄悄说：“保卫黄河。（小声唱）风在吼，马在叫，黄河在咆哮，黄河在咆哮……”

吴瑞荣：“哎对，念小学的时候学过。好像是一个大戏里的插曲?”

兽医说：“黄河大合唱。什么时候设成电话铃声了? 哎，陈家阿婆为啥不用手机呢?”

“年纪大了，看不清手机上的按钮。”

老太太表面上看起来风都刮得跑，内里筋骨还算硬朗，到第三天就不咳嗽了。第四天吴瑞荣来准备陪她挂水的时候，老太太坚持还是打针。

春天过去，初夏很快来临。照常年，这正是一年中最热的时候，气温上升得快，天却不下雨。今年却很特别，气温蹿得不快，雨却提前一步到来。老太太的病好得不彻底，咳喘经常发作，时好时坏。有几次，曹公公都准备好离开老太太去找刘一刀了，可一想起老太太发病的那种危险，又不忍心离开。找主人刘一刀的事情就这样被耽搁了下来。

绵绵的阴雨占据整个初夏，一下就是十多天。这一阵老太太的情况特别不好，咳嗽加气急，天天都在吃兽医留下的药片，症状不见减轻，反倒一天天加重。吴瑞荣好一阵没有来了，不晓得是因为下雨不好送榨菜，还是上游的水库已经完工了。

这一天，天气刚刚好转，雨停了，天上的云层也没那么厚。老太太要是好一些，曹公公准备出去跑一跑，会会朋友，撒撒欢。可老太太的咳嗽加气急，让曹公公感到这老太差不多要把肺掏出来才舒服。老太太比画加交代，让它去把兽医请来，这一次看来必须挂盐水了。老太太让曹公公把上次挂水的皮条含在嘴上，这样兽医一看就明白了。

曹公公跑到大兴镇街道办，里面没有兽医，只有两个大学生村官。兽医今年开春就打工去了，临走的时候交代两个村官，如果有人肚子痛，可以给几片止痛片；如果伤风感冒，就给克感敏；如果嗓子不舒服，还可以加点草珊瑚含片。几个月过去了，既没有人来说肚子痛，也没有人伤风感冒嗓子不舒服，两个人客串医生的机会一直没遇上。他们也想离开大兴镇，但看在每个月一分不少的薪水分上，他们留了下来，权当在这里隐居，韬光养晦，苦读“兵”书。国家公务员可以考到35周岁，还有好多次机会呢！两人正在专心读书。他俩上午读书，上午记忆力好。看见曹公公钻进屋子来不走，觉得这狗怎么会这样，嘴巴里还含着根皮条。

村官甲说：“就它，还想来充兽医！”

村官乙捞起左手袖子，右手指着左手手腕对曹公公说：“来来来，挂水！”

说完两人哄地笑了，东倒西歪。

曹公公用身子蹭了两下村官甲，村官甲担心裤子被蹭脏了，还担心被狗咬，触电样躲开：“我这里不是蹭痒的地方哦！”

曹公公用嘴去含村官乙的裤子，村官乙尖叫起来：“哪来的疯狗，还咬人！”

两个人惊呼地跳起来，村官甲把手中厚厚一本《申论》甩出来砸向曹公公，村官乙捡起桌上兽医留下的搪瓷茶缸向曹公公砸过来。

曹公公承受了这两个打击，低头发出哀求的呜呜声。

两个村官哪里有心情理解它的哀求，他们现在只想早点把它赶出去。村官乙从门背后拿出不锈钢衣撑，一招“力劈华山”向曹公公打来，曹公公往门外跳去，逃过一劫。可没逃过村官甲射过来的飞镖，村官甲向它连射两镖，一镖偏了，射进木门框里，另一镖射到曹公公的右后大腿上。曹公公尖叫着逃出屋子来，嘴上的皮条掉到地上，村官甲的第三个飞镖射到皮条圈中间。

曹公公刚跳出门，两个村官立即把门关死，惊魂未定地从窗户里观察曹公公的动向。

曹公公失望极了，心想：这是什么世道。

弄出那么大的动静，都不见兽医出来，曹公公就知道它今天肯定是请不到兽医了。

在这镇上，能够懂它曹公公的，除了刘一刀和兽医，就只有赶马人吴瑞荣了。只要它跑到吴瑞荣跟前，吴瑞荣就知道陈家老太太需要帮助。

它决定去找吴瑞荣。上次兽医跟吴瑞荣开玩笑的时候，曹公公特意闻过吴瑞荣和吴瑞荣那匹马的味道，两者的味道是一样的。在一起待久了，就这样。

曹公公还没有跑出镇子就闻到了吴瑞荣和他的马的气味，这个气味是通向水库的。它沿着这气味疯狂地奔跑起来，这条道有很长一段跟通向船形村的道是重合的，也就是说，每次吴瑞荣去给老太太送日用品，都得多绕一段路。

曹公公刚冲出镇子，突然像轿车遇到紧急情况那样，嘎一个急刹。眼前的景象让它吃惊：大兴帮二十多条成年大狗排在它前面，群情激奋，跃跃欲试。去年夏天和今年春天攒下的仇恨，让它们恨不得把曹公公撕碎。

怎么办？

绕道？通向水库只有这条道。

拼命？无异于羊入狼群。

逃跑？老太太怎么办？总不能丢下不管，毕竟有大半年的感情，老太太待它不薄。从它跑出老太太家来找兽医，它身上就寄托着老太太的信任和期待。

曹公公定了定神，它观察了一下对方的阵势，领头的是一条大黄狗和上次被扰了好事的大狗。这两条狗并排站在一起，气势汹汹。曹公公本想用制服领头狗的方法杀出重围，现在看来这一招不好使。

曹公公改变策略，看准了狗群的薄弱环节，突然猛冲过去狂撕乱咬。它虽然深入狗群中央，但周围都是些弱狗。几个回合，大兴帮阵脚大乱。领头的大黄狗和其他几只凶猛的大狗被弱狗隔在外面，接近不了曹公公。曹公公看准了要去的道，拼死一搏，见谁咬谁，狗群里嘶叫声和惨叫声混合在一起。可曹公公毕竟是一条狗，刚才又中了村官甲一飞镖，给它制造了不少麻烦，冷不防挨一口，冷不防又挨一口，杀出重围的时候，曹公公已是遍体鳞伤。身后的狗虽然越来越少，却越发凶猛，其中就有领头的大黄狗和被扰了好事的大狗。

曹公公唯一的选择是狂奔。路两边新长出的树、新开出的花，在它的快速奔跑中虚化成两幅五彩缤纷的平面图画，还有点被扯斜的感觉。它的鼻子没受伤，还能嗅出吴瑞荣跟他的马的气味。

跑到后来，只剩下领头的大黄狗，大黄狗身强体健，又没有受伤，它冲到前面，拦住曹公公的去路。曹公公一声长叹，做好同归于尽的准备。却见大黄狗喘着气，呜呜着，用眼神说："好汉，能不能到我们这里来入伙？你是我见过的唯一的英雄！"曹公公看得出大黄狗是真诚的，它没有想到会这样。曹公公呜呜着用眼神告诉大黄狗，它的主人生病了，它要是请不到赶马人，它的主人就可能没命。大黄狗羡慕地说，"你居然还有主人，真有福分！"说罢闪出一条道来。

接近中午的时候，天气放晴。曹公公看见了水库的大坝。那大坝拦截在两座丘陵中间，真高，从坝底跑上坝顶，费的气力相当于从老太太家跑到大兴镇。此时曹公公看出，从船形村中间经过的那条大河，之所以到丰水期还像条小溪，原来是在这里被大坝拦腰截断了。

越是靠近大坝，毛路越是泥泞得厉害。

跑到水库半腰，它发现水库大坝的坝体上有个拳头那么大的窟窿在冒水，站远处不容易看见，它刚发现的时候，还不算大。从冒水点经过的时候，水流开始哗啦哗啦地流，那趋势看起来水流会越来越大。

它当时脑子闪过一个念头：窟窿！漏水的窟窿！

它奔跑的速度，很快把它脑子里闪过的念头抛在脑后。

大坝上彩旗招展。靠东头丘陵顶上一块平坦的坝子上，搭了一排桌子，桌子上铺着红色的布，桌子的后面立着一块花花绿绿的大彩布，上面写着几行曹公公不认识的字。第一行大字是：热烈庆祝船形水库圆满竣工。第二行稍微小一点：热烈庆贺水库存水达到 25 米，热烈庆贺水库提前三个月竣工。第三行更小一点，颜色尤其鲜艳：向关心水库建设的领导及相关部门致敬！向水库的建设者致敬！

曹公公不知道，这就是庆典的主席台。

主席台前面飘起七八个红色氢气球，每个的下面吊着一条写着标语的红绸带。主席台前面人头攒动，个个都穿着体面，脸上洋溢着微笑。

主席台四周有六七根毛竹竿。上面架着高音喇叭，播放着喜气洋洋的音乐：“和谐幸福的好日子啊，天天有哎，大江南北五谷丰登，千家万户彩灯高挂……”一曲结束，音乐暂停下来，一个青春的女孩子在喇叭里说：“各位尊敬的领导，各位嘉宾，各媒体单位的朋友们，船形水库盛大的竣工典礼再过半小时就要开始了，请各就各位！”

主席台前随意交谈的人群起了一阵小小的骚乱，各人在找自己的位置。有的坐到主席台上，主席台上有席位牌，得找到打着自己名字的席位牌才好就坐，身着红旗袍的礼仪小姐在前面带路。有的站在主席台前面，跟主席台上的人面对面。

曹公公穿梭在人群中，跑了几遍，没有看见马，更没有看见赶马人吴瑞荣。在这里找不到吴瑞荣和他的马的一丝气味。这时它才想起水库都完工了，工人都撤退了，吴瑞荣用不着再往工地上送榨菜了。吴瑞荣不在这里，它该怎么办呢？

就在它着急的时候，它听见前面两个熟悉的声音在交谈。谈话的人背对着它。

一个说：“这一单刘老板赚得盆满钵溢。”

另一个被一个身材高挑的女孩子挽着手腕的人，指着主席台上的人说："再怎么也比不上那几个啊！"

这人一说话，曹公公就听出是谁来了。

曹公公激动得汪汪叫出声来。狗不会流泪，只会汪汪地叫。此时的犬吠声不轻不重，恰似香喷喷的秋风吹过谁家的窗棂，充满哀怜与喜悦。哀怜的是，这么多年，找得好辛苦。风风雨雨，坎坎坷坷，餐风露宿，寒来暑往，曹公公都没有打消过寻找刘一刀的信念；喜悦的是，踏破铁鞋无觅处，得来全不费功夫。要是人的话，谁还忍得住不泪雨滂沱，嚎啕大哭，哭天抢地呢？更大的喜悦是，张家坝啊，遥远的张家坝，它曹公公也许明天就能回去了！

可曹公公还是有些不能确认，这个胖得腰杆比屁股粗的人，会是它一直在寻找的人？

就在曹公公准备蹿到两个人面前一看究竟的时候，三个人都听到狗的声音，不约而同地转过头来。

三个人分别是胡大峦、刘一刀和张……曹公公看出，挽着刘一刀的女子不是张红霞。这女子才二十几岁。比张红霞高了整整一个脑壳，眼睛大，双眼皮，眉毛又长又翘，一看就知道是假货，头发染成黑红色，滑顺得像挂上了片丝绸。

刘一刀胖得脖子都找不到了。脸是那么圆，都是横肉。张家坝的刘一刀是精明的，眼前这个刘一刀的眼神是奸诈的。张家坝的刘一刀是谦和自信的，眼前的刘一刀是百变的：挺起胸来，骄横跋扈，匪气十足，比如面对工人；俯下身来，低三下四，点头哈腰，比如面对领导或者更大的老板。

但刘一刀毕竟是刘一刀，不管他怎么变，曹公公都认得他，都无法改变他跟它的主仆关系。

胡大峦看见曹公公，大吃一惊，脸上堆满愤怒和仇恨。他指着曹公公对刘一刀尖叫："我的神呐刘总，我说的就是这条狗，让我坐了几个月牢，罚了一万块钱！狗日的，抓住它！老子今天非抓住它不可！凌迟处死，凌迟！"喊完招呼旁边的保安，牙齿锉得嘎嘎响说："谁抓住这条狗，我赏500块。"

刘一刀用训孙子的口气对胡大峦说："跟你说过好多遍了，不要拿狗来找借口！什么秀水镇包子店，什么御厨，都是在吹牛，都是传说。什么千奇百怪老子没见过？狗能让你坐牢，还罚你的款？"

刘一刀发话，胡大峦就成了孙子，不再开腔了，规规矩矩站到一边。脸上的愤怒和仇恨刮下来，至少能做十桌满汉全席；目光像火箭筒，把曹公公消灭了几万遍。

曹公公想上前蹭蹭刘一刀。它在刘一刀家生活了好多年，又替他刘一刀守卫地盘好多年，它相信刘一刀会一眼认出它。它发出从前在刘一刀面前撒娇时的叫声，它相信刘一刀听到它的叫声，也能认出它来。这么多年来，曹公公的体形一点没有变。如果说变，最多变老了一些。再就是刚刚经历一场突围战，它身上有无数伤口，它看起来，像披了件到处都露棉花的破棉袄。

曹公公刚刚上前一步，刘一刀身边的女子尖叫："哪来的疯狗！要咬人啦！保安，保安，你们立在那里是吃素的？还不快把它撵走！"

刘一刀瞟了一眼曹公公，从这狗的外形，他已认不出曹公公了。但曹公公的眼神，让他感觉似曾相识。这些年经历的事情太多，一时想不起在哪里见过。即使想起来了，他也不会把眼前这条狗跟曹公公联系起来，船形水坝离张家坝多远啊，曹公公怎么可能跑到这里来呢？这世界上，三只脚的蛤蟆难找，四条腿的狗长得像的多了去了。不过，刘一刀确实在心头怀疑这条狗就是当年他在张家坝做穷人时候的看家狗，可是，以他今天的身份，他会跳出来说，这条遍体鳞伤的狗是他刘一刀刘总家的狗吗？何况，狗是什么东西，早就把它当垃圾丢在张家坝了，两只脚的女人他都想换就换，还在乎一条四脚着地的狗？

刘一刀在女子的腰眼上捏了一下："宝贝，你怕什么啊？有我在！"说罢招呼身边的保安："你，你，你，你们几个，上去把这条狗抓了，弄来晚上打牙祭！"

三个保安闻声，就像当年它听了刘一刀的口令一样，挥舞手头的电棍，从三个方向，向它扑来。

支在毛竹竿上的高音喇叭继续在唱歌："一朵花儿开，就有一朵花儿败，满山的鲜花，只有你是我的真爱。好好地等待，等你这朵玫瑰开，满山的鲜花只有你最可爱……"主席台上的人倒是坐好了，台下的队伍依旧杂乱无章，一副训练无素的散乱样子。

这种庆典要的是阵势，讲究的是排场。庆典成了必须走的过场，其实半点用也没有，大家心知肚明，只是都不明说。因此，除了主席台上那几个人面对摄像镜头，摆出一副煞有其事的样子，其他人只当来看个热闹。

曹公公在转身的一瞬间，瞥见那个压了雷管的司机，手持一个非常考究的紫砂茶壶，送到主席台靠中间一个老年瘦子手上，然后唯唯诺诺地转身退回来。曹公公心想：去年这小伙子莫非就为那家伙买狗肉?

曹公公已经来不及考虑更多了，当务之急是逃命。

跟两只脚的人面对面对抗，狗常常是赢家。它只纵身一跃，就从两个保安的身边逃了出去，沿着来时的路往回跑。几个人挥舞着电棍追了一阵，下坡路，不好走，天刚刚放晴，到处都是稀泥浆，没跑多远，都停了下来。连苦大仇深的胡大峦都说："跑掉算了，狗日的，可惜了!"

走在后面的一个保安悄悄地对另一个说："人家毕竟百万富翁过，哪像我们，啥都没经历过，也是一辈子!"

说罢，两人叹气摇头，往庆典的地方走。

曹公公跑到大坝半坡的时候，发现刚才渗水的地方正在喷水，比个脸盆还要大，水柱像从水管里喷出的一样，力道大得很，根本沾不到坝体。喷出老远，之后，才力道泄尽，松塌塌地垮下来。它停下来看了一会儿，水柱似乎更粗了，水柱喷得更远。

曹公公的第六感告诉他，这水坝马上要发生大事情，说不定要崩塌。

该找的人一个也没找上，曹公公不晓得跑回去怎么向老太太交代，更不晓得如何跟老太太表述这一切。老太太对它很好。相处了大半年，它也给老太太带来了不少好处。可是，老太太看不懂它的眼神。他们的相处是物与物的相处，彼此间没有朋友的那种默契和理解。可曹公公此时还是决定跑回船形村老太太那里。早上出门的时候，它就仔细辨别过，老太太只不过是在生病，一点儿死亡的气息都没有。只要有个人帮助她，她就能挺过这关。它就能跟从前那样，继续跟她相处在一起。说不定不久的将来，老太太也能看懂它的眼神。那时候，老太太跟它就成为真正的朋友了。

在奔跑的路上，它想起刘一刀，想起刘一刀它就伤心。这个昔日的主人，这个张家坝出名的小诸葛，这个曾经看得懂它眼神的男人，这个曾经相信只要有手艺就会有饭吃的乡村匠人……这么多年来，曹公公一直梦想着跟主人见面时亲昵而幸福的场景，幻想着由主人带它回到它日夜思念的张家坝。

如今，张家坝还回得去吗？

曹公公禁不住悲怆地吠出声来。

嘣——啪！嘣——啪！

曹公公身后传来巨大的声音，类似于胡大峦的洋油弹爆炸。曹公公以为是刘一刀他们在向它开炮。曹公公停下来，转过身，准备在死之前看清楚，谁在向它开炮。

坝上，礼花在空中炸响，白天看起来只是亮光一簇簇地闪，没有乡下过年夜晚的礼花好看。

典礼正式开始了。

库坝的斜坡上，曹公公看见刚才喷水的地方，轰隆一声巨响，扯开了偌大的口子，水流倾斜而下，哗哗哗地涌进坝底的河沟，在河沟里形成水墙，嘶吼着朝下游奔涌。曹公公往下游望了一眼。在看不见的下游，有窝在丘陵盆底的船形村，船形村的陈家老太太正在等待它请来的兽医或者赶马人。

河里是水墙一浪高过一浪，喘着粗气往下游奔涌。水太大了，河道无法容纳那么多水，水开始漫上河岸，渐渐逼近曹公公奔跑的路。大坝上已经听不到礼炮的声音，取而代之的是慌乱嘈杂的人的呼喊声。

曹公公意识到老太太有危险，它拼命地奔跑，想赶在大水抵达老太太那里之前，把老太太救出来。可是水已经漫上了路面，从脚背到脚踝，从脚踝再到小腿……

水流声越来越粗重，就像被关闭时间太久的狗群，突然被打开圈门，疯狂地往下游奔泻。

突然，曹公公身后发出“哄嗵”一声巨响，水坝上扯开一个大缺口。汹涌的水流冲进曾经小溪般流淌的河道，丘陵中的河道震颤起来，河滩上蓬草、灌木、矮树，转眼就消失在洪水中。倾泻而下的洪水形成水墙，排山倒海地向下游盖过去，发出类似老太太电话机铃声的嘶吼，十分雄壮，气吞山河：“风在吼，马在叫，黄河在咆哮……”

洪水触及曹公公的肚皮，冰凉浸透全身。洪水很快淹到它肚子以上，向脊背靠近。曹公公感觉自己整个儿好像要漂起来，脚尚能触地，却吃不上劲。曹公公明白，它的奔跑是徒劳的。可它奔跑的念头仍旧没有熄灭，假如不被洪水淹死，它绝不会停下来。

名家小写——文集

ISBN 978-7-5596-7898-0

9 787559 678980 >

定价：65.00 元